Verloren in der Wildnis

© Todd Blackley

Bobbie Pyron hat Psychologie und Anthropologie studiert. Sie engagiert sich als Bibliothekarin in verschiedenen Verbänden und mochte schon immer alle Arten von Kinderbüchern. Sie lebt mit ihrem Mann in Park City, Utah.

BOBBIE PYRON

VERLOREN IN DER WILDNIS

Aus dem Amerikanischen
von Gerda Bean

CARLSEN

Für Teddy, Boo und Sherlock,
meine Inspiration und meine Seele.
Und für Todd, der meinem Herzen ein
sicheres Zuhause gegeben hat.

FSC
www.fsc.org
MIX
Papier aus verantwortungsvollen Quellen
FSC® C014496

Veröffentlicht im Carlsen Verlag
Dezember 2014
Mit freundlicher Genehmigung des Thienemann Verlages

Originalverlag: Katherine Tegen Books,
an imprint of HarperCollins Publishers, New York
Originaltitel: »A Dog's Way Home«

Landkarte: Roman Lang
Umschlagbild: Hjalmar Boulouednine
Umschlaggestaltung: formlabor
Corporate Design Taschenbuch: bell étage
Druck und Bindung: GGP Media GmbH, Pößneck
ISBN: 978-3-551-31339-3
Printed in Germany

Herbst

1 Abby

Es war ein fast perfekter Herbsttag. Der Oktoberhimmel war so blau und klar, dass ich blinzeln musste. Das Herbstlaub leuchtete bunt, und die Berge von Virginia sahen mit ihren Buckeln und Falten wie Patchworkdecken von meiner Großmutter Meemaw aus.

Mama drückte meine Schulter. »Du hättest dir für den Wettbewerb keinen besseren Tag wünschen können.«

Ich zuckte mit den Schultern. »Tam und ich sind nicht wegen dem schönen Wetter hier.«

Mama runzelte die Stirn. »Wegen *des* Wetters, Abby Whistler. Rede nicht wie ein Hinterwäldler.«

Tam jaulte und tappte mit der Pfote nach meinem Bein. Ich beugte mich zu ihm hinunter und nahm ihn auf den Arm. Meine Mutter ignorierte ich, so gut ich konnte. Wegen einer Grammatikstunde waren wir auch nicht da, sondern wir wollten den Agilitätswettbewerb für Junioren von Südost-Virginia gewinnen.

Mama streckte die Hand aus und kitzelte Tams Vorderpfoten. Zufällig weiß ich, dass er das nicht mag. Er ist aber zu höflich, um es sich anmerken zu lassen.

Tam und ich sahen zu, wie Megan Smoot mit ihrem Hund Sydney über den Rasen lief. Sydney umrundete die letzten drei Hindernisse auf der linken statt auf der rechten Seite und ließ den letzten Sprung aus.

»Arme Megan«, sagte Mama. »Das kostet Punkte.«

»Megan hat die Aufmerksamkeitsspanne einer Mücke«, sagte ich. »Es ist nicht Sydneys Schuld. Er hat nur gemacht, was sie ihm gesagt hat.«

Megan war fertig und winkte den Zuschauern halbherzig zu, während sie am Rand verschwand.

Der Lautsprecher verkündete knatternd: »Als Nächstes, meine Damen und Herren, haben wir die kleine Abby Whistler und ihren Shetland Sheepdog Tam. Sie sind die ganze Strecke von Harmony Gap in North Carolina bis zu uns gefahren. Lassen Sie sich von der Größe und Jugend der beiden nicht täuschen. Das ist das Team, das es zu schlagen gilt!«

Ich setzte Tam aufs Gras und zog meine Glückskappe tiefer ins Gesicht. »Ich verstehe nicht, warum alle darauf rumreiten müssen, dass ich erst elf bin«, brummte ich.

Mama lachte. »Zeigt ihnen, was ihr könnt!«

Tam und ich traten in die Arena. Die Strecke lag vor uns. Wir mussten den Hindernislauf so schnell wie möglich und fehlerfrei hinter uns bringen.

Tam saß neben meinem linken Fuß und schaute mit seinem typischen Sheltie-Grinsen zu mir hoch. Sein rötlich weißes Fell glänzte in der Sonne. Der sternförmige weiße Fleck auf seinem Kopf leuchtete. Ich lächelte ihn an. »Bist du bereit es zu schaffen, mein Kleiner?«

Ich wartete auf ein Zeichen vom Tisch der Preisrichterin und hätte schwören können, dass sich ein ganzer Schwarm Krähen aus meinem Bauch in die Lüfte erhob, genau wie auf unseren Maisfeldern zu Hause.

Die Preisrichterin pfiff.

Tam und ich stürzten uns auf die Laufstrecke. Er flog durch den Autoreifen, rannte auf der steilen Seite des dreieckigen Rahmens hoch und schlitterte auf der anderen Seite hinunter. Er segelte wie mit Engelsflügeln über zwei Hindernisse, eins nach dem anderen, und ließ mich nie aus den Augen.

Manche Hundeführer schreien ihre Tiere fortwährend an. Andere geben ihren Hunden komische Handzeichen oder pfeifen, um ihnen zu sagen, wo sie hinlaufen und was sie tun müssen. Aber Tam und ich brauchten so etwas nicht. Wir verstanden uns auch so. Ich musste nur eine Schulter heben oder mit dem Kopf nicken, dann wusste er schon Bescheid. Tam verstand mich immer.

Er flog praktisch über die Laufplanke, raste durch den Tunnel und sprang am anderen Ende bellend heraus. Er schlängelte sich so leicht wie fließendes Wasser um die Stangen.

Das Ende des Parcours war in Sicht. Jetzt waren nur

noch die Wippe und zwei hohe Sprünge zu bewältigen. Ich glaube, die Zuschauer waren aufgestanden und feuerten uns an, aber ich hörte sie nicht. Für mich gab es nur Tam und mich und die strahlende Sonne.

Wir liefen bis ans Ende der Strecke und durch die Ziellinie. Tam flog in meine Arme und bedeckte mein Gesicht mit Küssen. Als ich auf die Uhr schaute, sprang mir das Herz fast aus der Brust: Wir hatten gewonnen.

Mama und ich luden unsere Sachen auf den Pick-up, als Megan angeschlichen kam. Mit ihrem falschen Lächeln sagte sie: »Glückwunsch zum ersten Platz, Abby! Du und Sam – ihr wart einfach super!«

Ich starrte sie an. Die Sonne, die auf ihrer Zahnspange blitzte, blendete mich. »Er heißt *Tam* und nicht Sam!«, sagte ich bissig, weil Megan haargenau Bescheid wusste. Schließlich redeten wir bei jedem Wettbewerb immer das Gleiche.

»Ah ja«, sagte sie. »Jedenfalls findet am nächsten Wochenende bei mir zu Hause für jeden im Hundeführer-Jugendklub eine Pizzaparty statt. Du bist herzlich eingeladen, auch wenn du immer noch kein Mitglied bist.«

Ich schaute weg. »Tam und ich haben am Wochenende wahrscheinlich zu tun.« Was, wusste ich nicht. Aber ich hätte lieber einen Tag auf dem Zahnarztstuhl verbracht, als zu ihrer Party zu gehen.

Megan lachte. »Ohne Hunde, Doofi. Die Party ist nur für uns. Wird lustig.«

Damit war die Sache geklärt. Ohne Tam würde ich nirgendwo hingehen.

Megan entfernte sich und warf ihre Haare in alle Richtungen.

»Wird *lustig*«, sagte ich mit hoher, sirrender Stimme und klang wie eine lästige Mücke.

»Vielleicht ja doch«, sagte Mama.

Ich schnaubte. »Ich war letztes Jahr auf ihrer Party, weißt du noch? Sie war alles, nur nicht lustig.« Alle Jungs und Mädchen im Hundeführer-Jugendklub waren aus Städten wie Asheville, Hendersonville und Weaverville gekommen. Sie redeten mit mir, als ob ich ein blödes Gör von Hinterwäldlern wäre. Ein Landei. Mama hatte keine Ahnung, wie sich das anfühlte. Sie war in der Stadt groß geworden.

Aber Tam verstand mich. Tam hat mich immer verstanden.

Mama wischte sich die Haare aus den Augen. »Es würde dir nicht schaden, dir auch mal ein paar zweibeinige Freunde zuzulegen, weißt du? Jeder braucht Freunde.«

»Ich habe Olivia«, sagte ich. »Als ich das letzte Mal nachgeschaut habe, hatte sie zwei Beine.«

Mama lächelte. »Olivia ist eine gute Freundin. Aber es würde dir nicht schaden, deinen Horizont ein bisschen zu erweitern und ein paar Jugendliche kennenzulernen, die nicht in Harmony Gap leben.«

Ich hob Tam in seine Kiste auf der Pritsche des Pick-ups, was ich hasste, weil er mich dann immer mit seinen schokoladenbraunen Augen ansah, als ob ich das Schlimmste überhaupt tat. Aber Mama war sehr eigen, wenn es um ihren nagelneuen Truck ging. Wäre es Daddys alter Kleinbus gewesen, hätte Tam vorn bei uns sitzen können.

Ich fummelte am Riegel der Kiste herum. Er war so alt und verrostet, dass er nicht richtig einrastete.

»Nun mach schon, Abby! Ich möchte ein Stück weit auf dem *Blue Ridge Parkway* in den Bergen fahren, bevor wir irgendwo haltmachen. Es wäre schön, die herbstliche Färbung der Bäume zu sehen.«

Ich steckte meine Finger durch den Draht der Öffnung in der Kiste und streichelte den weißen Stern auf Tams Kopf.

Tam leckte meine Fingerspitzen. »Tut mir leid«, sagte ich. »Du weißt, wie Mama ist.« Ich steckte ihm ein Stück Käse zu und kraulte seinen zarten Kopf.

»Los, beeil dich, Abby«, rief Mama und beugte sich aus dem Fenster.

»Okay, okay«, sagte ich.

Ich kraulte Tam ein letztes Mal an dem Fleck hinterm Ohr, was ihm gefällt. »Mach dir keine Sorgen, Tam«, sagte ich. »Wir sind bald zu Hause. Alles wird gut.«

2 Tam

Der Hund wartete. Er beobachtete, wie das Mädchen am Wagen entlangging und die Tür öffnete. Bestimmt würde es zurückkommen, die Kiste aufmachen und ihn auf den Arm nehmen. Dann wäre alles so, wie es sein sollte.

Die Autotür schlug zu. Der Motor rumpelte. Tam heulte und schlug mit der Pfote auf die Tür aus Draht. Wo war das Mädchen, *sein* Mädchen, mit seinem Geruch nach Gras, Seife und Schweiß und dem Schlag seines Herzens an seinem Ohr? Obwohl keine anderthalb Meter zwischen dem Hund und dem Mädchen lagen, war es für Tam, als seien es Hunderte von Kilometern.

Die Kiste wackelte und hüpfte auf der Pritsche des Pick-ups herum. Tam seufzte und legte sich auf das alte Handtuch auf dem Boden und schlief.

Etwas schüttelte den Hund. Der Wagen kreischte. Er schleuderte erst in die eine Richtung, dann in die andere und warf Tam und die Kiste gegen die Blechwände. Ein ekelhafter Geruch nach verbranntem Gummi stieg dem Hund in die Nase.

Tam jaulte und rappelte sich auf. Es krachte, Metall riss und platzte, Glas splitterte. Der Wagen pflügte durch dichte grüne Wände aus Rhododendron- und Lorbeerbüschen. Die Schreie des Mädchens und der Frau machten dem Hund Angst.

Dann wurde seine Welt auf den Kopf gestellt. Bäume schlugen über ihm Purzelbäume, der Erdboden wurde zum Himmel. Tam segelte hoch und immer höher und wirbelte durch die Luft, eine steile Böschung hinunter und weg von allem, was er kannte.

Stille. Starre.

Etwas zog den Hund aus der Dunkelheit. Es war seine Stimme, die ihn rief. Das Mädchen hatte Angst. Er musste zu ihm. Jetzt. Sofort.

Tam stand auf. Ein Schmerz zuckte durch seine Schulter und seine Hüfte. Seine Pfoten hatten sich in dem alten Handtuch verheddert, das das Mädchen in die Kiste gelegt hatte. Seine Beine wollten ihn nicht tragen.

Er heulte und lauschte. Aber er hörte nur leises Rascheln im Unterholz, das Knacken eines Zweiges, nicht seine Stimme. Der scharfe Geruch nach Wasser stieg zu ihm auf.

Tam zitterte. Die Erinnerung an die Schreie des Mädchens erfüllte ihn mit Panik.

Tam bellte und kratzte an den Wänden der Kiste. Er

warf sich mit dem ganzen Gewicht gegen die Drahttür. Die Kiste, die am Rand eines Felsbrockens balancierte, kippte. Hund und Kiste rutschten am Felsen entlang und fielen klatschend in den kleinen Fluss darunter. Die Strömung erfasste sie und trieb sie in schnellen Drehungen vom Ufer weg.

Eisiges Wasser drang durch die Schlitze in der Kiste. Tam hasste Wasser. Er schwamm nicht gern. Er mochte es nicht, wenn seine Pfoten nass wurden. Das Wasser stieg. Tam bekam furchtbare Angst. Er kauerte in einer Ecke, schlug dann wieder mit den Pfoten gegen die Tür und zerriss sich dabei die Ballen.

Er drückte an die Tür. Rost und Alter hatten dafür gesorgt, dass der Riegel nicht richtig eingerastet war. Die Tür gab nach. Tam tauchte in das dunkle, rauschende Wasser. Obwohl es ihn mitreißen wollte, blieben die Hundemarken an der Drahttür hängen und hielten Tam fest.

Er zerrte. Er warf den Kopf wie wild hin und her. Wasser strömte in sein Maul und in die Nase. Er stemmte die Vorderpfoten gegen die Kiste, senkte den Kopf und zog ihn zurück. So befreite er sich von seinem Halsband und den Marken, die jedem sagten, wer er war und dass er dem Mädchen gehörte. Die Strömung erfasste ihn und wirbelte ihn flussabwärts, weg von der Kiste, dem Halsband und der Erinnerung an das warme weiche Bett, das er mit seinem Mädchen geteilt hatte.

3 Abby

Ich erwachte aus dunklem, wässrigem Schlaf. Mein Herz schlug tausendmal in der Minute. Das Licht war hell. Ich musste mich anstrengen, um die vertrauten Dinge in meinem Zimmer zu erkennen. Meine Stein- und Federsammlung auf dem Bücherregal. Die Landkarten, die ich an die Wand geheftet hatte. Meine alte Gitarre. Die Pokale und Bänder, die Tam und ich in den letzten beiden Jahren gewonnen hatten. Und Tams warmen Körper, der sich an meinen schmiegte.

Tam! Gleich da am Rand meines Gehirns … ich hatte geträumt, etwas Schlimmes war mit ihm passiert. Ich begriff es nicht und konnte mich nicht erinnern, aber ich musste.

Ich versuchte mich aufzusetzen. »Oh!«, rief ich aus.

Eine warme Hand drückte mich wieder aufs Bett. »Bleib ruhig liegen, Abby.« Mamas Stimme.

Langsam erkannte ich sie. Ein Arm lag in einer blauen Schlinge, am anderen Arm hatte sie einen weißen Verband. Eine Gesichtshälfte war geschwollen und hatte blaue Flecken. Das Erschreckendste war aber ihr Blick.

»Was … wo bin ich?«, fragte ich und versuchte mich wieder aufzurichten.

»Du bist im Krankenhaus, Abby. Wir hatten einen schweren Unfall. Weißt du es nicht mehr?« Sie strich mir die Haare aus der Stirn. So, wie sie es schon tausendmal getan hatte, wenn ich krank oder traurig war.

»Daddy ist auf dem Weg zu uns«, sagte Mama. »Er wird bald hier sein.« Sie redete immer schneller. »Sobald die Ärzte sagen, dass du nach Hause darfst, fahren wir. Und diesmal nicht auf der Hochstraße des Nationalparks. Das war keine gute Idee von mir. Ich weiß nicht, was ich mir dabei gedacht habe …«

»Tam!«, rief ich aus und schnitt ihr das Wort ab. Panik ließ mein Inneres zu Eis erstarren. »Wo ist Tam?«

Sie seufzte und schaute weg.

»Mama?«

Ihre Augen füllten sich mit Tränen. Eine Faust packte mein Herz und drückte es zusammen. Meine Mama weint *nie*. Sie hatte nicht einmal geweint, als ihr Lieblingslama im Frühjahr starb. Nicht, als sie sich beim Schnippeln von Apfelstücken in den Finger schnitt, weil ich unbedingt einen Kuchen wollte. Nicht, als Daddy mit seiner Band wochenlang unterwegs war.

Sie schob einen Stuhl ans Bett und setzte sich. Sie machte kleine Falten in meine Decke, noch eine und noch eine. »Als wir von der Straße abgekommen sind und durch die

Leitplanke fuhren, wurde Tams Kiste vom Auto heruntergeschleudert.«

Ich presste die Augen zusammen. Bilder tauchten blitzartig vor mir auf: Die Medaille für den ersten Platz, die Tam und ich beim Wettbewerb gewonnen hatten. Die kurvige Straße in den Bergen von Virginia. Plötzlich etwas Braunes. Der Pick-up, der in alle Richtungen zu trudeln schien. Dann … Schwärze.

Tränen liefen mir übers Gesicht. »Ist er tot?«, flüsterte ich und konnte die Worte kaum herausbringen.

Keine Antwort. Ich schlug die Augen auf. »Mama?«

»Ich weiß es nicht, Abby.«

»Was soll das heißen, du weißt es nicht?«

Mama sah mich mit ihren grauen Augen an. Die gleichen Augen wie meine. »Das heißt, ich weiß es nicht, weil seine Kiste vom Auto geworfen wurde. Und er war drin.«

»Hast du ihn nicht gesucht?«

Sie ging ans Fenster. »Abby, wir hatten einen schweren Unfall. Wir waren beide – ich weiß nicht, wie lang – bewusstlos. Als ich zu mir kam, war überall Blut, und du hast nicht mehr reagiert.« Sie drehte mir den Rücken zu. Mit einer Stimme, die ich kaum verstand, sagte sie: »Ich wusste nicht, ob …«

»Aber Tam …«

Sie drehte sich um und unterbrach mich. »Das Wichtigste warst *du*, Abby! An Tam habe ich, ehrlich gesagt, gar nicht gedacht. Ich musste so schnell wie möglich Hilfe holen.«

»Vielleicht ist er noch da draußen!«, schrie ich. »Vielleicht ist er verletzt!«

»Ich habe der Polizei Bescheid gesagt. Sie haben versprochen gleich Polizisten und Leute vom Tierschutz loszuschicken, um Tam zu suchen.«

»Und?«

Mama wurde still. »Sie haben ihn noch nicht gefunden, aber sie haben versprochen die Suche fortzusetzen.«

Ich konnte nicht atmen. Jeder Millimeter meines Gehirns strengte sich an, um die einzelnen Teile zusammenzufügen.

In diesem Moment ging die Tür auf und Daddys breite Schultern füllten den Rahmen aus. Seine wilden Haare flogen um ihn herum. Als er Mama sah, zogen sich seine Augenbrauen besorgt zusammen. Aber als er mich sah, wurde sein Gesicht weiß.

Mit zwei langen Schritten durchquerte er den Raum und nahm mich vorsichtig in die Arme. Zum ersten Mal heulte ich los. »Oh, Daddy«, schluchzte ich in sein Hemd. »Ich habe Tam verloren.« Ich umklammerte die Hand meines Vaters. »Wir müssen da wieder rauf, Daddy, und ihn suchen! Vielleicht ist er schwer verletzt.«

Er zog die Augenbrauen hoch und sah Mama an.

Mama schüttelte den Kopf. »Abby, du hast eine Gehirnerschütterung, und ein Knöchel ist angeknackst. Der Arzt entlässt dich heute noch nicht.«

»Mir geht's gut«, sagte ich und schlug die Decke zurück. »Tam ist wahrscheinlich genau da, wo wir den Unfall hatten, und wartet in seiner Kiste auf uns.«

Mama und Daddy tauschten wieder Blicke. Daddy sagte: »Mäuschen, seit dem Unfall ist ein ganzer Tag vergangen.«

Wie war das möglich? »Dann müssen wir *unbedingt* darauf! Er sucht mich. Ich spür's.«

»Das geht nicht, Abby«, sagte Mama. »Der Arzt sagt, ich muss übermorgen nach Asheville fahren und im Krankenhaus einen Spezialisten für meine Schulter aufsuchen.«

Ich saß in einer Falle, aber ich musste zu Tam!

Mama wandte sich Daddy zu. »Könntest du jetzt hochfahren, Ian, und dich dort umsehen? Ich kann dir genau sagen, wo es war.«

»Ich muss mit«, sagte ich und schwenkte meine Beine über die Bettkante. Die Schmerzen waren so stark, dass mir fast schlecht wurde.

Mama hielt mich mit ihrer gesunden Hand an der Schulter fest. Ihr Gesicht war grau. »Beruhige dich, Abby. Eins nach dem anderen. Lass uns zuerst mit dem Arzt reden und herausfinden, wann er dich entlassen kann. Sobald er sagt, dass du gehen kannst, fahren wir in die Berge und suchen Tam.«

»Aber …«, wollte ich protestieren.

Daddy berührte meine Lippen mit dem Finger. »Sei still, mein Schatz. Wer weiß? Vielleicht hat ihn schon jemand gefunden. Er hat doch Hundemarken am Halsband.«

»Und einen Mikrochip«, fügte meine Mutter hinzu.

»Außerdem war er in seiner Kiste«, sagte Daddy. »So kommt er nicht weit.«

Sie lächelten beide, aber an ihren Augen war abzulesen, dass sie selbst nicht daran glaubten.

4 Tam

Die Sonnenstrahlen verbrannten den Nebel, der über dem Fluss schwebte. Der Wald war schon lange wach, bevor die Strahlen zu dem Lager durchgedrungen waren, das Tam sich unter einer umgestürzten Birke bereitet hatte. Eichhörnchen und Streifenhörnchen sammelten emsig Eicheln als Vorrat für die kommenden Wintermonate. Rotfüchse polsterten ihre Bauten mit Blättern aus, und Gänse flogen am Himmel über sie hinweg und wiesen den Weg nach Süden. Im Oktober war das Leben in den Bergen ein Wettlauf mit der Zeit.

Tam wusste nichts von Schnee und Eis, die ein paar Wochen später kommen würden. Als er versuchte sich von der feuchten Erde zu erheben, wusste er nur, wie sehr ihm sein wunder Körper wehtat und wie hungrig er war.

Stöhnend humpelte er zum Fluss und trank, wobei er achtgab sich die Pfoten nicht nass zu machen. Er hob den Kopf und schnupperte in der feuchten Luft, in der sich alle möglichen Gerüche kreuzten. Zu jeder anderen Zeit wäre Tam seiner Nase wie ein Fisch an der Leine durch die Duftströme gefolgt.

Aber Tam war verletzt. Und ein verletzter Hund weiß, dass es nur eines für ihn gibt: sich zu verbergen und keinen Laut von sich zu geben.

Er trank noch einmal und hinkte dann zurück zu seinem Versteck. Wimmernd legte er sich auf die Erde. Als ein großes graues Eichhörnchen auf dem umgestürzten Baum hin und her lief, rührte er sich nicht. Er schlief, als zwei Virginia-Hirsche zum Fluss herunterkletterten, um zu trinken. Und als der Mond über dem Bergrücken erschien und eine große Eule über einer entfernten Wiese auf die Jagd ging, träumte Tam von heißer Bratensoße und Rindfleischbrocken, die man ihm neben dem Holzofen zu Hause bei seinem Mädchen vorsetzte.

5 Abby

Daddy zog die Luft durch die Zähne. »Mein Gott.« Er starrte auf die zerknautschte Leitplanke und die Reifenspuren.

»Tam«, sagte ich, »erinnerst du dich?«

»Richtig«, sagte Daddy.

Es hatte einen ganzen Tag gedauert, bis der Arzt mich aus dem stinkigen Krankenhaus entließ. Vergeudete Zeit, in der wir Tam hätten suchen können.

Daddy und Mama stiegen aus dem Bus. Ich öffnete die hintere Tür und versuchte, mit den Krücken voran auszusteigen. Mama kam schnell zu mir. »Nein, Abby, du bleibst hier. Die Straße ist zu schmal. Daddy und ich rufen ihn.«

»Aber er muss *meine* Stimme hören«, sagte ich. »Wenn er Angst hat oder verletzt ist, antwortet er euch vielleicht nicht.«

Seufzend half mir Mama, aufrecht zu stehen und mich am Auto abzustützen. Ich holte tief Luft und rief, so laut ich konnte: »Tam! Komm her, Tam!« Wir lauschten – Bellen? Klirrende Hundemarken? Nichts. Ich rief noch einmal. Und wieder und wieder und wieder. Bis ich heiser wurde.

Daddy sah sich die Stelle genauer an, wo der Pick-up Bäume und Büsche durchpflügt hatte. Abgebrochene Äste und Glassplitter markierten die Spur. »Die Kiste hätte hier runterfallen müssen«, sagte er. »Ich schau mal nach.«

»Die Kiste müsste leicht zu entdecken sein«, sagte Mama.

Er verschwand zwischen den Bäumen. Ich hielt den Atem an, damit ich Daddy rufen hörte: *Ich hab ihn! Er ist okay!*

Meine unerreichte Rekordleistung im Luftanhalten war bis zu diesem Tag eine Minute und dreiundvierzig Sekunden. Jetzt brach ich den Rekord um einiges. Aber ich hörte nur den Wind und Vögel und Mama, die mit den Fingern auf der Autotür herumtrommelte.

Sie streckte die Hand aus und schob meine Finger aus meinem Gesicht. »Hör auf an den Haaren herumzukauen, Abby.«

Ich ließ das feuchte Ende meines Zopfes los. »Daddy ist schon stundenlang weg, Mama. Wieso braucht er denn so lang?«

Mama schaute auf die Uhr. »Er ist erst eine Viertelstunde unterwegs. Bestimmt kommt er gleich zurück.« Daddy kletterte über die Leitplanke. Sein Gesicht war rot und traurig. Er schüttelte den Kopf. »Keine Spur von ihm, Maus.«

»Nicht einmal von seiner Kiste?«, fragte Mama.

Daddy wischte sich die Hände an der Jeans ab. »Das Problem ist, dass die Böschung auf den Rand eines schmalen Felsens stößt. Danach geht es steil hinunter in den Fluss. Es gibt kein Ufer oder so etwas. Nur Steine und viel Wasser.«

Ein riesiger Kloß setzte sich in meinem Hals fest. Ich zwinkerte die Tränen zurück.

»Daddy, bestimmt kann man etwas weiter oben zum Wasser runter«, sagte ich.

»Das denke ich auch«, sagte er.

Wir fuhren eine kurze Strecke. Daddy kletterte wieder über die Leitplanke und ging in den Wald, während ich meinen Hund rief. Nichts.

Dann kehrten wir um und taten das Gleiche. Ich rief, wartete und lauschte. Die Sonne erreichte die Baumspitzen. Nach einer Weile stand sie direkt über uns. Vielleicht war es ein gutes Zeichen, dass Daddy so lange wegblieb. Mama legte sich auf den Rücksitz. Sie sah aus, als ob es ihr nicht gut ging. Ich blieb neben dem Wagen stehen und beobachtete die Stelle, an der Daddy mit Tam wieder auftauchen würde.

Aber er kam allein aus dem Wald. »Tut mir leid, Schatz«, sagte er.

»Tam *muss* doch irgendwo sein«, sagte ich.

Mama richtete sich auf. »Okay, dann fahren wir jetzt rauf zum Besucherzentrum und den Parkwächtern.«

Ich wusste, dass sie Recht hatte, wollte aber nicht wegfahren. Tam würde bestimmt zurückkommen, wenn er könnte.

Daddy legte den Arm um meine Schulter und sagte: »Komm, Maus, lass uns fahren!«

Ich riss mich von ihm los und zischte auf meinen Krücken los. Seit ich ein bisschen Übung hatte, kam ich ziemlich schnell voran.

»Abigail Andrea Whistler, bleib sofort stehen!«, schrie Mama.

»Ich muss ihn finden, Mama!«, rief ich über meine Schulter zurück. »Ich weiß, dass er …«

Das Ende meiner linken Krücke verfehlte den Straßenrand. Ich stürzte kopfüber auf den Schotter. Bevor ich Zeit hatte zu zwinkern, zog mich Daddy in seine langen Arme.

Mama wischte mir Kieselsteine und Erde aus dem Gesicht. »Ehrlich, Abby! Als der liebe Gott Gene mit Sturheit verteilt hat, hast du die meisten abgekriegt.«

Daddy hob mich hoch. »Komm schon, Abby, Tam ist nicht da.«

6 Tam

Tam trank mit geschlossenen Augen am Fluss. Die Rippen und Hüften taten ihm immer noch weh. In seinem Bauch rumpelte es. Er hatte seit dem Morgen, an dem der Unfall geschah, nichts mehr gefressen.

Dann hörte er etwas. Zuerst so leise, dass selbst er mit seinem feinen Gehör nicht sicher war, ob er sich nicht vielleicht täuschte. Er richtete die Ohren nach vorn. Wasser tropfte aus seiner Schnauze.

Stille.

Als er den Kopf senkte, hörte er es wieder, dieses Mal deutlicher. Jeder Muskel seines Körpers spannte sich an. So leise, dass ein menschliches Ohr es niemals hätte wahrnehmen können, hörte er seine Stimme. »Tam! Tam!«

Er bellte einmal, zweimal und lauschte wieder. Der Ruf kam aus dem Norden. Tam drehte sich, bellte noch einmal und bahnte sich seinen Weg am Ufer entlang. Er wusste nicht, dass zwischen ihm und dem Mädchen viele Kilometer weit Rhododendron- und Lorbeerbüsche so dicht beieinanderstanden, dass kein Mensch sich hätte durchzwängen können. Er konnte nicht ahnen, dass es

Stunden dauern würde, um sich stromaufwärts zu kämpfen.

Er wusste nur, dass sein Mädchen ihn rief. In all den Jahren, an die er sich erinnerte, war diese Stimme seine Welt, sein Kompass gewesen. Und wenn der Mensch ruft, der einem Hund das Liebste auf der Welt ist, dann muss er zu ihm laufen.

7 Abby

»Ich habe von Ihrem Unfall gehört«, sagte der Ranger im Besucherzentrum des Nationalparks am Buckelfelsen, nachdem Mama ihm erklärt hatte, wer wir waren. »Hier oben kommt es ständig zu Unfällen mit Rehen. Man sollte meinen, dass sie es endlich kapieren.«

Ich wusste nicht, ob er von den Rehen oder den Autofahrern sprach.

Ich räusperte mich. »Mein Hund war in einer Kiste, hinten auf dem Pick-up. Als wir in die Leitplanke gefahren sind, ist er rausgeflogen.«

»Wir sind gerade an der Stelle gewesen, wo sie von der Straße abgekommen sind«, sagte Daddy. »Ich habe mich überall umgeschaut. Wir sind sogar einen halben Kilometer weiter raufgefahren und bis zum Bach runtergeklettert und dann noch einen Kilometer zurückgefahren und wieder den Abhang runter. Keine Spur von ihm oder der Kiste.«

Der Ranger seufzte. »Die Leute verlieren hier oft ihre Hunde.«

Ich drückte dem Mann ein paar Zettel mit Tams Foto in

die Hände. »Das ist Tam. Er ist nicht nur irgendein Hund. Er ist ein Champion.« *Und mein bester Freund.*

Der Ranger schaute sich das Bild genauer an und lächelte. »Ein kleiner Lassie.«

»Sie kennen sich mit Shelties aus?«, fragte Mama.

»Meine Frau ist damit aufgewachsen. Sie liebt die kleinen Hunde. Wir hätten selbst einen, wenn mein Sohn nicht gegen Hundehaare allergisch wäre.«

Daddy legte die restlichen Zettel auf die Theke. Könnten Sie die für uns ankleben?«

»Es gibt eine Belohnung«, sagte ich.

Der Ranger fuhr mit dem Finger um das Bild. »Sieger beim Hindernislauf? Das habe ich mir mal im Fernsehen angeschaut. Meine Frau guckt ständig Tiersendungen. Eigentlich bringen wir keine persönlichen Mitteilungen an.«

»Tam ist für meine Tochter aber *sehr, sehr* wichtig«, sagte Mama. »Und für uns auch.«

Er musterte mich mit meinen Krücken und Mama mit ihrem verbundenen Arm und der komplizierten Schlinge. »Hier in der Nähe sind Toiletten und Picknickplätze. Ich denke, ich kann dort ein paar anbringen.«

Daddys Gesicht strahlte vor Erleichterung. »Wir wären Ihnen wirklich sehr dankbar. Wir fahren jetzt nach Hause, aber wenn ihn jemand findet oder irgendetwas über ihn weiß, kann er uns anrufen. Die Telefonnummer steht auf dem Zettel.«

Der Ranger sah sich die Nummer unter Tams Bild an. »Ist das irgendwo in North Carolina?«

Daddy nickte. »Ungefähr siebzig Kilometer südlich von Asheville in einem kleinen Ort namens Harmony Gap. Wir wohnen etwas außerhalb in Wild Cat Cove.«

Der Ranger pfiff. »Am anderen Ende vom *Blue Ridge Parkway*. Das ist aber 'ne ganz schöne Strecke von Virginia.«

»Wenn ihn jemand findet, holen wir ihn sofort ab«, sagte ich. So weit konnte es doch auch wieder nicht sein.

Der Ranger seufzte und nahm die Zettel vom Schreibtisch. »Hoffen wir, dass ihn bald jemand findet, Kleine. Hier oben lässt der Winter nicht lange auf sich warten. Sowie er einsetzt, ist die Straße fast nicht mehr befahrbar. Dann kommen die Leute erst im Frühjahr wieder.«

Mir fiel das Herz hinunter bis zu den Turnschuhen.

Nachdem Daddy mein Bein auf dem Rücksitz auf Kissen gebettet hatte, sagte ich: »Können wir noch mal zurückfahren und nachschauen?«

»Nein, Abby«, sagte Mama.

»Aber vielleicht ist er jetzt da!«

»Das sind fast zwanzig Kilometer. Außerdem wird es bald dunkel.«

»Na und?« Mir war es egal, wie sehr Mama es hasst, wenn ich das sage.

»Wir könnten wieder in Waynesboro übernachten, morgen zurückfahren und weitersuchen«, sagte ich.

Diesmal drehte sich Daddy zu mir um. »Abby, ihr müsst beide nach Hause. Deine Mutter fährt morgen nach Asheville zum Arzt, und deine Großmutter ist außer sich vor Sorge. Außerdem«, fügte er hinzu und rieb sich den Nacken, »haben wir nicht so viel Geld, dass wir ständig in Motels übernachten können.«

»Aber Daddy, wir können doch Tam nicht einfach zurücklassen! Er ist …«

Daddys Blick aus seinen blauen Augen, die sonst immer lachten, wurde hart. »Ein Hund, Abby. Er ist ein Hund. Ich weiß, wie viel er dir bedeutet, aber du und deine Mutter seid mir im Augenblick wichtiger.« Er drehte sich wieder nach vorn und fuhr mit dem Kleinbus auf die Straße.

Ich war entsetzt über die Hartherzigkeit meines Vaters. Es war, als hätte er mir ins Gesicht geschlagen.

»Ich wette, inzwischen hat schon jemand angerufen«, sagte Mama. Sie berührte Daddys Schulter und fügte hinzu: »Ich denke, nächstes oder übernächstes Wochenende fahren wir wieder her.«

»Aber Mama, wenn er in der Kiste festsitzt, verhungert oder verdurstet er doch!«

Daddy sah mich im Rückspiegel an. »Mehr können wir im Moment nicht tun, mein Schatz. Außerdem ist Tam ein zäher Bursche.«

Jeder Meter auf der Straße tat mir in der Seele weh. »Versprochen?«, fragte ich. »Versprecht ihr mir, dass wir zurückfahren?«

Mama streckte die Hand aus und drückte meine. »Wir werden es versuchen.«

An der Ausfahrt nach Roanoke bogen wir ab. Der Wald und die Bäume lagen hinter uns wie eine geheimnisvolle grüne Wand.

8 Tam

Tam schnüffelte an der Stelle herum, an der Abby nur ein paar Stunden zuvor gestanden hatte. Er roch auch die Frau und den großen Mann, aber den Duft seines Mädchens nahm er freudig in sich auf. Es war aber nicht sein üblicher Geruch nach Gras und Äpfeln und dem einzigartigen Duftgemisch seines Körpers. Es roch auch nach Schmerzen und Angst, was er nicht verstand.

Tam begriff jedoch, dass es da gewesen war. Also musste er warten. Er hatte oft gewartet, manchmal eine halbe Ewigkeit. Wenn die Sonne über dem Bergrücken auftauchte, ging sein Mädchen weg und war erst wieder da, wenn die Schatten lang wurden. Aber es kam immer zurück. Der große Bus blieb ratternd neben dem Briefkasten am Fuß des Hügels stehen. Sein Mädchen sprang die Stufen des Busses herunter und rief: »Tam! Komm her, Tam!« Die süßesten Laute, die der Sheltie den ganzen Tag lang gehört hatte. Dann stürzte er sich von der Veranda, als ob er Flügel hätte, und rannte den Hügel hinab. Wenn er und sein Mädchen zusammen waren, war alles so, wie es sein sollte.

Tam seufzte, legte sich neben den Fleck am Straßenrand, wo sein Duft am stärksten war, und schloss die Augen. Der Duft des Mädchens und der Geruch nach Gras und Wasser trugen ihn nach Hause.

Zwei Tage lang blieb Tam in der Nähe des Flecks mit seinem Duft. Ab und zu fuhr ein Auto vorbei, und Tam beobachtete es vom Unterholz aus. Aber die Autos hielten nie an.

Am dritten Tag trieb der Regen Tam vom Straßenrand in den tiefen Wald. Selbst unter dem dichten Dach des Berglorbeers und dem undurchdringlichen Netz der Fangarme des Geißblatts fand ihn der Regen und durchnässte sein dichtes Fell.

Tam stöhnte und rollte sich noch enger zusammen. Er zitterte, als Regen und Wind über ihm heulten. Sein Magen knurrte. Wieder war ein Tag ohne Futter vergangen.

Endlich hörte es auf zu regnen. Tam kletterte die Böschung hinauf zur Straße. Er schnupperte an der Stelle herum, an der er das Mädchen gerochen hatte. Sein Duft und die Gerüche der Frau und des großen Mannes waren verschwunden. Sosehr seine Nase auch den Boden absuchte, konnte sie seinen Duft nicht mehr finden. Tam roch nur faulende Blätter und die beißenden Dämpfe von nassem Asphalt. Verwirrt und traurig stand er am Straßenrand.

Was sollte er nur tun? Ohne seinen Duft, um ihn zu leiten, war er verloren. Tam zitterte vor Einsamkeit.

Die Schatten des späten Nachmittags wurden lang. Etwas regte sich tief in seinem Innern.

Gänsen braucht man nicht zu sagen, dass sie nach Süden fliegen müssen. Der Fuchs weiß, wann er für seine Jungen, die bald geboren werden, einen Bau graben muss. Und Tam wusste, dass die Zeit gekommen war, sein Mädchen zu suchen.

Tam hob die Nase in die Luft und schnupperte. Er trottete die Straße entlang nach Norden. Er blieb stehen und ging ein bisschen weiter. Dann blieb er wieder stehen und schnüffelte. Im Norden war nichts. Tam drehte sich um und trottete nach Süden. Je weiter er ging, desto stärker zog es ihn in diese Richtung – so sicher wie die Nadel eines Kompasses. Nach *Süden* musste er gehen! Bald würde er sein geliebtes Mädchen wiedersehen, und alles wäre, wie es sein sollte.

Er konnte nicht wissen, wie viele Kilometer und welch eine Wildnis zwischen ihm und seinem Zuhause lagen. Ein Hund misst Entfernungen nicht nach Kilometern oder Tagen. Ein Hund weiß nur, dass jeder Schritt und jeder Herzschlag ihn dem Ziel seiner Sehnsucht näher bringen. Jeder, der Tam leichtfüßig am Straßenrand entlangtraben sah, erkannte einen Hund, der nach Hause lief.

9 Abby

Ich saß auf der Fensterbank in meinem Zimmer und lauschte der Stille. Kein Klingeln der Marken an Tams Halsband, kein Klicken seiner Krallen auf den Holzböden. Nichts als elende Stille. Ich fühlte mich durch und durch mies. Die zwei Tage, seit wir wieder zu Hause waren, kamen mir vor wie zwanzig Tage.

Meine Augen blieben an der alten Gitarre in der Ecke hängen. In den drei Jahren, in denen ich Tam besaß, hatte ich sie so gut wie nie angefasst. Ich war mit meinem Hund viel zu beschäftigt gewesen.

Jetzt, wo meine Arme und mein Herz leer waren, wollte ich die Gitarre unbedingt in den Händen halten. Ich wollte ihr tröstliches Gewicht spüren und ihre Saiten summen hören.

Ich war gerade dabei, mich zu erheben, als es klopfte. Meemaw öffnete die Tür. Sie stand groß und kerzengerade wie eine Kiefer da. Den langen Zopf hatte sie wie eine leuchtende Krone um den Kopf gewunden.

»Abby, mein Schatz, du hast Besuch«, sagte sie.

Ich ließ mich wieder auf die Bank plumpsen.

Meemaw machte die Tür weit auf, und meine Freundin Olivia McButtars, das kleinste, schüchternste und klügste Mädchen der sechsten Klasse – vielleicht auf der ganzen Welt –, kam herein.

Olivia sah mich durch ihre großen Brillengläser an. Die meisten Kinder in der Schule sagen, dass ihre hellgrünen Augen unheimlich sind. Es ist, als ob sie einem direkt in die Seele schauen. Aber *ich* finde das gar nicht schlecht.

Sie durchquerte das Zimmer und setzte sich neben mich. Sie seufzte. »Tut mir leid wegen Tam.« Kein Small Talk für Olivia. Sie kam gleich zur Sache.

»Ich weiß einfach nicht, was ich tun oder denken soll«, sagte ich um einen dicken Knoten aus Tränen in meinem Hals herum. »Das macht mich so wütend, dass ich spucken könnte.«

Olivia berührte meinen Handrücken so leicht wie ein Schmetterling. »Ich weiß genau, was du meinst.« Und das sagte sie nicht nur, um nett zu sein. Sie wusste es wirklich.

Olivia war letztes Jahr kurz nach Weihnachten von Baltimore nach Harmony Gap gezogen. Als ihre Eltern in einem winzigen Flugzeug über dem Pazifik verschwanden, war sie zu ihrem Großvater, Alphus Singer, gekommen. Olivia hatte mir einmal erzählt, dass ihre Mutter jetzt vielleicht eine Meerjungfrau war, was sie sich immer gewünscht hätte. Das fand Olivia unheimlich tröstlich.

Wir saßen lange auf der Fensterbank und sagten kein Wort. Wir lauschten nur dem Wind in den Bäumen und dem Donner, der in den Bergen grollte. Schließlich fragte ich: »Glaubst du, dass Tam noch am Leben ist?« Olivia würde mir ehrlich antworten, das wusste ich.

Aber sie sagte lange nichts. Ihr Blick schweifte im Zimmer umher und erfasste die Fotos und Zeichnungen von Tam, alle selbst gemalten Bilder von Sachen, die Tam und ich zusammen gemacht hatten, und von Abenteuern, die ich für uns geplant hatte.

Dann drehte sie sich um und schaute mir direkt in die Augen. »Meine Mutter hat oft erklärt, dass Liebe Wunder bewirkt.«

Weiter hatte Olivia nichts dazu zu sagen. Und mehr brauchte ich auch nicht zu hören.

Nachdem sie wieder weg war, humpelte ich durchs Zimmer und holte meine alte Gitarre aus der Ecke. Sie war der ganze Stolz meines Großvaters gewesen. An Großvater Bill kann ich mich kaum erinnern. Wir waren zu Meemaw gezogen, nachdem er im Sägewerk tödlich verunglückt war. Meine Erinnerungen drehten sich vor allem um diese Gitarre. Ich trug sie zu meinem Bett und strich mit der Hand über die Saiten. Ich drückte die Gitarre an mich und spürte die Saiten an meinem Herz. Ich schloss die Augen, überlegte und sang das erste Lied, das mir einfiel.

This little light of mine, I'm gonna let it shine –
Mein kleines Licht, ich lass es leuchten.

Am nächsten Tag holperten Daddy und ich auf der roten Lehmstraße entlang, die uns nach Harmony Gap brachte. Daddy summte vor sich hin.

»Daddy«, sagte ich, »wir sind jetzt seit Tagen zu Hause. Wann fahren wir endlich wieder nach Virginia und suchen Tam?«

Daddy hörte auf zu summen und rieb seinen Nacken wie immer, wenn er auf irgendetwas keine Antwort weiß. »Ich bin nicht sicher, Maus. Bald.«

»Mama hat es versprochen.«

»Ich weiß«, sagte Daddy und runzelte die Stirn. »Aber ihr musstet unter anderem beide zum Arzt gehen. Außerdem musste sie wieder arbeiten. Du weißt, sie kann nicht einfach aufhören, wenn ihr danach ist.«

Ich dachte, mein Kopf würde wie ein Vulkan explodieren. »Sie hat es versprochen!«

Daddy sah mich böse an. »Ich weiß, was sie gesagt hat, Abby. Ich war dabei, schon vergessen? Sie hat gesagt, wir würden *versuchen* zurückzufahren.«

»Ich habe nicht den Eindruck, dass hier so verdammt viel *versucht* wird«, murmelte ich.

»Außerdem hast du mindestens einmal am Tag die Parkwächter angerufen«, sagte Daddy, ohne mir zuzuhören. »Sie wissen, dass sie nach Tam Ausschau halten sollen.«

Daddy fuhr mit dem Pick-up auf den Parkplatz der Post. »Lass uns die Pakete an Mamas Kunden aufgeben.« Er packte einen Stapel Kartons, auf denen *Whistler-Farm-Wolle* stand.

Der alte Mr McGruber war der Einzige hinter dem hohen Holztresen, weshalb sich eine lange Menschenschlange gebildet hatte, die darauf wartete, bedient zu werden. Mr McGruber betrachtete es nämlich als seine heilige Pflicht, sich bei jedem Kunden nach dessen Gesundheit, der Gesundheit seiner Familie und sämtlicher Tiere zu erkundigen. Und dann berichtete er jedes Mal von seiner eigenen.

Ich seufzte und verlagerte mein Gewicht auf den Krücken. Daddy lächelte mich an und zwinkerte.

»Hey, Abby.« Eine Hand berührte meine Schulter. Mr Morgans freundlicher Blick erfasste meinen angeschlagenen Kopf, die Krücken und den Gipsverband.

»Hallo, Mr Morgan«, sagte ich. Tam und ich hatten unser erstes Agility-Training von ihm bekommen.

»Hat mir wirklich leidgetan von deinem Unfall zu hören«, sagte er und schüttelte den Kopf. »Und von Tam. Er war ein ganz besonderer Hund.«

Ich richtete mich so gerade auf, wie ich konnte, und schaute ihm ins Gesicht. »Wir fahren morgen oder übermorgen wieder hoch, um ihn zu holen.«

Seine buschigen schwarzen Augenbrauen zogen sich zusammen. »Hat ihn jemand gefunden?«

Daddy schüttelte den Kopf.

»Noch nicht ganz«, sagte ich. »Aber er ist dort oben und wartet auf mich. Ich spür's.«

Mr Morgan und Daddy wechselten Blicke.

»Ich hoffe, dass du Recht hast, Abby«, sagte Mr Morgan und klopfte mir leicht auf die Schulter.

Beim Abendessen fragte ich: »Mama, fahren wir am Wochenende rauf nach Virginia und suchen Tam?«

Alle hörten auf zu kauen. Daddy und Meemaw sahen Mama an.

Mama legte die Gabel hin und wischte sich mit der Serviette über die Lippen. »Ich bin noch nicht dazu gekommen, darüber nachzudenken.«

»Du hast es versprochen, weißt du noch?«, sagte ich und guckte Daddy nicht an.

Mama nickte. »Ja, ich habe gesagt, wir werden versuchen da raufzufahren. Was meinst du, Ian?«

Daddy runzelte die Stirn. »Es ist eine lange Strecke bis Virginia. Selbst wenn wir ein verlängertes Wochenende daraus machen, sind wir fast nur unterwegs.«

»So weit ist es doch gar nicht«, sagte ich. »Wir können im Nu dort sein.«

Mama und Daddy starrten mich an, als ob ich plötzlich

zwei Köpfe hätte. »Abby, Schatz, es sind mehr als sechshundert Kilometer von hier bis zu der Stelle, wo ihr den Unfall hattet«, sagte Daddy.

Ich hätte fast meine Erbsen über den Tisch gespuckt. »Sechshundert Kilometer? Das kann nicht stimmen! Wir waren doch so schnell zu Hause und …«

»Du hast auf der Heimfahrt fast die ganze Zeit geschlafen«, erklärte Mama.

Ich sah Meemaw an. Sie nickte.

»Wir haben die Parkwächter fast jeden Tag angerufen«, sagte Mama.

»Das ist nicht das Gleiche«, sagte ich patzig.

»Abby«, warnte mich Daddy.

»Abby hat Recht. Es ist nicht das Gleiche«, sagte Mama.

Ich fiel vor Überraschung fast vom Stuhl.

»Ich habe gesagt, wir würden es versuchen. Ich halte immer mein Versprechen.«

Daddy seufzte. »Na schön. Es kann wahrscheinlich nicht schaden, mal kurz da raufzufahren. Am Freitag ziehen wir los und kommen am Sonntag zurück.«

»Können wir nicht am Montag zurückfahren?«, fragte ich.

»Nein, Abby, du bist schon eine Woche lang nicht in die Schule gegangen. Du kannst dir nicht leisten noch mehr zu versäumen.«

Es fiel mir unheimlich schwer, nicht darauf hinzuweisen, dass sie mich erst seit zwei Jahren nicht mehr selbst zu Hause unterrichteten. Aber Meemaw erinnert mich ständig daran, dass man mit Honig mehr Fliegen fängt als mit Essig. Also lächelte ich so süß wie Kokoscremetorte und sagte: »Danke, Mama. Ich *weiß* einfach, dass wir ihn diesmal finden.«

Das war am Mittwoch gewesen.

Am Donnerstag hatte Daddys Wagen in Asheville eine Panne.

»Tut mir leid, Maus«, sagte Daddy, als ihn endlich jemand abends nach Hause fuhr. »Ich weiß, dass dein Herz daran hängt, morgen nach Virginia zu fahren, aber es geht einfach nicht.«

»Wir *müssen*, Daddy! Können wir uns denn kein Auto leihen?«

Daddy fuhr sich mit einer verschmierten Hand über das müde Gesicht. »Ich muss unseren Wagen reparieren lassen. Bis deine Mama ein neues Auto bekommt, sitzen wir fest.«

»Aber, Daddy …«

»Es reicht«, sagte er. »Ich bin genauso frustriert wie du. Die Band hat nächste Woche ein paar Auftritte. Ich muss dafür sorgen, dass der Bus wieder fährt.« Er seufzte lang und tief. »Weiß Gott, wo ich das Geld für die Reparatur hernehme.«

Er klopfte mit der Hand auf mein Bett. »Vielleicht könnt ihr rauffahren, wenn deine Mama den neuen Pick-up hat. Bis dahin rufen wir immer wieder an und beten.«

Ich kuschelte mich in meine Decke mit dem vertrauten Geruch nach Tam. Ginseng, die Katze, schnurrte auf dem Kopfkissen neben mir.

Ich kämpfte gegen ein Meer von Tränen an und sagte: »Ich werde die Suche nach Tam nie aufgeben, Daddy. Nie!«

10 Tam

Während die Zeit verstrich, drängte der Hunger den Hund genauso heftig wie die Sehnsucht nach seinem Mädchen. Die Leichtfüßigkeit der letzten Tage und Kilometer ließ nach. Trotzdem trieb ihn der Wille, sein Mädchen wiederzusehen, jeden Tag um halb vier auf der Straße nach Süden voran.

Tam schnupperte an einer Papiertüte, die der Wind an den Straßenrand geweht hatte. Er fand aber nur zwei vertrocknete Pommes frites und ein zusammengeschrumpftes Salatblatt. Er schleckte einen Klecks Ketchup in der Tüte auf und lief weiter.

Er sah zu, wie Eichhörnchen sich Eicheln und Beeren in die dicken Backen stopften. Aber die Eicheln waren bitter und die Beeren zäh und sauer. Er fraß grünes Gras, wenn er welches fand, aber es war nicht genug.

Tam blieb hungrig.

An einem wolkenverhangenen späten Nachmittag zog es ihn an einen Ort, an dem vorher Menschen gewesen waren. Er schnupperte an den Picknicktischen auf der

Wiese herum und fand ein paar Brotkrusten und Kartoffelchips, doch trotz eifriger Suche nichts anderes. Als sich die Dämmerung auf die Berge senkte, kratzte er sich ein Lager unter einem Picknicktisch zurecht. Trostlosigkeit füllte seinen Bauch. Am Rand des Parkplatzes stand ein Backsteinhäuschen. Ein Zettel mit Tams Kopf flatterte im Abendwind an der Toilette.

Ein Knall schreckte ihn auf. Tam spähte durch den leichten Regen und sah die schwarze Maske eines Waschbärs, der über einen umgekippten Abfalleimer krabbelte. Der Waschbär riss und zerrte mit seinen Pfoten, die wie Menschenhände aussahen, am Deckelrand. Dann stemmte er sich mit seinen kräftigen Hinterbeinen ab und zog am Deckel, bis dieser herunterfiel.

Tams Nase füllte sich mit Essensgeruch.

Der Waschbär wühlte im Abfall. Er holte halb aufgegessene Sandwiches, Kerngehäuse von Äpfeln, Brötchen, Hähnchenreste und einen kleinen Pappkarton mit altem Kartoffelsalat heraus. Eine leere Coladose rollte über den Parkplatz.

Tam kroch unter dem Tisch hervor und näherte sich der Mülltonne und dem wunderbaren Essensgeruch. Mit Abfall kannte er sich aus. Er war mehrmals in Schwierigkeiten geraten, als er in der Küche den hohen Eimer umgeworfen hatte. Die alte Frau hatte mit ihm geschimpft und ihn ausgesperrt. Nachdem das Mädchen ihn mit ernster Stimme »Tam, böser Hund!« genannt hatte, war er nie wieder an den Abfall gegangen.

Aber jetzt war er schon halb verhungert. Und sosehr ihn auch die Erinnerung an das Mädchen, das er verärgert hatte, zurückhielt, trieb ihn der Hunger, der sich in seinem Bauch festgekrallt hatte, voran.

Der Waschbär wühlte weiter eifrig im Müll und hörte Tam erst, als er ein freundliches *Wuff* bellte. Tam wedelte hoffnungsvoll mit dem Schwanz. Er war noch nie einem Waschbären begegnet. Das Tier erinnerte ihn an die Katzen zu Hause.

Der Waschbär machte einen Buckel, knurrte und fauchte. Manchmal fauchten die Katzen auch, aber es war immer nur ein Spiel. Tam wedelte wieder mit dem Schwanz und machte einen Schritt. Dem Waschbären sträubte sich das Fell. Er zog die Lefzen zurück und fletschte seine scharfen weißen Zähne.

Der Sheltie bellte.

Blitzschnell fuhr der Waschbär mit den Krallen über Tams Kopf und verfehlte nur knapp ein Auge. Tam roch Blut. Das war ihm mit den Katzen nie passiert. Todunglücklich suchte er Schutz unter dem Picknicktisch.

Nach einer Weile watschelte das andere Tier davon. Tam beäugte den Abfall. Nachdem er sicher war, dass der Waschbär nicht zurückkam, ging er wieder zum Mülleimer. Jetzt waren nur noch ein paar Hühnerknochen, die

Rinde einer Wassermelone und ein halbes Brötchen übrig. Die Erinnerung an die Stimme des Mädchens, das »Tam, böser Hund!« gesagt hatte, verblasste mit jedem Bissen.

Zwei Tage lang regnete es heftig. Herbststürme rissen die letzten gelben Blätter von den Bäumen.

Tam drückte sich noch tiefer in die Ecke des Backsteinhäuschens und beobachtete, wie der Wind den Regen am Eingang vorbeifegte. Er hatte die wenigen Abfallreste in den Eimern gefressen, leckte die Schnittwunde in seinem Ballen und seufzte. Als der Tag nicht mehr grau, sondern schwarz war, schlief er ein.

Scheinwerfer schwenkten auf den Parkplatz und machten über Tams Körper halt. Gelächter und der Knall einer zuschlagenden Tür rissen ihn aus dem Schlaf. Aus dem Auto wummerte Musik.

Tam setzte sich auf. Seine Nase erfasste den Geruch nach Regen, feuchter Erde, süßem Rauch und Menschen. Schwankende Schritte stolperten Tam entgegen. Er jaulte unsicher. Etwas an dem Auto, dem Gelächter und dem Menschen, der auf ihn zuging, roch nicht so, wie es sein sollte. Aber Menschen bedeuteten Futter. Sein Instinkt befahl ihm, wegzulaufen und sich zu verstecken, bevor ihn jemand entdeckte. Sein Bauch befahl ihm, zu bleiben.

Zu spät beschloss Tam, seinem Instinkt zu folgen.

Gerade als er am Eingang vorbeiflitzen wollte, versperrten ihm lange Beine und große Füße den Weg. Er taumelte zurück.

»Scheiße, Mann!«, schrie eine Stimme. »Hier ist ein Fuchs!« Die Beine und Füße stolperten rückwärts über eine Wurzel. Der Mensch streckte alle viere von sich. Aus dem Auto kam dröhnendes Gelächter. Die Stimme des Menschen auf dem nassen Erdboden klang wütend.

Tam kauerte in einer Ecke, die Muskeln angespannt. Als er wegrennen wollte, zerbarst eine Flasche über seinem Kopf. Eine übel riechende Flüssigkeit und Glasscherben regneten auf ihn herab.

Der Mensch rappelte sich auf. »Verschwinde, du Mistvieh!«

Tam duckte sich und suchte verzweifelt nach einem Fluchtweg.

Der Mann ging auf ihn zu und roch nach Wut. Tam fletschte zum ersten Mal in seinem Leben die Zähne und knurrte einen Menschen an.

Der Mann blieb am Eingang stehen. Warnend knurrte Tam lauter.

»Verdammter Hühnerkiller«, knurrte der Mensch zurück. Er packte einen Stein und warf ihn auf den Hund. Der Stein prallte wie ein Schuss von der Backsteinmauer ab. Tam bellte erschrocken.

Der Mann drehte Tam den Rücken zu und rief durch

den Regen: »Hey, Beattie, hast du deine Flinte dabei? Ich hab hier einen Fuchs in der Ecke, den ich erledigen muss.«

Als der Mensch wieder in die Toilette guckte, war sie leer.

11 Abby

Sobald am Montagnachmittag die Schule aus war, ging ich ins Sekretariat.

Miss Peasly, die Sekretärin, sortierte Papiere hinter dem Tresen. Ich räusperte mich.

Miss Peasly schaute hoch und lächelte. »Hallo, Abby. Hast du einen schönen Tag gehabt?«

»Ja.« Die erste Lüge.

»Das ist gut«, sagte sie und nahm die Blätter in die Hände.

Ich verlagerte mein Gewicht auf den Krücken. »Ähm …«

Sie sah mich wieder an. »Brauchst du etwas, Abby?«

»Ja«, sagte ich. »Ich brauche jemanden, der mich zum Busbahnhof fährt.«

Sie nahm die Brille ab und ließ sie an einer Kette über ihrem großen Busen hängen. »Wieso um alles in der Welt soll dich jemand zum Busbahnhof fahren?«

Ich schluckte. »Ich … ich … ein Verwandter von mir kommt heute Nachmittag an. Aus Virginia. Ich muss ihn abholen.« Die zweite Lüge.

Sie kräuselte ihre Lippen. »Warum holen deine Eltern ihn nicht ab?«

Meine Hände fingen an zu schwitzen und mein Bauch juckte. Lügen war schwierig. »Meine Mama kommt und fährt uns dann nach Hause. Ich will sie überraschen. Das heißt ihn.«

Miss Peasly musterte mich eine Minute zu lang. Ich löste mich fast auf vor Erleichterung, als sie endlich sagte: »*Ich* kann dich mitnehmen. Ich muss auf der Heimfahrt sowieso dort vorbei.« Sie legte die Papiere in den Aktenschrank. »Warte einen Augenblick, dann fahre ich dich hin.«

Ich schleppte mich auf meinen Krücken zur Bank, auf der sonst immer Schüler sitzen, die auf den Schulleiter warten müssen. Schlimme Schüler. Ich fühlte mich selbst schlimm, nachdem ich so einer netten Frau wie Miss Peasly Lügen aufgetischt hatte.

Ich zog den Busfahrplan, den ich in der Schulbibliothek ausgedruckt hatte, aus dem Rucksack. Ich musste den Bus nach Asheville um Viertel vor vier erwischen, wenn ich abends den Bus nach Waynesboro, Virginia, noch kriegen wollte.

Ich schaute auf die große Uhr an der Wand. Ungefähr jetzt fuhr der Bus, der immer an unserem Haus hielt, vom Schulhof. Hoffentlich beeilte sich Miss Peasly.

»Also, gehen wir«, sagte sie und hängte sich eine große Plastiktasche über die Schulter.

Ich kann euch sagen, Miss Peasly ist die langsamste Fahrerin auf Gottes grüner Erde. Ein Arm hing aus dem Autofenster, und sie winkte jedermann zu, als ob wir alle Zeit der Welt gehabt hätten. Ich jedenfalls hatte sie nicht.

»Wann kommt denn der Gips ab?«, fragte sie.

»In zwei Wochen«, sagte ich. Wenn ich mit Tam aus Virginia zurück wäre.

»Hast du dich in der Schule gut eingelebt? Es muss schwer sein, wenn man so lange zu Hause unterrichtet worden ist.«

Ich zuckte nur mit den Schultern. Dann erinnerte ich mich an meine Manieren und sagte: »Ja, Miss Peasly.«

Sie lächelte mich an. »Es muss aufregend gewesen sein, mit der Band deines Vaters, den *Clear Creek Boys*, herumzureisen.«

Ich hatte mir nie überlegt, ob es aufregend war oder nicht. Seit meiner Geburt hatte ich nichts anderes gekannt, als in unserem alten Wohnmobil durch die Gegend zu fahren und ständig Musik zu hören.

Als ich nicht antwortete, sagte sie: »Ich weiß, dass deine Großmutter froh war, als ihr zu ihr gezogen seid, nachdem dein Großvater so plötzlich verstarb. Das Haus dort oben in Wild Cat Cove ist zu einsam für eine alleinstehende Frau.«

Endlich kam der Busbahnhof in Sicht.

Noch bevor sie anhielt, schnallte ich mich los. »Vielen

Dank fürs Herfahren«, sagte ich, machte die Tür auf, stieß die Krücken vor mir auf den Boden und hängte mir den Rucksack um.

Ich knallte die Autotür zu. Miss Peasly lehnte sich quer über den Sitz und schaute mich an, als ob sie überlegte, was sie noch sagen könnte. Dann öffnete sie ihren Kräuselmund. »Abby, bist du sicher …«

Ich winkte. »Nochmals vielen Dank«, rief ich ihr zu und humpelte, so schnell ich konnte, in das Gebäude.

Der Busbahnhof war praktisch leer. Ein alter Mann im Overall saß schlafend auf der Bank neben dem Cola-Automaten. Eine Frau versuchte ihr quengeliges Baby zu beruhigen.

Ich schritt, so gut ich konnte, zum Fahrkartenschalter. Ein alter Mann schaute von einem Taschenbuch hoch.

»Kann ich dir helfen?«, fragte er.

Mit meiner erwachsensten Stimme sagte ich: »Ich hätte gern einen Fahrschein nach Asheville, North Carolina.« Als ob ich ständig Bustickets kaufte.

Der Mann schob seine Brille nach oben und beugte sich vor, um mich besser zu sehen. »So, so, du hättest also gern einen Fahrschein.«

Ich gab mir alle Mühe, mit den blöden Krücken größer auszusehen. »Ja, ich muss nämlich zu meiner Großmutter. Sie ist krank.« Dieses Mal glitt mir die Lüge wie heiße Butter von der Zunge.

Er beugte sich noch weiter vor und schaute sich um. »Fährt jemand mit, junge Dame?«

»Nein«, sagte ich. Was ja keine Lüge war. »Aber mein Großvater holt mich in Asheville vom Bus ab.«

Die Uhr an seiner Wand tickte. Wir sahen uns an. Schließlich seufzte er und sagte: »Das macht vierzig Dollar und sechzig Cent. Der nächste Bus fährt in fünfzehn Minuten.«

Ich zählte etwas von dem Geld ab, das ich beim Wettbewerb gewonnen hatte, und hoffte von ganzem Herzen, dass der Rest für ein Ticket nach Virginia reichte.

Nachdem ich meine Fahrkarte hatte, zog ich mir eine Cola aus dem Automaten. Bei Mama durfte ich nie Cola trinken. Sie meinte, das Zeug mache den Schmelz auf den Zähnen kaputt. Ich sagte mir, dass sie es nie erfahren würde. Außerdem musste ich mein Gehirn anstrengen, um herauszufinden, was ich nach der Ankunft in Virginia tun würde.

Ich setzte mich auf eine Bank, weg von dem quäkenden Baby und dem schnarchenden Mann. Fünfzehn Minuten. Ich würde es gerade noch schaffen, die Stadt zu verlassen, bevor Meemaw merkte, dass ich nicht nach Hause kam.

Ich nahm einen Schluck Cola. Das Zeug brannte im Hals. Vielleicht hatte Mama doch Recht.

Ich stellte die Coladose auf den Boden und machte den Reißverschluss meines Rucksacks auf. Statt meiner Schulbücher, Hefte und sonstigem Kram war Folgendes drin: ein sauberes T-Shirt, einmal saubere Unterwäsche, eine Pfeife, ein Bild von Tam, meine Baseball-Glückskappe, auf der *Shelties an die Macht!* stand, mein Lunchpaket, das mir Mama immer einpackte und ich nie aß, mein altes zerfleddertes Lieblingsbuch, *Der geheime Garten*, das ich schon mindestens tausendmal gelesen hatte, und mein Skizzenblock.

Ich schaute wieder auf die Uhr. Nur noch zwei Minuten. Noch zwei Minuten und ich wäre unterwegs, um Tam zu finden. Ich war nicht ganz sicher, wie es in Virginia weitergehen sollte, aber ich dachte, mir würde schon irgendetwas einfallen.

Ich legte den Skizzenblock auf meine Knie und schaute mir die Landkarte an, an der ich seit dem Unfall gearbeitet hatte. Ich hatte die Berge gezeichnet, das Lied, das Mama und ich gesungen hatten, aufgeschrieben und die kurvenreiche Straße, die langen Schatten der Sonne am späten Nachmittag und das Reh gemalt, das uns wahrscheinlich vor das Auto gelaufen war. Mir wurde fast schlecht, als ich daran dachte, aber ich musste auch Tam noch zeichnen, die quietschenden Reifen, den Geruch nach verbranntem Gummi, das splitternde Glas und wie die Bäume Purzelbäume gemacht haben, als Tam und die Kiste aus dem Auto geschleudert wurden. Das Herz schlug mir bis zum Hals. Auf meinen Armen brach mir der Schweiß aus.

»Abby.«

Ich schaute hoch. Mein Herz erstarrte.

Mama.

Jetzt würde es mir an den Kragen gehen. Ich wappnete mich gegen die Art von Standpauke, die Mama so gut draufhatte.

Stattdessen setzte sie sich neben mich und nahm meine Hand. Nach einer Weile sagte sie: »Ein Verwandter aus Virginia, hmm?«

Ich schaute weg. Ich war wohl doch keine so gute Lügnerin.

Ich erwartete, dass Mama sagen würde, was für eine Sünde es sei zu lügen, wie gedankenlos ich war. Doch sie streckte die Beine von sich und lehnte den Kopf an die geflieste Wand. Die Stille zwischen uns spannte sich wie ein Flitzebogen. Dann fuhr der Bus vor. Oberhalb der Windschutzscheibe stand das Wort ASHEVILLE in Großbuchstaben.

Ich wollte meine Finger aus Mamas Hand ziehen, aber sie packte fest zu. »Nein, Abby«, sagte sie.

Ich sah zu, wie die Leute ausstiegen. »Aber Mama, ich habe ein Ticket.« Mama hasst es, Geld zu verschwenden.

Sie schüttelte den Kopf. »Ich kann dich nicht gehen lassen.«

Mein Herz hämmerte, als der Busfahrer der Frau mit dem Baby beim Einsteigen half. Der alte Mann nahm seine Plastiktüten mit Wer-weiß-was drin und schlurfte zum wartenden Bus.

Mama hielt meine Hand so fest, dass es wehtat.

»Mama, *bitte*«, sagte ich. Eine Träne rollte mir über die Wange und meine Lippen. »Ich muss ihn finden!«

Mama wischte die Träne mit dem Daumen weg. »Ich verstehe dich ja, Abby. Wirklich. Aber es geht nicht.«

Der Busfahrer stieg die Stufen hoch und kletterte auf seinen Sitz. Die Türen würden sich jeden Augenblick schließen.

Ich riss meine Hand weg und taumelte auf die Füße. Ich langte nicht einmal nach dem Rucksack.

Ich humpelte, so schnell ich konnte, auf meinen Krücken durch den Raum.

»Abby, bleib stehen!«, hörte ich Mamas Stimme.

Ich zögerte für den Bruchteil einer Sekunde und schob mich durch die Tür.

»Warten Sie!«, schrie ich.

Der Fahrer ließ den Motor an. Seine Hand packte den Hebel, mit dem er die Tür schloss. Er blickte von mir zu Mama.

»Fahren Sie los!«, sagte Mamas Stimme hinter mir. »Sie kommt nicht mit.«

Die Tür klappte zu.

Frustriert beobachtete ich, wie der Bus, der mich Virginia näher gebracht hätte, wegfuhr. Ohne die blöden Krücken und den noch blöderen Gipsverband hätte ich den Bus einholen können.

Mama berührte meine Schulter. »Abby, es ist Zeit, nach Hause zu fahren.«

Ich drehte mich so schnell weg, als würde Mamas Hand auf mir brennen. »Hör auf!«, schrie ich. »Hör endlich auf, mir zu sagen, was ich tun soll!«

Mama wich zurück, als hätte ich sie geschlagen.

»Es ist alles deine Schuld«, sagte ich. »Wenn du Tam erlaubt hättest, in deinem stinkigen Auto vorn bei uns zu sitzen, hätte ich ihn nicht verloren! Aber nein – dir war nur wichtig, wie schön dein nagelneuer Pick-up war.«

Mama streckte eine Hand aus, als wollte sie einen wütenden Hund abwehren. »Also, Abby …«

In mir brach ein Staudamm. »Und dann hast du versprochen, dass wir zurückfahren und ihn suchen, aber wir haben es nicht getan, und jetzt muss ich allein hin, weil es euch allen *egal* ist!«

Mama verschränkte ihre Arme vor der Brust. »Es ist mir nicht egal, Abby. Ich habe Tam sehr lieb. Aber dich habe ich lieber. Ich muss tun, was für dich am besten ist. Irgendwann wirst du es verstehen.«

»Nein, ich werde es *nicht* verstehen!«, sagte ich bissig. »Ich werde es *nie* verstehen! Ich verstehe nur, dass Tam irgendwo draußen ist und auf mich wartet. Und euch ist es *egal!*«

Ich stand da und zitterte wie ein Blatt im Herbstwind. So hatte ich noch nie mit einem Erwachsenen gesprochen, und mit Mama schon gar nicht. Wahrscheinlich müsste ich in Zukunft bei ihren edlen Lamas im Stall leben, dachte ich, oder sie würde mich zu Fuß nach Hause schicken. Es war mir egal. Ich hatte schließlich nur die Wahrheit gesagt.

Mama machte den Mund auf und wieder zu. Sie fiel in sich zusammen, als hätte jemand die Luft herausgelassen.

Sie wischte an einem Augenwinkel herum und schniefte. Dann hängte sie meinen Rucksack über ihre heile Schulter. »Komm, Schatz, lass uns heimfahren!«

Zu Hause ging ich sofort in mein Zimmer und kam nicht mehr heraus. Mein Bauch grummelte und knurrte, weil ich nichts zu Abend gegessen hatte, aber auch das war mir egal. Tam hungerte wahrscheinlich auch.

Ich holte gerade die Karte aus meinem Rucksack, an der ich im Bus nach Virginia hatte arbeiten wollen, als es klopfte.

Ich hielt meinen Stift noch fester. »Geh weg!«, sagte ich.

Die Tür flog trotzdem auf. Meemaw stand groß und kerzengerade im Türrahmen. »Ich habe dir eine Kleinigkeit zum Essen gemacht«, sagte sie.

Ich wandte mich wieder meiner Landkarte zu. »Hab keinen Hunger«, sagte ich.

Meemaw schloss die Tür. »Ich habe dir ein mit Käse

überbackenes Sandwich gemacht, schön flüssig, wie du es magst.«

Mein Bauch verknotete sich. Ich liebte Meemaws überbackene Sandwiches. Trotzdem. »Nein, danke«, sagte ich.

Sie setzte das Tablett mit dem Brot und einem Glas Milch auf dem Bett ab, nahm meine Haarbürste von der Kommode und stellte sich hinter mich. Dann löste sie meine Zöpfe auf und sagte: »Zu hungern bringt Tam nicht zurück, Abby.«

Ich schloss die Augen, um nicht zu weinen, und schwieg. Der Kloß in meinem Hals war so groß, dass ich nichts herausbrachte, auch wenn ich es gewollt hätte.

Während sie meine Haare bürstete, sagte sie: »Du hast deiner Mama fast das Herz gebrochen, als du weggelaufen bist.«

Die langen Bürstenstriche lösten die Knoten in meinen Haaren und meinem Hals auf, trotzdem schwieg ich weiter.

»Deine Mama hat schon Sorgen genug, jetzt, wo dein Daddy wieder losfährt und das Geld knapp ist, weil der Wagen repariert werden musste.«

»Ich verstehe nicht, warum er wieder losziehen muss. Ich dachte, er hätte es aufgegeben, an allen möglichen Orten Musik zu machen«, sagte ich.

Meemaw hörte mit dem Bürsten auf. »Dein Daddy ist kein Stubenhocker. Das war er noch nie.«

»Aber Mama sagt, sie bleibt lieber zu Hause, als andauernd in der Gegend herumzuziehen.«

Meemaw fing wieder an zu bürsten. »Ja, sie hatte dieses Leben satt. Und für ein Kind ist es ja auch nichts.« Meemaw summte vor sich hin. »Vermisst du das Reisen, Abby?«

Ich schaute auf die mondbeschienenen Felder und die dunklen Berge um uns herum. Ich kannte jeden Quadratzentimeter der dreißig Hektar so gut wie die Farbe meiner Augen und Haare und jeder einzelnen Sommersprosse. Ich wusste genau, wie die Bäume mir und Tam an Sommerabenden etwas zuflüsterten, und kannte die besten Stellen am Bach, um Salamander zu finden. Und nirgends konnte man Rehe so gut beobachten wie am Teich unterhalb des Apfelgartens.

»Nein«, sagte ich, »ich bin froh, dass wir zu dir gezogen sind. Ich möchte nie wieder wegziehen.«

»Das ist aber wirklich ein großer gelber Mond«, sagte Meemaw mit verträumter Stimme. »Dein Großvater Bill hat ihn Carolina-Mond genannt.«

Ich schaute in Meemaws Gesicht, das aussah, als ob sie in weite Ferne blickte – wie immer, wenn sie von meinem Großvater sprach. Ich berührte ihren Arm, um sie zurückzuholen. »Meemaw, glaubst du, dass Tam irgendwo den gleichen Mond sieht?«

Meemaw lächelte traurig. »Kann schon sein, mein Schatz. Kann sein.«

12 Tam

Tam lag auf einer kleinen Wiese in der prallen Sonne. Das Gras war jetzt braun, aber wenigstens trocken. Tagelanger Wind und Regen hatten die letzten Blätter von den Bäumen gerissen. Die einzige Farbe in den Wäldern war das Rot der letzten Gerbersträucher. Obwohl die Nächte kalt waren, hatte der Altweibersommer das Hochland erreicht.

Mehrere Tage waren vergangen, seit Tam am Rastplatz Menschen begegnet war. Die wütenden Stimmen und die explosionsartigen Geräusche hatten sich tief in sein Gedächtnis eingebrannt. Menschen ging er besser aus dem Weg.

Die eingefallenen Flanken des Shelties hoben und senkten sich im Schlaf. Unter dem schmutzigen, verfilzten Fell waren seine Rippen zu sehen. Seit dem Unfall, seit Tam alles, was er kannte, verloren hatte, seit jemand seine Schüssel neben dem Ofen abgestellt und er neben seinem Mädchen in der Wärme seines Körpers geschlafen hatte, waren Wochen vergangen.

Ein Rabe kreiste niedrig über dem schlafenden Hund

und landete auf dem Ast eines Sassafrasbaums. Er legte den Kopf schräg, erst auf die eine Seite, dann auf die andere, und beobachtete den Hund in der Sonne. Am Ende siegte die Neugier. Der Rabe flog aufs Gras und hüpfte zum Kopf des Hundes. Tams Nase zuckte, die Ohren richteten sich nach vorn, aber die Augen öffneten sich nicht. Der Rabe, der gern andere Tiere neckte, zupfte am Haar einer Ohrspitze.

Tam war im Nu wach und sprang auf die Beine. Er schnappte nach dem Raben, aber der Vogel war zu schnell. Er flog zurück auf den Baum und krächzte spöttisch. Tam tanzte auf seinen Hinterbeinen und bellte den Raben wütend an. Der Vogel zupfte kleine Zweige und tote Blätter, die wie Fausthandschuhe aussahen, vom Sassafrasbaum und bewarf den Hund damit.

Tam schüttelte sich und legte sich wieder hin. Er war fest entschlossen, den Vogel zu ignorieren.

Der Rabe ließ sich aber nicht so einfach abwimmeln. Er stieß sich vom Ast ab, brauste über den Sheltie hinweg und streifte Tams Kopf mit seinen Krallen. In null Komma nichts war Tam auf den Beinen und rannte bellend über die Wiese, dem Vogel hinterher. Der Rabe krächzte und verhöhnte ihn.

Die Verfolgungsjagd begann. Tam sprang über Baumstämme, zwängte sich durchs Unterholz, lief über einen umgestürzten Baum, der eine Brücke über den Fluss bildete. Zum ersten Mal seit Wochen vergaß er den Hunger, die Angst, die Einsamkeit und den Antrieb, nach Süden zu laufen. Er tat, was er am besten konnte und jeden Tag trainiert hatte – er wollte den Hindernislauf so schnell wie möglich hinter sich bringen.

Aber als Tam den letzten Sprung machte und um ein Blaubeerbeet kurvte, stand das Mädchen nicht mit offenen Armen da und rief seinen Namen. Stattdessen stieß er mit einem riesigen, stinkenden Koloss zusammen. Der Schwarzbär suchte faul die letzten Beeren.

Tam prallte zurück, die Augen vor Schreck weit aufgerissen.

Der Bär stellte sich auf die Hinterbeine. Seine Nase schnüffelte in der Luft nach dem Geruch des Eindringlings. Der nahende Winter machte den Bären träge, aber auch missmutig. Jemand, der ihn dabei störte, sich für den Winter dick zu fressen, wurde nicht toleriert.

Der Bär roch jetzt den Hund. Er ließ sich auf alle viere nieder und lief mit erstaunlichem Tempo hinter dem Sheltie her.

Während Tam durch das trockene Gras preschte, prallte sein Herz gegen seine Rippen. Die ausgehungerten Muskeln schrien vor Schmerz. Auf der Wiese, im Freien, holte der Bär ihn ein. Tam spürte den heißen Atem an seiner Flanke. Er hörte das Klicken der Zähne und das feuchte Klatschen der Hängebacken, als der Bär sich auf ihn stürzte und zuschnappte. Unter Aufbietung seiner allerletzten Kräfte rannte der Hund in den dichten Wald.

Als seine Beine ihn nicht länger tragen wollten, quetschte er sich in einen alten, hohlen Baum und wartete ab. Er japste, seine Beine zitterten und seine Nase suchte den Geruch des Tieres.

Ein Zweig zerbrach.

Eine riesige schwarze Nase schnüffelte an der Öffnung des Baumstamms herum. Der Kopf des Bären verdeckte die Sonne.

Tam wimmerte vor Entsetzen und drückte sich, so weit er konnte, nach hinten.

Der Bär schnaufte und brummte. Er steckte eine schwarze Tatze in den Baumstamm. Krallen wie Krummsäbel tasteten blind nach dem Hund. Tam jaulte, als eine Kralle in seine Vorderpfote schlug. Er machte sich so klein wie möglich und drängte sich an die Rückwand des hohlen Baums.

Der Bär zog die Tatze zurück.

Stille.

Tams Nase schnupperte. Er konnte das Tier immer noch riechen, aber nichts mehr hören. Tam entspannte sich.

Plötzlich fing der Baumstamm an zu schwanken. Tam kämpfte dagegen, aus seinem Versteck geschleudert zu werden. Nackte Angst breitete sich in seinem Körper aus. In den drei Jahren seines Lebens hatte er niemals Angst gehabt. Er hatte niemals Hunger kennengelernt. Er kannte nur, was jeder geliebte Hund kennt: Trost und Sicherheit. Für dieses neue Leben in ständiger Gefahr fehlte ihm jede Erfahrung.

Aber in jedem Hund steckt tief im Innern ein bisschen Wolf, von dem er abstammt. Und dieser Wolf verleiht jedem Hund einen ausgeprägten Instinkt. Während der Bär immer heftiger an dem Baumstamm rüttelte, schoss Tam wie eine Kanonenkugel zwischen den Beinen des Bären hindurch. Der Bär wirbelte herum und brüllte vor Wut.

Tam rannte tiefer in den Wald hinein und landete in einem dichten Gewirr von Brombeerbüschen. Die süßen Beeren waren längst verschwunden, nur die scharfen Dornen waren geblieben. Tam war ein kleiner Sheltie. Indem er dem kaum sichtbaren Pfad folgte, den Füchse und Stinktiere hinterlassen hatten, wich er den schlimmsten Dornen aus.

Der Bär haute mit ausgestreckter Tatze auf die Wand aus stacheligem Gestrüpp. Die Dornen stachen tief in seine Haut. Er riss die pelzige Pranke zurück. Die kleinen Dornen hatten blutige Wülste hinterlassen. Der Bär plärrte wie ein Kalb und leckte die blutigen Spuren auf seiner Tatze. Dann drehte er sich prustend und schnaufend um und trottete davon. Der Hund machte ihm viel zu viel Ärger.

Tam wartete und lauschte. Er zitterte vor Erschöpfung und schnupperte im Wind. Der starke, wilde Bärengeruch war verflogen. Schließlich vergrub er seinen Kopf zwischen den Pfoten und beobachtete, wie das Sonnenlicht über den Waldboden zog.

Seine Augen schlossen sich.

Ein Zweig knackte.

Blitzschnell waren die Augen wieder offen. Ein Reh.

Schließlich dämmerte es, und die Luft kühlte sich ab. Tam verließ das Dickicht und ging zum Fluss, um zu trinken. Dann zog er sich wieder in den hohlen Baum zurück.

Während er schlief und der Mond aufging, jagte eine Präriewölfin im trockenen Gras. Der Geruch nach Bär hing immer noch in der Luft, stark und beunruhigend. Sie war erst seit ein paar Monaten kein Welpe mehr, wusste aber genau, dass sie sich von Bären fernhalten sollte.

Da lag aber noch ein anderer Geruch über der Wiese, einer, den die Präriewölfin nicht kannte. Ein Kaninchen war es jedenfalls nicht. Auch kein Reh. Und schon gar nicht ein Stinktier oder Waschbär. Der Geruch erinnerte sie ein bisschen an den Rotfuchs, der unten im Lorbeerhain gelebt hatte, und an die Wärme des Baus, den sie mit ihrer Mutter und ihren Brüdern geteilt hatte. Und doch roch es anders.

Die Präriewölfin legte den Kopf schräg. Sie lauschte gespannt dem Rascheln im Gras. Sie stürzte sich auf das Geräusch und packte eine Maus und dann noch eine, die sie genüsslich verspeiste.

Die Präriewölfin saß im Mondlicht und suchte im Nachtwind nach dem Geruch, den sie nicht verstand. Sie warf den Kopf zurück und heulte dem Mond und den Bergen ihre Fragen entgegen. Dann folgte sie der Spur des unbekannten Dufts in den Wald.

Tam erwachte am nächsten Morgen. Sein Körper war steif. Stöhnend rollte er sich auseinander und kroch aus dem hohlen Stamm. Während er gähnte und die Hinterbeine streckte, schnupperte er, um herauszufinden, was der Tag für ihn bereithielt. Als er Erde und Spinnweben aus seinem Fell schütteln wollte, verharrte er. Es roch nach etwas ganz Neuem. Es war kein Reh, kein Kaninchen und auch kein Stinktier oder Waschbär. Es war nicht der zähe, beißende Bärengeruch. Es war ein Duft, der ihm vertraut war – und auch wieder nicht.

Auch die Präriewölfin erwachte. Sie streckte sich ausgiebig, zuerst das eine Hinterbein, dann das andere. Im Alter von sechs Monaten bestand sie hauptsächlich aus langen, schlaksigen Beinen und komischen großen Ohren. Sie schüttelte den Schlaf aus ihrem beige weißen Fell und sah sich im Wald um. Der Blick aus ihren gelben Augen fiel auf Tam. Die Präriewölfin stand reglos da, die Ohren vorwärtsgerichtet, die Nase in der Luft.

Für Tam sah sie wie andere Hunde aus, denen er begegnet war. Sie roch nach Hund, nur wilder. Sie roch nach Sonne und Gras, Blut und Knochen. Tam jaulte unsicher und hob den Schwanz.

Die Präriewölfin tat, was jeder Hund, vom Wolf bis zum Pudel, als Zeichen der Freundschaft tut: Sie wedelte mit dem Schwanz. Ihre Ohren entspannten sich, und ihr Maul dehnte sich zu einem breiten Grinsen.

Tam überfielen Angst und Unsicherheit vor einem wilden Tier, das er nicht kannte. Was war das bloß für ein Hund, der doch keiner war? Er richtete den Schwanz noch höher auf. Ein leises, langes Knurren kam grollend aus seiner Brust.

Die kleine Präriewölfin legte die Ohren an, wedelte mit ihrer Schwanzspitze und bat um Freundschaft.

Tam knurrte lauter. Sein Blick wurde härter.

Dann wisperte eine Brise aus dem Süden durch die hohen Kiefern bis an Tams Nase und Ohren: *»Nach Hause, nach Hause.«*

Tam drehte sich um und schlug seinen Weg ein, direkt und gerade. Er überquerte Wiesen und folgte einer kaum sichtbaren Rotwildfährte. Seine Pfoten legten Kilometer um Kilometer zurück.

Und immerzu war die Präriewölfin hinter ihm, auch wenn sie nicht zu sehen war.

13 Abby

Drei Wochen, zwei Tage und eine Stunde, nachdem ich Tam verloren hatte, kam ein Anruf.

Mama und ich waren gerade vom Arzt zurückgekommen, der mir den Gipsverband abgenommen hatte. Meemaw empfing uns auf der vorderen Veranda und streckte uns das Telefon entgegen.

»Jemand ruft wegen Tam an«, flüsterte sie.

Ich fiel fast in Ohnmacht. Ich hatte jede Nacht dafür gebetet. Endlich waren meine Gebete erhört worden.

Mama griff nach dem Telefon. Meemaw zog mich hinter ihr ins Haus.

»Ja, wir hatten einen Hund namens Tam«, sagte Mama. »Haben Sie ihn gefunden?«

Ich war kurz davor zu platzen. Jemand hatte Tam gefunden! Ich kniff die Augen zu. *Danke, danke, danke!*

Meemaw strahlte. Mein Hirn galoppierte, so schnell es konnte, hoch in mein Zimmer, um Tams Sachen zu packen, und dann runter zum Auto und über die Berge – so schnell und so weit wie nötig, um Tam nach Hause zu holen.

»*Wo* haben Sie sie gefunden?«, fragte Mama.

Ich zupfte an ihrem Arm. »Wo ist Tam, Mama?«

Mama schüttelte den Kopf und drehte uns den Rücken zu. »Ja, wir möchten sie vielleicht zurückhaben. Könnten Sie mir bitte Ihre Telefonnummer geben? Ich muss mit meinem Mann sprechen. Er ist im Moment dort in der Gegend.«

Der Fußboden schien unter mir wegzurutschen. Wovon redete sie?

Mama kritzelte die Nummer auf einen Zettel. »Wir rufen Sie wieder an«, sagte sie und legte auf.

Die Enttäuschung in ihrem Blick sagte mir klar und deutlich, dass meine Gebete doch nicht erhört worden waren.

Meemaw packte mich an den Schultern. »Nun sag's uns schon, Holly!«

Mama setzte sich auf die Couch. Sie zog mich neben sich und strich mir die Haare aus dem Gesicht.

Ich schob ihre Hände weg. »Sag's mir, Mama!«

Mama holte Luft. »Das war Mr Fryar«, sagte sie. »Er und sein Sohn waren vor zwei Tagen in der Nähe des Nationalparks in Virginia auf der Rotwildjagd.«

Ich hielt den Atem an. Virginia. »War es da, wo wir den Unfall hatten?«

Mama zuckte mit den Schultern. »Er hat gesagt, sie seien beim Weißfelsenfluss gewesen, und sein Sohn hätte im

Wasser etwas Glänzendes an einem Kasten gesehen. Also ist er hineingewatet, um nachzuschauen, was es war.«

In meinem Hals fühlte es sich an, als ob mir gleich schlecht würde. »Und was war's?«, fragte ich.

»Tams Kiste, Schätzchen«, sagte Mama.

»Und was war das glänzende Ding?«, fragte Meemaw.

Mama zwinkerte, um sich die Tränen zu verkneifen. »Tams Marken. Sein Halsband hing an der Tür der Kiste.«

Ich kniff die Augen wieder zusammen. Bilder tauchten vor mir auf: Wasser, das in die Kiste lief, Tam, der verzweifelt an der Tür kratzte, wie er ins Wasser glitt, wie sich sein Halsband verfing …

»Gab es eine Spur von dem Hund?«, fragte Meemaw. »Irgendein Zeichen?«

Ich schüttelte den Kopf und versuchte, die schrecklichen Bilder loszuwerden.

»Nein«, sagte Mama. »Er hat gesagt, dass er und sein Sohn sich nach Spuren umgesehen hätten, sogar gepfiffen hätten, aber …«

Keiner von uns sagte ein Wort. Das einzige Geräusch machten die Bäume vorm Haus. Sie knarrten und stöhnten im Wind.

Mama nahm meine Hand und drückte sie. »Es tut mir so leid, Abby.«

Ich schüttelte immer nur den Kopf, immer und immer wieder.

»Ich rufe deinen Vater an. Er und seine Band haben in Virginia gerade ein Konzert gegeben. Wenn du willst, kann er hinfahren und die Kiste und Tams Halsband abholen. Wäre dir das recht?«

Reine Hoffnungslosigkeit füllte jede Zelle und jede Pore meines Körpers. Es gab die Kiste und das Halsband, aber keinen Tam.

Ich guckte von Mama zu Meemaw, die nickte.

Ich seufzte. »Ich glaube schon, Mama.«

Zwei Tage später fuhr Daddy mit seinem alten VW-Bus in die Einfahrt vorm Haus. Hinten im Auto lag zwischen Gitarren, Geigen und Banjos Tams Kiste.

Daddy und Mama standen etwas abseits, als ich mit der Hand über die Kiste strich. Es stimmte, was Mr Fryar gesagt hatte: Die Kiste sah ziemlich ramponiert aus. Die Seiten waren eingeschlagen, und am Boden waren Krallenspuren zu sehen. Die Drahttür war aus den Angeln gerissen, als ob eine riesige Hand sie verdreht hätte.

Ich wandte mich ab. Ich konnte den Gedanken nicht ertragen, wie es für Tam gewesen sein musste.

Daddy zog etwas aus seiner Manteltasche. »Ich dachte mir, dass du das gerne hättest«, sagte er und reichte mir Tams lila Halsband.

Mama legte den Arm um mich und zog mich an sich. »Tut mir leid, Abby. Ich weiß, wie gern du ihn hattest.«

Ich drehte mich von ihr weg. »Vielleicht lebt er ja noch.«

Mama und Daddy sahen sich an.

»Er kann doch aus der Kiste rausgekommen sein«, sagte ich. »Nur weil ihn niemand gefunden hat, heißt das noch lange nicht …«

»Hör mal, Abby«, sagte Daddy. »Ich finde, es wäre das Beste, wenn du der Tatsache, dass Tam nicht mehr lebt, ins Auge sehen würdest. Er kommt nicht zurück.«

»Nein!«, schrie ich. Ich starrte beide an, wie sie mit tränennassen Gesichtern dastanden, und biss die Zähne zusammen. Ich würde nicht weinen.

»Ihr könnt ihn aufgeben«, brüllte ich, »aber *ich* tu das nicht!«

»Abby.« Daddy streckte die Arme nach mir aus.

Ich musste von ihnen, ihren Tränen und der schrecklichen, halb verfaulten Kiste weg. Ich rannte die Auffahrt hinunter und rutschte auf dem Schnee und Eis entlang.

Das Blut pochte in meinen Ohren und wiederholte in einem fort: *Tam ist tot, Tam ist tot*. Ich lief, so schnell ich konnte, vor diesen furchtbaren Worten davon.

Irgendwann konnte ich nicht mehr rennen. Ich beugte mich vornüber, rang nach Luft und versuchte, alle Teile von mir, die wegfliegen wollten, festzuhalten. Ohne die Hoffnung, dass Tam nach Hause kam – wie konnte ich da ein Ganzes bleiben?

»Abby?«

Ich richtete mich auf und zwinkerte. Da stand Olivia, ein Bündel aus leuchtend gelbem Mantel, schwarzen kleinen Stiefeln und einer Mütze auf dem Kopf. Sie sah aus wie eins von unseren Küken.

»Was machst du hier?«, fragte ich.

»Das wollte ich *dich* gerade fragen«, sagte sie.

Da merkte ich erst, dass ich zu ihr nach Hause gelaufen war. Ich sah sie an. Ihre Augen waren ganz traurig vor Sorge. Die Welt drehte sich im schnellen Tempo um mich herum, mein Atem flatterte wie der eines gefangenen Vogels, der fliehen möchte, und ich setzte mich mitten im festgetretenen Schnee auf die Straße und sagte: »Tam.«

»Lasst mich mal kurz überlegen«, sagte Olivias Großvater, während er im Kamin Feuer machte. »Sie haben die Kiste deines Hündchens und sein Halsband gefunden. Aber den Hund selbst nicht?«

Ich nickte. »Sie haben behauptet, sie hätten keine Spur von Tam entdeckt.«

Olivia starrte ins Feuer und fischte die kleinen Marshmallows mit der Zunge aus ihrem Kakao. »Und du sagst, sein Halsband hing an der Tür?«

Ich nickte wieder.

»Dann hat er es abgestreift«, sagte Olivia.

»So sehe ich das auch«, sagte ihr Großvater.

»Dann lebt er vielleicht noch?«, fragte ich.

»Also …« Olivia schaute zur Seite und sah ihren Großvater an. »… ich kann das nicht mit Sicherheit sagen, Abby, aber logischerweise …«

»Du musst mit deiner Meemaw reden«, sagte Mr Singer.

Wir sahen ihn an, als ob er gesagt hätte, ich sollte mit dem Präsidenten der Vereinigten Staaten sprechen.

»Sie hat das Zweite Gesicht«, sagte er nickend.

»Das Zweite Gesicht?«, fragte Olivia. »Was bedeutet das?«

Ein Hoffnungsschimmer tauchte auf. »Es bedeutet, dass sie Dinge sehen kann, die andere Leute nicht sehen.«

Das gab mir Auftrieb und ich sagte: »Meemaw und ihre Mutter und deren Mutter hatten alle das Zweite Gesicht. Meemaw sagt, die Leute sind von überall her gekommen, um eine Antwort auf ihren Herzenswunsch zu erhalten.«

»Aber würde das auch bei einem Hund funktionieren?«, fragte Olivia.

Ich sprang auf und kippte fast meinen Kakao auf den Boden. »Ich weiß nicht, aber es gibt eine Möglichkeit, das rauszufinden.«

Ich flog aus der Haustür und die Straße hoch, bevor Olivia Zeit hatte zu blinzeln.

Ich fand Meemaw in der Küche, wo sie gerade ein Blech mit herrlich duftenden Plätzchen aus dem Ofen nahm.

»Abby, wo um alles in der Welt bist du gewesen? Wir haben uns solche Sorgen gemacht und …«

»Meemaw, du musst unbedingt etwas für mich tun!«

Sie runzelte die Stirn. »Was denn, mein Schatz?«

Ich holte tief Luft. »Du musst das Zweite Gesicht benutzen, um Tam zu finden.«

Ihre Augen wurden groß. Dann sah sie sich in der Küche um. Leise sagte sie: »Du weißt, dass deine Mama es nicht mag, wenn über das Zweite Gesicht gesprochen wird. Außerdem bin ich nicht sicher, ob es auch bei einem Hund funktioniert.«

Ich nahm ihre weichen Hände in meine. »Bitte, Meemaw! Du hast immer gesagt, dass die Leute mit Fragen über ihre Liebsten zu dir gekommen sind. Wegen Leuten, nach denen sie sich am meisten sehnten. Für mich ist das Tam. Warum sollte es denn nicht klappen?«

Sie sah mich lange an. Dann zog sie die Schürze aus und hängte sie an ihren Haken. »Komm, gehen wir in dein Zimmer!«

Wir schlossen die Tür. Sie schüttelte den Kopf. »Ich weiß nicht so recht«, sagte sie. »Vielleicht hilft es, wenn ich etwas von ihm hätte.«

Ich schaute mich um. Dann fiel es mir ein. »Hier, Meemaw.« Ich holte Tams Halsband aus der Tasche.

Sie setzte sich in den alten Schaukelstuhl, den Großvater Bill für sie gezimmert hatte, als Daddy auf die Welt gekommen war. Sie schloss die Augen und drückte das Halsband an ihre Brust.

Ich hielt den Atem an und beobachtete ihr Gesicht. Schnee wirbelte an die Fensterscheiben.

Gerade als ich das Gefühl bekam, es würde nicht klappen, entwich ihrem Mund ein leises »Oje«. Wie Schatten, die über unseren Teich huschten, glitten Angst, Trauer, Entschlossenheit und Liebe nacheinander über ihr Gesicht. Sie drückte das Halsband noch fester an sich. Tränen liefen ihr über die Wangen.

Ich konnte mich nicht länger beherrschen. »Meemaw! Was ist? Kannst du Tam sehen?«

Sie schlug die Augen auf und richtete ihren Blick wie einen blauen Laserstrahl auf mich. »Abby, Tam ist …«

Die Tür ging auf. »Oh, Abby, hier bist du also! Ich habe mir solche Sorgen gemacht und …« Mama schaute von mir zu Meemaw und wieder zu mir.

Ihre Miene wurde starr. »Was geht hier vor, Agnes?«

Ich schwenkte eine Hand, um Mama zu verscheuchen. »Was hast du gesehen, Meemaw? Ist Tam noch am Leben oder nicht?«

Meemaw schaute von mir zu Mama. Sie biss sich auf die Unterlippe und sagte dann leise: »Ja, Abby, ich glaube, er ist noch am Leben. Er sucht den Weg zurück zu dir.«

Ich juchzte und warf Mama fast über den Haufen, so fest drückte ich sie an mich. »Siehst du, Mama? Ich hab's dir doch gesagt! Wir müssen sofort los, Mama! Wir müssen ihn finden!«

Aber Mama sah mich nicht an. Sie legte einen Arm um mich und zog mich an sich, während sie Meemaw bitterböse anfunkelte.

»Mama …«, sagte ich und versuchte, mich aus ihrem Arm zu winden.

Mit der gleichen kalten, festen Stimme, die sie bei Werbeanrufen benutzte, sagte Mama: »Bei allem Respekt, Agnes – aber ich dulde nicht, dass du meiner Tochter solchen Unfug in den Kopf setzt und ihr falsche Hoffnungen machst! Sie hat schon genug gelitten.«

»Das Kind hat mich um Hilfe gebeten, Holly«, sagte Meemaw leise.

Meemaw und Mama sahen sich lange an. Endlich sagte Mama: »Abby, bitte bring den Lamas einen Eimer Gemüse.«

Ich konnte nicht glauben, was ich da hörte. »Aber *Mama* …«

Sie strich mir über den Kopf. »Geh schon, Abby. Ich muss mit deiner Großmutter reden.«

Ich stürmte aus dem Haus und ließ die Tür mit dem Fliegengitter zuknallen. Was Mama, wie ich zufällig weiß, verrückt macht. »Ich dulde nicht, dass du ihr Unfug in den Kopf setzt und falsche Hoffnungen machst!«, sagte ich mit Mamas Stimme einer Schneekönigin. Dann stapfte ich in den Stall. Sechs langhalsige, großohrige und wunderbar fusselige Lamas hörten auf zu kauen und schauten mich an.

»Seit wann ist hoffen und an ein Wunder glauben *Unfug?*«, fragte ich. Sechs Paar große braune Augen sahen mich an. Sterling, Boo, Patches, Jet, Pearl und Bambi traten nervös von einem Fuß auf den anderen.

Ich holte ein paarmal tief Luft, um mich zu beruhigen. Lamas ähneln Shelties in einem sehr: Sie sind unheimlich feinfühlig. Und wenn ein Lama Angst hat oder wütend ist, spuckt es leider.

Ich wartete darauf, dass mein Kopf wieder klar wurde. Dann bot ich jedem Lama Möhren an. Ihre weichen, geteilten Lippen nahmen die Leckerbissen von meiner Handfläche wie mit einem samtenen Löffel auf. Ich strich ihnen über die drahtigen Haare ihrer Hälse, bis zwei von ihnen summten. Lamas summen, wenn sie sich sicher fühlen und zufrieden sind, ungefähr so, wie eine Katze schnurrt.

Ich lehnte meinen pochenden Kopf an Pearls Hals und vergrub meine Finger in ihrem dichten Pelz. Sie summte tief und leise. Das Geräusch drang durch meine Haut und in mein gebrochenes Herz.

»Komm nach Hause, Tam«, wisperte ich. »Komm nach Hause!«

14 Tam

Tam lief immer weiter nach Süden und hielt sich weit von der Straße fern. Wie ein schlaksiger Schatten folgte dicht hinter ihm die Präriewölfin.

Am Anfang beunruhigte es den Hund, dass dieses wilde, unberechenbare Wesen sich an seine Fersen heftete. Die üblichen Gerüche eines Hundes, der jemandem gehört, hafteten dem Tier nicht an: die Berührung von Händen, Futter, das in einer warmen Küche zubereitet wird, Decken, auf denen es nachts schlief. Diese Präriewölfin roch nach Blättern und Wind und frischem Blut.

Trotzdem beobachtete Tam neugierig, wie die Präriewölfin auf den Feldern Mäuse und Maulwürfe jagte und in Kaninchenbauten grub. Obwohl er selbst nichts von einem Jäger an sich hatte, wusste er doch, was Beute war.

Wenn der Mond aufstieg und Tam schlief, stand die Präriewölfin auf. Sie schlich durch die Nacht, lauschte und schnupperte. Nachdem sie sich satt gefressen hatte, trug sie ihre frisch getötete Beute – Kaninchen, Eichhörnchen oder Igel – zu Tam. Sie bedeckte das Fleisch mit Erde und Blättern, streckte sich dann neben Tam aus und schlief.

Tatsächlich war die kleine Präriewölfin sehr einsam gewesen, bis sie Tam wahrgenommen hatte. Als sie fünf Monate alt gewesen war, hatte ein Auto ihre Mutter angefahren. Die Jungen blieben in der Nähe des Baus, den sie zeit ihres Lebens miteinander geteilt hatten. Irgendwann waren ihre Brüder davongelaufen. Wochenlang war die Kleine nicht von der Stelle gewichen und hatte auf ihre Brüder gewartet. Während die Tage und Nächte vorübergezogen waren, war ihr Rufen zu einem Geheul der Einsamkeit geworden. Die Nachtluft hatte aufgefrischt, und die Tage waren kürzer geworden. Die Präriewölfin hatte den Bau und alles, was ihr vertraut gewesen war, verlassen.

Eine Zeit lang hatte sie den Geruch ihrer Brüder gesucht und sie in der Nacht gerufen. Doch allmählich hatte sie die Erinnerung an ihre Familie verloren. Sie hatte nur noch gewusst, dass sie allein war, und der Wunsch, es nicht mehr zu sein, hatte sie vorangetrieben.

So folgte sie Tam Tag für Tag auf der schmalen Rotwildfährte immer weiter nach Süden. Es war ihr egal, in welche Richtung sie liefen, solange sie zusammen waren. Oft machte sie einen weiten Bogen um Tam, ohne entdeckt zu werden, und wartete dann auf ihn. Wenn Tam vorbeiging, sprang sie hinter einem Baum oder Busch hervor, und wenn Tam stehen blieb, um sich auszuruhen, kniff sie ihn und verneigte sich, um ihn zum Spielen aufzufordern.

Tam ließ sie jedes Mal abblitzen. Er war ein Hund auf dem Weg nach Hause.

Tam und die Präriewölfin liefen unaufhörlich nach Süden und stiegen zu den Sandbänken des Otterbachs hinab. Die Jagd war gut, das Wetter kühl und schön. Tam hatte sich seit dem Unfall noch nie so kräftig gefühlt.

Nachdem sie mehrere Kilometer weit kreuz und quer durch den Bach gewatet waren, erreichten sie das Ufer des James. Das war kein schmaler, plätschernder Bach. Tam war es gewohnt, Bäche zu überqueren, aber der James war ein breiter, träger Fluss. Und er war tief. Tam hatte so etwas noch nie gesehen.

Die Präriewölfin trottete am Flussufer entlang und untersuchte jeden Abfall. Sie wälzte sich erfreut auf einem toten Fisch, stand wieder auf, schüttelte sich, trottete zu Tam zurück und kniff ihm spielerisch ins Ohr.

Tam knurrte. Er hatte keine Lust zum Spielen. Der Weg nach Süden, der Weg, den er gehen musste, lag auf der anderen Seite des Flusses, und Tam sah keine Möglichkeit, ihn zu überqueren. Er hatte sich daran gewöhnt, über schmalere Bäche und Flüsse von einem Stein zum anderen zu springen oder über einen umgestürzten Baum zu laufen. Aber dieser Fluss war zu breit. Nicht einmal die höchste Hemlocktanne hätte ihn überspannt.

Nachdem Tam eine Stunde lang vergeblich nach seichtem Wasser gesucht hatte, legte er sich müde und enttäuscht in den Schatten. Er seufzte und sah mit traurigen braunen Augen zu, wie der Fluss an ihm vorüberrauschte. Ein Raubvogel kreiste faul über einer winzigen Insel im Fluss, ein Eichhörnchen schnatterte in den Zweigen über Tam. Die Präriewölfin streckte sich so nah, wie sie es wagte, neben ihrem Freund aus und schloss die Augen.

Vier Kilometer weiter im Westen krächzte ein Rabe auf einer Brücke und segelte dann über den Fluss.

Am späten Nachmittag erhob sich Tam. Der Antrieb nach Süden war stärker denn je. Er jaulte. Es war höchste Zeit, sein Mädchen wiederzusehen. Höchste Zeit, seine Stimme zu hören. »Tam! Komm her, Tam!«

Die Präriewölfin war von Natur aus eine furchtlose Schwimmerin. Ihre Mutter hatte ihr und ihren Brüdern früh das Schwimmen beigebracht. Sie paddelte problemlos im tiefen Wasser, der Rücken hoch, der Schwanz wie ein Ruder hinter sich. Sie krabbelte wieder ans Ufer und rief Tam.

Tam jaulte und machte einen zögerlichen Schritt in Richtung Fluss. Er hob die Nase in den Wind. Die Präriewölfin irrte sich bestimmt. Es gab doch sicher einen anderen Weg.

Die Präriewölfin rief ihn wieder und watete ins Wasser. Sie schwamm hinaus, im Kreis und zurück.

Tam lief noch zwei Schritte und wimmerte.

Es gibt nichts Bedauernswerteres auf dieser weiten Welt als einen Hund, der zwischen dem, was er braucht, und dem, was er fürchtet, hin- und hergerissen wird.

Die Präriewölfin schwamm der kleinen Insel im Fluss entgegen.

Jaulend und mit dem Bauch fast auf dem Boden kroch Tam ins Wasser.

Tam war von Natur aus kein guter Schwimmer. Sein Rücken und seine Hüften sanken unter die Wasseroberfläche. Er mühte sich, den Kopf über den Wirbeln und Wellen zu halten. Sein langes, dichtes Fell bauschte sich. Aber es war nicht so schlimm, wie er befürchtet hatte.

Bis ihn die Strömung erfasste.

Tam strampelte mit aller Kraft, um den Kopf über der Wasseroberfläche zu halten. Seine Vorderpfoten kämpften mit der Strömung. Er heulte. Wo waren die rettenden Arme seines Mädchens? Wo war sein sicheres Zuhause?

Die Präriewölfin hatte sich gerade am Ufer des Inselchens hochgezogen, als sie Tams Hilferuf vernahm. Sie saß am Rand, den Kopf zur Seite geneigt. Warum schwamm ihr Freund nicht zu ihr? Die Präriewölfin gab Laut. Vielleicht sah er sie nicht.

Die Strömung wurde schneller. Der träge Fluss wurde zu einem wilden Gebräu aus Wasser und Felsen, erfasste Tam wie ein Stück weggeworfenes Papier und wirbelte seinen Körper flussabwärts. Wasser rauschte in seine Nase und brachte eine Flut von Erinnerungen an das zurück, was sich vor Wochen und viele Kilometer entfernt abgespielt hatte. Immer wieder packte ihn das trübe Wasser und warf ihn gegen Felsbrocken und Steine. Aber egal, wie sehr sich der Fluss auch bemühte, Tam in die Irre zu führen – er blieb auf dem richtigen Kurs.

Seine Schulter schlug gegen einen Felsen und zog ihn in die Tiefe. Wasser füllte seine Lunge. Grau schlug es über ihm zusammen. Tam konnte das dunkle Flussbett nicht mehr vom Himmel unterscheiden. Seine Beine wurden schwer und nutzlos.

Die Präriewölfin beobachtete mit zunehmendem Entsetzen, wie die Strömung Tam von der Insel wegspülte. Sie rannte am Ufer entlang und versuchte, ihn nicht aus den Augen zu verlieren. Tams Kopf verschwand unter der Oberfläche. Die Präriewölfin jaulte und rief ihren Freund. Dann warf sie sich in den reißenden Fluss.

Ein Gefühl unendlicher Hoffnungslosigkeit packte den Hund. Er war müde, so müde, und wusste den Weg nach Hause nicht mehr.

Dann fiel ihm alles wieder ein. Es war, als ob das Mädchen in der Nähe wäre und ihn rief. »Tam! Komm heim zu mir, Tam!« Der Sheltie strampelte mit mehr Kraft, als er sich jemals zugetraut hätte. Irgendwo rief ihn sein Mädchen, und er musste zu ihm.

Als sein Kopf auftauchte, nahm er zweierlei wahr: die Luft und die Präriewölfin.

Sie paddelte mit kräftigen Schlägen an ihn heran und drehte seinen Körper stromaufwärts, dem ruhigen Wasser am Ufer entgegen. Sie und ihre Brüder hatten an langen heißen Sommertagen ein Spiel daraus gemacht.

Die Präriewölfin nahm all ihre Kraft zusammen, um Tam mit dem Körper zu stützen und sich und ihn langsam ans Ufer zu steuern. Gerade als sie glaubte, nicht weiterschwimmen zu können, beruhigte sich die Strömung. Ihre Pfoten berührten den sandigen Boden. Sie hatten es gemeinsam geschafft, den Fluss zu überqueren.

Tam hatte kaum noch die Kraft, sich aus dem Wasser zu ziehen. Sein Körper war zerschlagen und voller blauer Flecke. Das Gewicht des Wassers in seinem Fell war fast zu viel. Er schwankte und schleppte sich zu einem Flecken, den das schwindende Sonnenlicht noch erreichte. Er erbrach Wasser und sackte zusammen.

Die Präriewölfin heulte und stieß ihren Freund mit der Pfote an. Sie leckte sein Maul, obwohl der Hund das nicht mochte und immer geknurrt und nach ihr geschnappt hatte, wenn sie es tat. Doch diesmal rührte Tam sich nicht. Er schlug nicht einmal die Augen auf.

Als die letzten Sonnenstrahlen hinter dem Bergrücken verschwanden, kam eisiger Wind auf. Tam zitterte in der Kälte.

Wimmernd und seufzend umschlang die Präriewölfin den Hund mit ihrem Körper. Sie rührte sich auch nicht vom Fleck, als verlockende Mäuse im trockenen Gras am Flussufer raschelten. Ihre Ohren zuckten kaum, als erst ein Fuchs und dann ein Reh ans Wasser kamen, um zu trinken. Und als ein bissig kalter Wind von Kanada her über die Höhen blies, rückte die Präriewölfin noch näher an ihren Freund heran, und ihr treues Herz schlug im Takt mit seinem.

15 Abby

»Schau, hier ist noch eins«, sagte Olivia und kniff die Augen vor dem Bildschirm zusammen. »Es heißt *Fairhope County Shelter*. Das Tierheim ist zwar nicht in der Nähe der Stelle, wo ihr Tam verloren habt, aber er kann ja inzwischen schon ziemlich weit gelaufen sein. Ich drucke das jedenfalls aus.«

»Danke, Olivia«, sagte ich. Ich rutschte am Computerplatz in der Schulbibliothek näher an sie heran. »Jetzt kann ich sechs Tierheime anrufen. Das Besucherzentrum der Parkwächter ist doch im Winter geschlossen.«

Das hatte ich vor kurzem festgestellt, als ich wie jeden Tag dort anrufen wollte. Ich wäre vor Schreck fast gestorben. Aber meine Freundin Olivia, das klügste Mädchen in ganz Harmony Gap, hatte die Idee mit den Tierheimen.

Es läutete zur nächsten Stunde. Olivia loggte sich aus. »Wir rücken einfach immer weiter nach Süden vor …«

»Wie Tam«, sagte ich.

»… und suchen noch mehr Heime, die du anrufen kannst.« Olivia nahm die Brille ab und fing an, sie sorgfältig zu putzen, was immer ein sicheres Zeichen dafür war, dass sie sich überlegte, wie sie mir am besten etwas Unangenehmes sagen könnte. Ich wappnete mich. »Abby, ich möchte nicht, dass du dir allzu viel Hoffnung machst. Ich weiß, wie lieb du Tam hattest und er dich, und er war wirklich ein sehr kluger Hund.«

»Rede nicht von ihm, als ob er tot wäre!«, sagte ich giftig.

Sie seufzte und setzte die Brille wieder auf. »Ich sage nur: Gib acht, Abby.«

Ich hängte mir den Rucksack um und stapfte zum Musikunterricht, ohne mich noch einmal umzuschauen.

Zwei Tage später kam Daddy abends in mein Zimmer. Er nahm meine Gitarre und setzte sich auf die Fensterbank. Er spielte die ersten Takte von *The Water is Wide*, einem unserer Lieblingssongs, den wir manchmal zusammen sangen.

»Deine Mama hat mir erzählt, dass du Tierheime in ganz Virginia anrufst. Sie sagt, du bringst uns noch ins Armenhaus mit den vielen Telefonaten.«

Ich schaute nicht von meiner Zeichnung hoch und sagte: »Es waren nur sechs Tierheime, nicht so viele. Und ich rufe nicht jeden Tag alle an.«

Daddy stellte die Gitarre hin und setzte sich auf die Bettkante. »Das Geld ist im Moment ziemlich knapp, Maus. Und Weihnachten steht vor der Tür.«

Ich hob nur die Schultern und zeichnete Mr Fryars Sohn, wie er Tams Kiste und Halsband im Wasser fand.

»Weshalb ich wieder losmuss«, fuhr Daddy fort. »Gleich nach *Thanksgiving*.«

»Habe ich gehört«, murmelte ich.

»Von wem?«

Ich seufzte und legte meinen Zeichenblock beiseite. »Von dir und Mama«, sagte ich. »Ich habe euch heute Morgen streiten gehört. Mama klang ziemlich böse.«

Jetzt war Daddy an der Reihe zu seufzen. »Ja, stimmt, ich bin bei deiner Mama mal wieder in Ungnade gefallen.«

»Aber Weihnachten bist du wieder zurück, ja?«

Daddy lächelte. »Um nichts in der Welt würde ich das verpassen, mein Schatz.«

Ich musterte das Gesicht meines Vaters ziemlich lang. Seine Augenfarbe war immer noch blauestes Blau und seine Nase war kräftig und gerade. Er hatte Meemaws rote Haare, wild wie ein Sturm in den Appalachen im Sommer. Ich wusste genau, wie er roch.

»Ich wünschte, ich könnte mitkommen, Daddy«, sagte ich. »Ich könnte dein Navigator sein.«

Daddy grinste. »Landkarten hast du schon immer gemocht. Als Mama und ich durch die Gegend gefahren sind, hast du als kleines Baby auf ihrem Schoß gesessen und die Landkarte angeschaut. Deine Mutter hat immer erzählt, dass du es am liebsten hattest, wenn sie sich Gutenachtgeschichten ausgedacht hat, die etwas mit dem Straßenatlas zu tun hatten.«

»*Mir* wäre es auch lieber, wenn du nicht gehen würdest«, gestand ich ihm.

»Ich muss meinem Leitstern folgen, Abby. Musiker zu sein ist mein Traum.«

»So wie die drei Weisen dem Leitstern nach Bethlehem gefolgt sind?«, fragte ich.

»Genau so.« Daddy nickte, als würde er sich selbst zustimmen. »Die meisten Leute haben einen Leitstern – etwas, das ihrem Leben eine besondere Bedeutung gibt. Meiner ist die Musik.«

Ohne zu überlegen, sagte ich: »Meiner ist Tam.«

Für Mama ist *Thanksgiving* der allerschönste Feiertag. Sie sagt, es geht um die Familie, Freunde und gutes Essen, das man miteinander teilt. »*Thanksgiving* ist das Fest des Teilens«, sagte sie, als wir Äpfel für die Kuchen schälten. »Keines, an dem man Geschenke bekommt.«

Daran dachte ich, als ich mich am Tisch umschaute. Mama saß mit leuchtenden Augen neben Daddy. Ich wusste, dass sie sich unter dem Tisch an den Händen hielten. Olivia und ihr Großvater saßen mir gegenüber, und Mr Singer sagte zum millionsten Mal zu Meemaw: »So viele gute Sachen habe ich noch nie gegessen.«

Meemaw lachte. »Alphus, du hast den Truthahn und die Soße wie ein Mann mit einem hohlen Bein gegessen.«

Daddy zwinkerte mir zu. »Haben die Truthähne immer noch Wünschknochen, Maus?«

Meemaw sprang vom Stuhl auf und nahm etwas vom Holzofen. »Hab ihn nur zum Trocknen hier hingelegt«, sagte sie und reichte Daddy ein großes Gabelbein.

Daddys Augen wurden schmal, als er sich die beiden dünnen Zinken genauer ansah. »Die sehen ja perfekt zum Wünschen aus. Was haltet ihr davon, Olivia und Abby?«

Wir grinsten und nickten. Dann hielt jeder von uns ein Ende der dünnen Knochen fest. »Wünscht euch was, ihr beiden«, sagte Mama.

Ich schloss die Augen und stellte mir vor, wie Tam mich mit seinen warmen braunen Augen anguckte und grinste. Ich spürte seinen Kopf auf meinen Knien.

»Seid ihr bereit?«, fragte Daddy. Wir nickten.

»Okay«, sagte er. »Eins, zwei, drei …«

Schnapp!

»Also, seht euch das an!«, rief Meemaw aus.

Ich machte die Augen auf und schaute auf die dünnen Knochen, die wir festhielten. Sie waren genau gleich lang!

Olivia schüttelte den Kopf. »Ich glaube, so etwas hab ich noch nie gesehen.«

»Ihr habt wahrscheinlich beide starke Wünsche«, sagte Olivias Großvater und strich sich über den Bart.

Ich hätte Olivia so gern gefragt, was sie sich gewünscht hatte. Aber Daddy sagte: »Ich bin nicht schlau genug, um zu wissen, was das bedeutet, aber ich *weiß*, dass es höchste Zeit für etwas Musik ist.«

»Mama«, sagte er zu Meemaw, »schnapp dir deine alte Harfenzither! Abby, hol deine Gitarre!«

»Und ich stimme schon mal mein Banjo«, sagte Mr Singer.

Daddy haute Mama auf den Hintern. »Und du setzt dich bitte ans Klavier, meine schöne Holly Prescott Whistler. In unserem Haus hat es lange keine Musik mehr gegeben.«

Wir taten alle schnell, was Daddy gesagt hatte, und überlegten, was wir spielen wollten. Daddy klemmte sich die Geige unters Kinn, fing an, den schönen Song vom *Wind in der Gerste, The Wind That Shakes The Barley*, zu spielen und riss uns alle mit. Dann ging es sofort mit einer schnellen Version von *Rocky Top* weiter. Uns wurde fast schwindlig, als wir versuchten, das Tempo mitzuhalten. Olivia sang aus vollem Hals, und wir lachten so laut, dass wir nicht hörten, wie Wind und Schneeregen gegen das Haus prasselten. Für mich stand in diesem Augenblick fest, dass *Thanksgiving* Weihnachten bei weitem übertraf.

Ich nahm die Finger von den Saiten, um sie auszuruhen. Aus reiner Gewohnheit ließ ich meinen Arm hängen, um Tam hinter den Ohren zu kraulen. Aber da war kein weiches Fell und keine Zunge, die meine Fingerspitzen leckte. Nur traurige Leere neben meinem Stuhl.

Zwei Wochen, sechs Tage und acht Minuten nach seiner Abreise rief Daddy an.

»Hey, Mäuschen!«, brüllte er am Telefon. »Wie geht es dem besten Mädchen in Harmony Gap?«

»Ganz gut«, sagte ich. »Wir schreiben morgen einen Test in Sozialkunde. Warum die uns am letzten Tag vor den Weihnachtsferien einen Test schreiben lassen, werde ich nie kapieren.«

»Kommt mir auch verrückt vor«, sagte Daddy lachend. »Vielleicht lässt dich Olivia abschreiben.«

Ich lachte ebenfalls und wickelte mich fester in die Decke auf der Couch. »Wie du weißt, würde Olivia das niemals tun.«

»Morgen Abend um diese Zeit bin ich wieder da.«

»Wirklich, Daddy?«

»Wirklich und wahrhaftig, mein Schatz. Und ich komme mit großartigen Neuigkeiten nach Hause.«

»Was ist es denn?« Einen kurzen Moment lang fragte ich mich, ob er etwas über Tam erfahren hatte.

Jemand rief ihm zu, er solle sich beeilen.

»Ich muss los, Abby. Morgen erzähl ich es allen.«

»Aber, Daddy …«

»Schlaf gut, mein Schatz. Sag deiner Mama und Meemaw, dass ich morgen zurück bin.«

Ich hielt das Telefon an meine Brust. Mama kam schneebedeckt aus dem Stall.

»Daddy hat eben angerufen«, sagte ich.

»Hmm …«, brummte sie, zog die Stiefel aus und wischte den Schnee von ihrer Jacke.

»Er sagt, morgen Abend um diese Zeit ist er wieder da und hat großartige Neuigkeiten.«

Mama kam zu mir und ließ sich auf das Ende der Couch plumpsen. Sie zog meine Füße auf ihren Schoß und fing an, sie zu massieren. Ihre Hände waren kalt, aber das machte mir nichts aus.

»Was kann das für eine Neuigkeit sein, Mama?«

»Hoffentlich, dass er im Lotto gewonnen hat«, sagte Mama lachend. Aber das Lachen klang müde.

Ich stieß Mama leicht mit dem Fuß an. »Was würdest du mit einer Million Dollar kaufen?«

Das war ein Spiel, das Mama und ich immer im Auto spielten. Manchmal zählten wir richtige Dinge wie Futter für alle hungernden Tiere der Welt auf. Aber meistens war es albernes Zeug, wie ein eigenes Riesenrad oder die größte und tollste Popcornmaschine, die es gab – so eine wie im Kino.

Dieses Mal schaute Mama nur an die Decke und sagte: »Seelenfrieden.«

16 Tam

Die letzten Herbsttage brachten eiskalten Regen und Graupelschauer. Nach einem nassen, anstrengenden Tag auf den Beinen fanden der Hund und die Präriewölfin in einer Lichtung die Reste einer alten Holzhütte. Sie hielten sich im dichten Berglorbeer versteckt, spähten hinaus und lauschten auf menschliche Laute. Nachdem sie sich vergewissert hatten, dass alles ruhig war, schlüpften sie durch einen halb verfallenen Zaun und gingen in die Hütte. Die Luft roch nach verfaultem Heu und Mais. Verrostete Hacken und Heugabeln und zerrissene Futtersäcke lagen in einer Ecke. Regen prasselte auf das Blechdach.

Tam hörte, wie etwas unter den Futtersäcken vorbeihuschte. Ohne zu überlegen, stürzte er sich darauf und packte zu. Sein Maul füllte sich mit Fell und warmem, frischem Blut. Er ließ die Ratte fallen, als ob sie eine heiße Kartoffel wäre, machte einen Schritt rückwärts und jaulte. Er betatschte die Ratte mit der Pfote. Warum rührte sie sich nicht? Bei dem Blutgeruch lief ihm das Wasser im Maul zusammen. Er leckte an dem blutigen Körper und wurde immer hungriger.

Die Präriewölfin schnappte sich die Ratte. Auf einer Seite ihres Mauls hing der Schwanz heraus, auf der anderen Seite der Kopf. Tam knurrte und fletschte die Zähne. Das war *seine* Ratte! Obwohl die junge Präriewölfin ihn wochenlang gefüttert hatte, obwohl sie ihn mit einem einzigen Biss in den Hals hätte töten können, ließ sie die Ratte fallen, trottete in eine Ecke der Hütte und sah zu, wie Tam seine allererste eigene Beute verspeiste.

In dieser Nacht, während der Regen sich in Schneeregen und der Schneeregen in Schnee verwandelte, während der sich nähernde Winter die Reste des Herbstes vertrieb, während Tam und die Präriewölfin eng aneinandergeschmiegt zwischen den Übrigbleibseln der Ratte schliefen und Blut die weiße Halskrause des Shelties besudelte, machte sich der alte Tam heimlich davon. Fort war der Tam, der in einem warmen Bett geschlafen und sein Futter in einer Schüssel serviert bekommen hatte. Nur das Mädchen war von jenem Tam noch übrig geblieben: der Klang seiner Stimme, die Berührung seiner Hände, sein Geruch. Und der Antrieb, nach Süden zu gehen.

Zwei Tage lang heulte der Wind und warf sich gegen die Hütte, während die Temperatur sank. Tam und die Präriewölfin schliefen nah beieinander, um sich zu wärmen, und verließen die Hütte nur, um sich zu erleichtern oder am Bach in der Nähe zu trinken. Die Ratten, die die

Hütte zu ihrem Zuhause gemacht hatten, waren geflohen.

Am dritten Morgen wurde Tam von einem *Pflatsch* geweckt. Zum ersten Mal seit Tagen kam eine Flut von Sonnenstrahlen zur Tür herein. Tam erhob sich, krümmte den Rücken und gähnte. Er schaute sich nach der schlafenden Präriewölfin um. Sie war verschwunden. Tam schnupperte an dem alten Futtersack, auf dem sie sonst schlief, und folgte dem Geruch aus der Tür.

Blendend weißer Schnee hatte die Wiese zugedeckt und glitzerte in der Morgensonne. Hoch oben krächzte ein Rabe, landete auf dem Ast einer hohen Tanne und ließ einen Schneehaufen klatschend auf den Erdboden fallen. Die Spuren der Präriewölfin führten über die glatte Schneedecke von der Tür bis zum Zaun am Wiesenrand.

Tam folgte ihrer Fährte und hob bei jedem Schritt angewidert die Pfoten. Es war vielleicht weiß und gefroren, aber immer noch Wasser.

Als Tam die Wiese halb überquert hatte, hörte er etwas jaulen und sah aus dem Augenwinkel, wie ein brauner Farbklecks auf ihn zustürmte. Das Ding warf ihn um und rollte ihn auf den Rücken. Er versuchte, sich aufzurappeln, aber der nasse, schwere Schnee hielt ihn zurück. Er steckte fest, sein Bauch war ungeschützt.

Über ihm stand die Präriewölfin und grinste breit. Die Zunge hing ihr aus dem Maul. Sie kniff ihn erst in die Vorderpfoten, die nutzlos in der Luft strampelten, dann in die Hinterpfoten.

Sie stürzte sich auf seinen Kopf und zog kräftig an der weißen Halskrause. Tam schnappte nach ihr, versuchte, sich aufzurichten, aber es klappte nicht. Jedes Mal, wenn er fast auf den Beinen stand, warf sie ihn wieder um. Tam wurde wütend.

Endlich fanden seine Krallen Halt im Boden unter dem Schnee. Er strampelte sich auf die Pfoten und warf die Präriewölfin mit seinem breiten Brustkorb um. Er wirbelte herum und packte sie am Hinterbein. Die Präriewölfin jaulte, zwickte ihn ins Ohr und sauste über die Wiese.

Tam rannte hinter ihr her. Sie sprangen über den Zaun und flitzten um die schneebedeckten Lorbeerbüsche und bemoosten Felsbrocken. Die Präriewölfin drehte sich blitzschnell und schnappte nach Tams Gesicht. Als Fellknäuel purzelten sie eine eisige Böschung hinunter und brachen durch das ausgezackte Eis am Rand des Baches ins kalte Wasser.

Die beiden zogen sich ans Ufer, schüttelten das Wasser aus ihrem Fell und japsten glücklich. Die Präriewölfin leckte eine kleine, blutende Wunde an Tams Kopf. Sein Schwanz wedelte. Er konnte der Kleinen nicht mehr böse sein.

Dann standen sie nebeneinander am Bach und tranken. Anschließend folgten sie dem Geruch eines Kaninchens oben am Zaun und fanden seinen Bau unter den bröckelnden Resten eines Kamins. Gemeinsam gruben sie unter dem Schnee, wo die Erde noch warm war. Tam scheuchte das erschrockene Kaninchen auf, und die Präriewölfin fing es nach zwei Sprüngen, brach ihm das Genick und trug es zu Tam zurück.

Drei Tage nachdem der Schnee gekommen war, verschwand er auch schon wieder. Die Äste streckten sich dem Himmel entgegen. Rhododendron und Berglorbeer sahen wieder schön voll aus. Eichhörnchen, Kaninchen und Streifenhörnchen sammelten eifrig Futter. Vögel füllten die Baumwipfel. Der erste Schnee in den Bergen war geschmolzen und hatte ein Gefühl der Rastlosigkeit zurückgelassen.

Tam erwachte am Morgen mit dem Drang, weiter nach Süden zu laufen. Er und die Präriewölfin verließen die schützende Wärme der Hütte, schlüpften unter dem Zaun durch und überquerten den Bach.

Als sie ins Tal von Roanoke hinabstiegen und aus dem dichten Wald traten, lagen vor ihnen sanft geschwungene Wiesen und Felder und hier und da ein Bauernhof. Am späten Nachmittag erreichten sie einen alten Apfelgarten, der schon vor langer Zeit im Stich gelassen worden war.

Tam kaute an einem verschrumpelten grünen Apfel herum und beobachtete die Präriewölfin am Rand des

Gartens. Sie drehte den Kopf zur Seite und richtete ein Ohr auf. Ihr Körper spannte sich an. Kaum wahrnehmbar senkte sie die Schenkel und krümmte den Rücken. Aus dem Stand heraus sprang sie hoch in die Luft und über das hohe Gras. Dann machte sie schnell hintereinander zwei Hechtsprünge und tauchte mit einer großen Ratte auf, die leblos zwischen ihren Kiefern hing. Tam trottete zu ihr hinüber und wedelte hoffnungsvoll mit dem Schwanz. Aber dieses Mal teilte sie ihre Mahlzeit nicht. Dieses Mal war es *ihre* Beute. Tam musste sich selbst um sein Essen kümmern.

Also ging er ebenfalls auf Raubzug durchs hohe Gras. Der Garten mit den faulenden Äpfeln war ein Paradies für Ratten und Wühlmäuse. Obwohl der Hund die Sprungtechnik der Präriewölfin nicht nachahmen konnte, war er schnell und geschickt. Bei Einbruch der Dunkelheit hatte auch er einen vollen Bauch.

Als Tam später neben seiner Freundin unter einem Felsvorsprung lag, glitzerten die Sterne wie Eis am Nachthimmel. Am nächsten Morgen hatte harter Frost den Erdboden und das Gras bedeckt. Der Winter war den beiden Tieren dicht auf den Fersen.

17 Abby

Ich saß auf meiner Fensterbank, den Zeichenblock auf dem Schoß und einen Atlas neben mir. Von meinem Zimmer aus konnte ich den ganzen Hof, den kleinen Stall auf der Seite und die Straße beobachten, auf der Daddy bald angefahren käme.

Ich rieb mit dem Daumen über Tams Halsband, während ich die Karte des *Blue Ridge Parkway* im Atlas betrachtete.

Olivia hatte nämlich eine Idee gehabt.

Ich war zu ihr gegangen, um mich dafür zu entschuldigen, dass ich sie in der Schule so angeschnauzt hatte, weil sie meinte, ich solle mir wegen Tam nicht allzu viel Hoffnung machen.

»Ich kann ihn doch nicht einfach aufgeben, Olivia«, hatte ich gesagt. »Ich weiß nicht, wie ich ohne Tam *ich* sein kann. Gibt das irgendwie Sinn?«

Sie hatte ihr trauriges Lächeln gelächelt, das sie meistens aufsetzt, und genickt. Wir saßen in ihrem Einhorn-Prinzessinnen-Zimmer (sie kann die Tapete nicht leiden, aber sie liebt ihren Großvater viel zu sehr, um es ihm zu sagen) und lauschten dem Wind. Irgendwann fragte sie: »Meinst du, dass du das Zweite Gesicht hast wie deine Großmutter?«

Ich runzelte die Stirn. »Das glaube ich nicht. Sie kann nämlich in die Zukunft schauen und solche Sachen.«

»Vererbt sich das denn nicht? Hast du nicht gesagt, dass ihre Mutter und ihre Großmutter auch das Zweite Gesicht hatten?«

»Ja, schon, aber …« Bisher hatte ich mir darüber keine Gedanken gemacht.

»Vielleicht ist es bei jedem anders«, sagte sie. »Und du hast mir doch erzählt, dass du von Tam geträumt hast. Vielleicht funktioniert es bei dir eben *so*. Versuch doch einfach mal das, was du im Traum gesehen hast, zu zeichnen. Und vertrau deinem Gespür.«

Daran saß ich jetzt. Ich hatte aufgeschrieben, woran ich mich aus meinen Träumen erinnerte – die Bäume, wie die Berge aussahen, die Flüsse, Bäche und solche Dinge. Dann schaute ich in den Atlas, zeichnete eine Weile und sah mir die Hochstraße im Nationalpark wieder an. Am Anfang kam es mir vor, als würde ich die ersten Teile eines riesigen Puzzles zusammensetzen. Nichts schien einen Sinn zu ergeben oder zusammenzupassen. Aber je länger ich daran arbeitete, desto besser wurde es. Jetzt war alles klar. Tam versuchte, nach Hause zu finden. Das wusste ich genau.

Am Abend saßen wir alle am Tisch und schauten Daddy an. Seit er zur Tür hereingekommen war, sah er aus, als würde er jeden Augenblick platzen. Er strahlte wie ein Weihnachtsbaum.

Mama atmete aus. »Okay, Ian. Wir sind jetzt gespannt genug. Was hast du denn für großartige Neuigkeiten?«

Daddy stand auf und zog etwas aus der hinteren Jeanstasche. Er zwinkerte mir zu.

Mir klopfte das Herz bis zum Hals. Tam! Meine Zeichnungen hatten Recht!

Er faltete ein Stück Papier auseinander und hielt es uns allen hin.

Meemaw kniff die Augen zusammen, um das Kleingedruckte zu lesen. »Was um alles in der Welt ist das, mein Sohn?«

Mama beugte sich so weit über den Tisch, um die kleine Schrift erkennen zu können, dass ihr die Haare in den Kartoffelbrei hingen.

Ihr Mund blieb offen stehen, und ihre Augen wurden so groß wie Radkappen. »Meine Güte, Ian, ist es wirklich das, was ich denke?«

»Jawohl, meine wunderschöne Holly Prescott Whistler, das ist ein Plattenvertrag! Nashville will unsere Band, die *Clear Creak Boys*, haben.«

Mama sprang auf und lief zu Daddy. Sie umarmten sich und tanzten wie die Verrückten durchs Zimmer.

Meemaw und ich sahen ihnen sprachlos zu.

Daddy hob Mama hoch und wirbelte sie im Kreis herum. Mama lachte und lachte. Und ich auch.

»Auf geht's nach Nashville!«, jubelte Daddy.

»Wann?«, fragte Mama.

»Sie wollen, dass wir am 5. Januar dort sind«, sagte Daddy. »Ich finde, wir sollten spätestens am ersten eintreffen. Dann haben wir Zeit, Abby in einer neuen Schule unterzubringen.«

»Wartet mal … was?«, japste ich. »Was meinst du damit – eine neue Schule?«

Daddy sah mich an, als ob ich schwachsinnig wäre. Mama musterte ihre Schuhe.

»Ich glaube, dein Daddy meint, dass ihr alle nach Nashville zieht«, flüsterte Meemaw.

Ich guckte von Meemaw zu Mama und Daddy und schüttelte den Kopf. »Nein, Daddy, das geht nicht. Ich kann nicht weg.«

Daddy zog an seiner Nasenspitze. »Natürlich kommst du mit, Maus. Wir sind eine Familie und …«

»Nein, Daddy!« Ich zitterte am ganzen Körper. »Tam ist auf dem Weg nach Hause! Ich muss da sein, wenn er kommt!«

»Also, Abby«, sagte Daddy stirnrunzelnd. »Jetzt sind schon fast drei Monate vergangen. Er ist fort, mein Schatz. Es wird Zeit, dass du loslässt.«

Ich sprang so schnell auf, dass mein Stuhl nach hinten kippte. »Er lebt, Daddy! Ich spüre es! Ich habe viel gezeichnet und … und Meemaw hat ihn gesehen!«

Mama warf Meemaw einen strengen Blick zu.

Daddy sah aus, als ob er lieber woanders wäre.

Ich schaute alle drei an, die mich anschauten, und mein Mund öffnete und schloss sich wie ein Fisch auf dem Trockenen.

Daddy machte einen Schritt auf mich zu und streckte mir eine Hand entgegen. »Ach, komm schon, Abby«, sagte er.

Ich warf meine Serviette auf den Teller und verstreute Erbsen in alle Richtungen. »Ich. Gehe. Nicht. Nach. Nashville!« Dann rannte ich in mein Zimmer.

18 Tam

Tams Pfoten zuckten im Schlaf. Aus seinem Hals drang ein verzweifeltes *Wuff*. Die Präriewölfin machte ein Auge auf und sank wieder in leichten Schlaf.

Tam träumte nur noch selten von dem Mädchen und seinem früheren Zuhause. Meist war er in seinen Träumen auf der Jagd oder wurde gejagt. Nach und nach vergaß er das Leben davor – vor dem Autounfall und dem strudelnden Bach, vor der Präriewölfin, dem Knacken von Knochen und dem Geschmack nach frischem Blut. Tam hatte schon über zweihundert Kilometer zurückgelegt, seit er der Hund eines Menschen gewesen war, aber innerlich hatte er sich noch viel weiter entfernt.

Er spürte immer noch den Drang, nach Süden zu gehen. Aber er fragte nicht nach dem Warum. Er folgte einfach seinem Instinkt. Wenn die Präriewölfin beschlossen hätte, dass sie nicht weiter nach Süden wollte, dass es das Beste wäre, die Richtung nach Osten einzuschlagen oder an Ort und Stelle zu überwintern, dann hätte Tam das getan. Sein Zuhause war jetzt bei ihr.

Zwei Tage lang schneite es heftig. Es war Mitte Dezember, und der Wind trieb den Schnee so hoch, dass Tam sich nur mühsam durch die Schneewehen kämpfte. Er verbrauchte kostbare Energie, nur um zwei oder drei Kilometer zu schaffen. Die Jagd wurde schwierig. Alle Pfunde, die Tam sich im Spätsommer angefressen hatte, schmolzen dahin.

Die Präriewölfin war für den Schnee gebaut. Ihre breiten Pfoten spreizten sich auf der Oberfläche wie Schneeschuhe, weshalb sie leicht vorankam. Ihr schmaler Brustkorb zerteilte die Schneewehen wie ein Messer. Aber auch für sie war das Jagen problematisch geworden. Sie und Tam hatten wenig Fett am Leib, um sich warm zu halten, wenn sie unter den niedrig hängenden Ästen einer Tanne schliefen. Sie hatten Hunger, wenn sie aufwachten und wenn sie sich schlafen legten.

Ein paar Tage später lagen sie auf einem Felsvorsprung in der Sonne. Von dort konnten sie eine Wiese überblicken. Es hatte endlich aufgehört zu schneien.

Tam schloss die Augen, weil ihn die Sonne auf der Schneedecke blendete. Sein Kopf kippte beim Dösen nach vorn. Plötzlich spannte sich der Körper der Präriewölfin neben ihm an. Tam öffnete die Augen und folgte ihrem Blick bis zum Waldrand am anderen Ende der Wiese. Eine graue Form trottete über den Schnee. Tam hob seine Schnauze und erfasste den Geruch. So etwas hatte er noch nie gerochen. Er wollte gerade seinen Kopf wieder auf die Pfoten legen, als die Präriewölfin vom Felsen rutschte, die Augen wie Laserstrahlen auf das fremde Tier gerichtet.

Lautlos glitt sie durch den Schnee. Sie hielt sich geduckt und vom Wind abgewandt, machte einen Schwenk nach links und ging am Waldrand entlang. Tam setzte sich auf und beobachtete interessiert, wie sie hinter dem Tier auftauchte. Er erwartete, dass sie hochsprang und sich daraufstürzte, wie sie es sonst immer tat.

Stattdessen bellte sie. Tam sprang vom Felsen und schob sich durch den Schnee. Die Jagd würde gleich beginnen, und die Präriewölfin brauchte ihn.

Das Tier drehte sich um und sah die Präriewölfin an. Die Sonne beleuchtete die langen nadelscharfen Stacheln, die aus seinem Körper ragten.

Die Präriewölfin sprang vorwärts und schnappte nach dem Gesicht des Stachelschweins, der einzige Teil seines Körpers, den keine Nadeln schützten. Sie und ihre Brüder hatten am eigenen Leib erfahren, wie scharf die Stacheln waren. Aber sie hatten auch das süße Fleisch des zarten Bauchs gekostet. Der Trick war, entweder den Kopf mit einem einzigen Biss zu zertrümmern oder das Stachelschwein auf den Rücken zu werfen, um den ungeschützten Bauch freizulegen.

Auf dem Weg zur Präriewölfin und dem Stachelschwein bellte Tam ununterbrochen.

Das Stachelschwein drehte den Kopf, um nach Tam zu schauen.

Die Präriewölfin stürzte sich auf das Tier und schnappte nach seiner Nase.

Das Stachelschwein schwenkte den Schwanz. Nadeln streiften den Nacken der Präriewölfin. Den meisten konnte sie ausweichen, und ein paar stachen wirkungslos in das dichte Fell ihres Halses. Sie leckte sich das Maul und schmeckte das Blut.

Tam sprang nach vorn. Er schnappte nach der Flanke des Stachelschweins, dann jaulte er, fiel zurück und schüttelte den Kopf. Sein Gesicht war voller Stacheln.

Tams Angriff reichte der Präriewölfin als Ablenkung. Sie stürzte sich auf die Beute, schob ihre lange Schnauze unter das Tier und warf es auf den Rücken. Die Stacheln blieben im Schnee stecken und nagelten das Tier am Boden fest. Die Präriewölfin riss an dem freiliegenden Hals und dem Bauch.

Sekunden danach war alles vorbei.

Tam wischte wie wild an seinem Gesicht herum. Einer der Stacheln hatte sich in seine empfindliche Nase gebohrt. Ein paar andere hingen von seinem Kinn und seinem Maul. Ein Stachel hatte gerade noch ein Auge verfehlt. Er schaffte es, fast alle Stacheln loszuwerden, indem er sein Gesicht mit den Pfoten bearbeitete. Dann rieb er es im feuchten Schnee, um die brennenden Wunden zu kühlen.

Die Präriewölfin riss die Unterseite des toten Stachelschweins auf. Tam wedelte mit dem Schwanz. Vor lauter Hunger vergaß sich die Präriewölfin und bleckte die Zähne. Aber genauso schnell legte sie die Ohren an, um sich zu entschuldigen, und wedelte leicht mit dem Schwanz.

Tam hatte noch nie so warmes und süßes Fleisch gefressen. Er fraß, bis sein eingesunkener Bauch nichts mehr aufnehmen konnte. Als später Raben, dann ein Dachs und anschließend ein Rotluchs den Kadaver nach restlichem Fleisch oder Knochen absuchten, fanden sie nichts im Schnee als Blut und Stacheln.

Am Abend, als sie sich mit vollen Bäuchen und warm in der Ruine einer alten Mühle schlafen legten, entfernte die Präriewölfin mit der Zunge die restlichen Stacheln aus Tams Gesicht – alle bis auf einen.

Mehrere Tage lang folgten Tam und die Präriewölfin Forstwegen, die kaum zu sehen waren. Die Wildnis wurde von kleinen Farmen und ihren Feldern abgelöst, die wie Patchworkdecken in der Landschaft lagen. Die Obstwiesen, Gärten und kleinen Waldgebiete brachten Tam Erinnerungen zurück: Rotwild, das in einem Apfelgarten grast. Eine alte Frau, die sich mit jemandem unterhält, während sie sich zwischen Pflanzen zur Erde herabbeugt. Die Erinnerungen füllten sein Herz mit einer Sehnsucht, die er nicht verstand und die ihn zu den Häusern im Tal zog.

Aber die Präriewölfin hatte Angst. Etwas tief in ihrem Innern fürchtete sich vor dem Geruch der Menschen. Als Tam den Hügel hinab zur Farm lief, warnte ihn die Präriewölfin vom Waldrand aus.

Die Stimme eines Mädchens drang aus dem Haus. Tam zögerte. Hatte es nicht einmal ein anderes Mädchen gegeben? Er jaulte und entfernte sich noch weiter von der Präriewölfin.

Sie machte einen Schritt, dann noch einen, raus aus dem Schutz der Bäume. Jeder Nerv in ihrem Körper befahl ihr, sich zurückzuziehen, sich zu verstecken. Wie konnte sie ihm folgen? Wie *nicht?*

Tam blieb stehen und blickte über die Schulter auf seine Freundin. Er bellte einmal, sie solle ihm folgen.

Aber sosehr sie ihn auch liebte, es ging einfach nicht. Sie setzte sich, hielt das Maul in den dämmrigen Himmel gerichtet und heulte ihr Elend hinaus.

Eine Tür mit Fliegengittern schlug zu. Es klang wie ein Schuss. Die Präriewölfin drehte sich blitzschnell um und rannte in den Wald.

Für den Bruchteil einer Sekunde schwankte Tams Herz zwischen der Sehnsucht, bei seiner Freundin zu sein, und der Sehnsucht nach dem Schatten eines Mädchens.

Die Präriewölfin heulte im Wald. Ohne einen Blick zurück drehte Tam sich um und lief zu ihr in den Schutz der Bäume.

19 Abby

Wenn ich von Weihnachten eine Landkarte zeichnen würde, sähe sie so aus: Flüsse, die vor lauter ungeweinten Tränen über die Ufer treten, kahle, untröstliche Bäume ohne einen einzigen Apfel, keine Rehe, keine Vögel und keine Lieder. Und ein einsames Haus ohne Weihnachtsbaum.

Das stimmt allerdings nicht ganz. Wir *hatten* einen Weihnachtsbaum. Früher waren Daddy und ich vor Weihnachten in den Wald gegangen und hatten einen gefällt. Wir machten immer eine große Sache daraus. Und Tam war dabei und überwachte das Ganze.

Aber in diesem Jahr war unser Umzug die große Sache. Niemand hatte Zeit, den ganzen Tag lang durch die Gegend zu wandern, zu singen und den richtigen Baum zu suchen. Stattdessen fuhren wir in die Stadt wie alle anderen und kauften einen.

Ich hätte die Landkarte sowieso nicht zeichnen können, selbst wenn ich es gewollt hätte. Dafür war ich viel zu erledigt. Erledigt, weil ich mein Allerbestes tat, um Mama und Daddy zu überreden, mich bei Meemaw zu lassen. Und erledigt, weil ich versuchte, Meemaw zu überzeugen, Mama und Daddy zu überzeugen, dass sie mich brauchte.

Mir fiel ein, was Miss Peasly gesagt hatte, und erklärte: »Meemaw, du kannst hier nicht alles allein machen. Das ist zu viel für eine alleinstehende Frau. Deshalb sind wir ja schließlich zu dir gezogen.«

»Ich bin dankbar, dass du dir Sorgen um mich machst, mein Kind«, sagte Meemaw, »aber du gehörst zu deiner Mama und deinem Daddy. Ich komme schon zurecht.«

Am Ende erledigten mich auch die vielen Abschiede.

Als Mama und ich in die Schule gingen, um mein Zeugnis abzuholen, verabschiedete ich mich von meiner Lehrerin, Mrs Radley, und dem Schulleiter Mr Atticus. »Ich werde dich vermissen, Abby«, sagte Mrs Radley. »Du hast dafür gesorgt, dass es nie langweilig war.«

Ich verabschiedete mich auch von Miss Eugenia Quatch, der Bibliothekarin, als ich die ausgeliehenen Bücher zurückbrachte. Sie stand hinter ihrem hohen Holztresen in der Bücherei, lächelte mich an und sagte: »Wir hatten viele anregende Gespräche, nicht wahr?«

»Ja, das stimmt.«

»Sag Olivia, sie soll mich über alles, was du in der großen Stadt machst, auf dem Laufenden halten. Und versprich mir bitte, dass du mich besuchst, wenn du wieder da bist.«

Ich schluckte. »Versprochen.«

Ich verabschiedete mich von jedem Apfelbaum und bedankte mich für seine Güte. Ich kroch hinter den Vorhang aus Zweigen der großen Weide am Ufer des Bachs. »Du warst für mich und Tam im Sommer immer ein kühles Versteck.« Die langen, trockenen Zweige raschelten. Ich schaute hoch in die knorrigen Äste und sagte: »Ich bin dir wirklich dankbar, dass ich auf dir herumklettern durfte und dass du mich nicht auf den Boden geworfen hast.«

Ich verabschiedete mich vom Bach, dem *Clear Creek*, und unserem kleinen Teich, den wir *Lake Inferior* genannt hatten – im Gegensatz zum *Lake Superior* in Michigan –, und von der Veranda und der Schaukel, die Daddy gleich nach unserem Einzug für mich an der alten Eiche angebracht hatte.

An den Tagen vor unserer Abreise verbrachte Mama viel Zeit im Stall bei den Lamas. Auch wenn sie wusste, dass sie mehr Aufmerksamkeit von Meemaw, Olivia und Olivias Großvater bekommen würden, als ihnen guttat, kam sie ins Haus und wischte sich die Augen. Sie sagte, sie tränten wegen der Kälte, aber ich denke, auch Mama hatte ihre Trennungen zu bewältigen. Mama liebte die Lamas über alles.

Olivia hatte nicht viel übrig für lange Abschiede.

»Meine Güte, Abby«, sagte sie, als ich mich zum millionsten Mal darüber beschwerte, dass Mama und Daddy uneinsichtig waren. »*Natürlich* gehst du mit!«

»Aber Olivia, du weißt doch, warum ich hierbleiben muss! Was ist, wenn Tam zurückkommt und …«

»Und was, wenn er nicht wiederkommt?«, sagte sie bissig. Mir blieb der Mund offen stehen. Noch nie hatte ich Olivia so gehässig reden hören.

Sie nahm die Brille ab und wischte sie an ihrem T-Shirt ab. Mit einer Stimme, die ich kaum verstand, sagte sie: »Wenigstens hast du noch Eltern. Ich würde mit meinen bis ans Ende der Welt gehen, wenn sie noch leben würden.«

Da fühlte ich mich so klein wie ein Käferhintern.

Am Abend vor unserer Abreise nach Nashville gab Olivia mir einen Umschlag. »Was ist das?«, fragte ich.

Sie lächelte. »Ich kann nicht gut Auf Wiedersehen sagen«, erklärte sie. »Lies ihn später.«

Ich schlang die Arme um sie und drückte meine Freundin an mich. »Ich werde dich vermissen«, sagte ich. »Du vergisst mich nicht, oder?«

»Ach, Abby, sei doch nicht so theatralisch!«, sagte Olivia. »Großvater und ich sind bestimmt oft hier oben und helfen deiner Großmutter mit den Lamas. Da wird mich eine Menge an dich erinnern. Außerdem«, sagte sie, »wirst du jetzt gezwungen, endlich im 21. Jahrhundert anzukommen und E-Mails zu schreiben.«

Am nächsten Morgen fuhren Mama und ich aus der

Einfahrt, und der kleine Anhänger, der an Mamas Pick-up befestigt war, hoppelte hinter uns her. Ich schaute zurück und sah, wie Meemaw immer kleiner wurde, als sie uns von der Veranda aus nachwinkte und Schnee um sie herumwirbelte. Während ich immer noch ihre Umarmung spürte, dachte ich an eine Landkarte in meinem Geschichtsbuch. Es war eine ganz alte Karte aus der Zeit der Entdecker, die die Welt so darstellte, wie die Menschen sie damals kannten, mit Ländern und Flüssen und Städten. Aber alles, was sie noch nicht kannten, war ein großer weißer Fleck, auf dem *TERRA INCOGNITA* stand, also unbekanntes Land.

Genauso fühlte ich mich an dem Tag, an dem wir mein Zuhause in den Bergen verließen. Wie ein weißer Fleck in der Landschaft.

20 Tam

Als Tam und die Präriewölfin der Rotwildfährte folgten, die sich unterhalb des Gebirgskamms entlangschlängelte, kamen sie gut voran. Die Temperatur lag selten über dem Gefrierpunkt und die Dezembernächte waren bitterkalt, aber der Schnee war fest und erleichterte das Gehen.

Futter war jedoch knapp. Ab und zu fingen sie ein Eichhörnchen und Mäuse. Die Präriewölfin zerkaute alte Eicheln und getrocknete Beeren. Seit dem Stachelschwein hatten die beiden Tiere keine vollen Bäuche mehr gehabt.

Zwar hatte das Stachelschwein Tams Bauch mit süßem, fettem Fleisch gefüllt, aber eine Seite seines Gesichts war seitdem geschwollen und schmerzte. Der Stachel, den die Präriewölfin nicht herauslecken konnte, hatte sich tief in die Wange des Hundes gebohrt. Der Dezember ging zu Ende, und die Schwellung und das Fieber nahmen zu.

Tam und die Präriewölfin gingen langsam im Neuschnee auf dem Pfad der Rehe entlang. Tam war schwach und müde von Hunger und Fieber. Die Präriewölfin blieb neben ihm, bis er stehen blieb, um sich auszuruhen oder zu schlafen. Dann machte sie sich auf die Suche nach etwas zu fressen. Bis zum Abend hatten sie nur zehn Kilometer zurückgelegt.

Sie betraten eine kleine, mondhelle Lichtung. Beide Tiere rochen Futter. Etwas Köstliches lag unter dem Schnee und den Kiefernzweigen verborgen.

Die Präriewölfin war zuerst da. Sie streckte eine Pfote aus, um einen Zweig wegzuschieben.

Schnapp!

Die Präriewölfin jaulte. Sie sprang auf und drehte sich in der Luft. Schnee und Zweige flogen in alle Richtungen und offenbarten die schreckliche Wahrheit: Die Metallklauen einer Falle hielten die Pfote der Präriewölfin fest.

Tam legte vor Angst die Ohren an. Er reckte den Hals und roch die böse Falle. Der Schnee war leuchtend rot gesprenkelt. Blut sammelte sich unter der Pfote. Die Präriewölfin sah Tam mit angstvoll aufgerissenen Augen an und heulte jämmerlich.

Trotz seines schmerzlich verzogenen Mauls bellte Tam und schnappte nach der Falle. Er grub verzweifelt an der Stelle, an der die Eisenkette im Boden verschwand. Es war zwecklos. Tam konnte nichts für seine Freundin tun. Er legte sich neben sie und leckte ihr Gesicht und die eingeklemmte Pfote. Während der Mond über den Winterhimmel zog, ging eine große Eule in der Nähe auf die Jagd und Rehe drängten sich Wärme suchend im hohen Gras.

Tam legte sich ganz dicht an die zitternde Präriewölfin.

Am nächsten Morgen fand die Sonne die Lichtung und wärmte die Rücken der beiden Tiere. Tam erwachte. Er stand auf und beschnupperte die Präriewölfin. Sie roch nach Blut, Angst und Krankheit. Sie lag auf der Seite, wimmerte einmal und klopfte mit dem Schwanz auf den Boden, um ihren Freund zu begrüßen.

Tam stellte sich schützend über sie. Dann beugte er sich herab, um ihre stark geschwollene Pfote zu lecken oder ihr Trost zuzujaulen. Dichter Bodennebel kroch in die Lichtung.

Fieberheiß machte sich Tam auf die Suche nach Wasser und lief zu einem schmalen Bach im Tal. Er trank so gierig, um die Hitze in seinem Körper zu kühlen, dass er den Mann erst hörte und roch, als es zu spät war.

Ein Schuss ertönte. Tam erstarrte. Ein scharfer, beißender Geruch breitete sich aus. Tam kroch die Böschung hinauf und durch die Rhododendronbüsche am Rand der Lichtung, wo die Präriewölfin lag.

Der Anblick, der ihn empfing, machte ihm Angst. Ein groß gewachsener Mensch stand vor der Präriewölfin. Er trat mit der Stiefelspitze nach ihr. Tam erwartete, dass sie nach ihm schnappte oder wenigstens schrie. Aber sie blieb still.

Der Mensch kniete sich neben sie, zog die eiserne Falle auseinander und befreite ihre Pfote.

Tam spannte den Körper an und machte sich bereit. Ganz sicher würde sie jetzt loslaufen, und beide könnten von diesem schrecklichen Ort fliehen.

Aber die Präriewölfin regte sich nicht.

Der Mensch hielt ihren schlaffen Körper am Schwanz hoch. Tam jaulte. Die Augen der Präriewölfin, die ihn oft voller Freude oder Sorge betrachtet hatten, waren tot. Der kräftige, geschmeidige Körper, der seinen gewärmt und mehr als hundertfünfzig Kilometer neben ihm zurückgelegt hatte, hing leblos herab.

Es brach Tam das Herz. Er warf den Kopf zurück und heulte seinen Schmerz in die Welt hinaus.

»Was zum …« Der Mensch drehte sich schnell um. Er ließ die Präriewölfin zu Boden fallen und schaute blinzelnd in die Nebelschwaden. Er packte sein Gewehr, zielte auf den Rhododendron und schoss.

Der Knall dröhnte in Tams Ohren. In Todesangst rannte er auf die Lichtung. In der Mitte waren der reglose Körper der Präriewölfin, die Falle und der Mensch mit dem Gewehr. Tam kauerte sich hin und suchte nach einem Fluchtweg.

»Da schau einer an«, sagte der Mensch und grinste. »Das reinste Neujahrsonderangebot: ein Präriewolf und ein Fuchs.« Der Mensch hob den langen schwarzen Lauf seiner Flinte. Tam zog die Lefzen zurück und knurrte wütend. Er trat einen Schritt näher an seine Freundin heran. Sie hatte ihm so oft das Leben gerettet, da konnte er sie doch nicht einfach im Stich lassen.

Der Mensch schrie vor Überraschung: »Ein Hund! Der ist sicher tollwütig!«

Zornig stellte sich Tam über den Körper der Präriewölfin, die Nackenhaare gesträubt, die Zähne gefletscht. Leises Knurren kam rumpelnd aus seiner Brust. Seine harten Augen starrten voller Hass auf den Menschen.

Der Mann hob das Gewehr an seine Schulter und sah Tam mit zusammengekniffenen Augen an. »Für einen tollwütigen Hund gibt's nur eins.«

Die Welt explodierte. Die Druckwelle warf Tam zurück. Ein Schmerz, der schlimmer war als alles, was er jemals gespürt hatte, brannte in seiner Schulter.

Füße stampften durch die toten Blätter und den Schnee. Tam rappelte sich auf und versuchte zu laufen. Seine linke Vorderpfote rührte sich nicht. Sie hing schlaff und schmerzend herab.

Wieder knallte ein Schuss über seinem Kopf. »Komm her, du Mistvieh!«

Tam lief, so schnell ihn seine drei Beine tragen konnten, durch den Wald. Blut strömte aus der Wunde.

Schritte beschleunigten sich hinter ihm und kamen näher.

Tam verlor den Halt. Er glitt eine gefrorene Böschung hinunter zum Bach. Der Mensch stolperte und rutschte fluchend aus.

Auf dem Bach lag eine dünne Eisschicht. Glitschige, schwarze Felsen ragten aus der gefrorenen Oberfläche wie faulige Zähne. Tam wusste, wenn er den Bach überquerte, blieb der Mensch im Gestrüpp von Berglorbeer und Rhododendron zurück. Vorsichtig trat er auf das Eis. Wasser gurgelte unter seinen Pfoten.

Der Mensch stand am Ufer. Er hob die Waffe. »Jetzt kannst du nur noch beten!«

Tam duckte sich zur Seite. Die Kugel zischte an ihm vorbei. Er stolperte blind auf das gegenüberliegende Ufer zu, weg von dem Menschen und dem Gewehr und dem traurigen, leblosen Körper der Präriewölfin.

Das Eis knackte. Bevor er sich in Sicherheit bringen konnte, tauchte er ins eiskalte Wasser und wurde davongeschwemmt.

Winter

21 Abby

»Bist du sicher, dass ich nicht mitkommen soll?«, fragte Mama.

Aus dem Schutz des Sekretariats heraus beobachtete ich, wie die Schüler der Jesse-Rogers-Schule durch den Eingang strömten. Ich hatte noch nie so viele und so unterschiedliche Schüler an einem Ort gesehen. Es war der 4. Januar und mein erster Tag an der neuen Schule. Mein Mund fühlte sich staubtrocken an.

Bevor ich so viel Spucke produzierte, dass ich antworten konnte, betrat eine große Frau mit lockigen rotblonden Haaren das Büro. Sie lächelte mich und Mama an.

»Du bist bestimmt unsere neue Schülerin Abigail Whistler«, sagte sie.

»Abby«, korrigierte Mama sie. »Sie wird Abby genannt.«

Die Frau lächelte mir direkt ins Gesicht. »Möchtest du das?«

Ich schluckte und nickte. Mama knuffte mich mit ihrem Benimm-dich-Ellbogen.

»Ja«, sagte ich. »Ich werde nur Abigail gerufen, wenn ich etwas Schlimmes angestellt habe.«

Mamas Gesicht wurde rot. Die Frau lachte. Es war ein angenehmes Lachen.

Sie streckte die Hand aus. »Ich bin Miss Bettis, deine Klassen- und Englischlehrerin.«

Ich ergriff ihre Hand. Sie war kühl und weich. »Ich bin Abby Whistler.«

Nachdem sie und Mama sich auch die Hände geschüttelt hatten, sagte Miss Bettis: »Gehen wir doch am besten gleich in dein Klassenzimmer, damit du deine Mitschüler kennenlernen kannst. Hältst du das für eine gute Idee?«

»Ja«, sagte ich. Wenn alle an der Jesse-Rogers-Schule so nett waren wie sie, dachte ich, käme ich gut mit ihnen aus.

Miss Bettis steuerte mich aus dem Sekretariat und in die Masse der Schüler hinein.

»Abby, ich hol dich nach dem Unterricht ab!«, brüllte Mama durch den Lärm.

Es dauerte ewig, bis wir zum Klassenzimmer kamen. Wahrscheinlich hätte meine Schule in Harmony Gap dreimal in diese hier gepasst.

Endlich blieb Miss Bettis vor dem Zimmer Nummer 309 stehen. »Da sind wir«, sagte sie. Sie machte die Tür auf und gab mir einen kleinen Schubs.

Mir blieb der Mund weit offen stehen. Ich starrte in den riesigen Raum mit all den Computern, Pinnwänden,

Aquarien, Bücherregalen – und gleichzeitig waren ungefähr tausend Augen auf mich gerichtet.

»Mach den Mund lieber zu, bevor eine Fliege reinschwirrt!«, rief jemand. Gelächter plätscherte durch den Raum.

Miss Bettis runzelte die Stirn. Alle wurden still. »Ihr habt eine neue Mitschülerin. Sie heißt Abby Whistler.« Keiner sagte Hallo.

»Abby, warum erzählst du uns nicht, woher du kommst?«

Ich guckte die Schüler an, die vorn saßen. Sie sahen aus, als wäre es ihnen total egal, woher ich kam.

»Ähm … Harmony Gap in North Carolina«, sagte ich und schaute auf meine Füße, als ob es die faszinierendsten Dinger auf dem ganzen Planeten wären.

»Also, das klingt wie ein sehr schöner Ort«, sagte Miss Bettis. »Aber hier in Nashville wird es dir bestimmt auch gut gefallen, nicht wahr, Klasse?«

Kein Piepser von irgendeinem, nur viel Augengerolle und Achselzucken. In diesem Augenblick wünschte ich mir ein großes Loch, das sich im Fußboden öffnete und mich verschluckte.

Miss Bettis führte mich zu einem Tisch am einzigen Fenster. »Ich glaube, wir setzen dich hierhin, Abby.«

Ich nahm Platz und versuchte, mich ganz klein zu machen.

Sie zeigte auf das Mädchen, das neben mir saß und sich gerade glänzendes Zeug auf die Lippen schmierte.

»Madison, würdest du diese Woche bitte Abbys Begleiterin sein?«

Das Mädchen schaute mich an. »Ja klar, Miss B.« Sie ließ ihren Kaugummi knallen. Ich wartete darauf, dass Miss Bettis sagte, Madison solle sie mit ihrem richtigen Namen anreden und den Kaugummi verschwinden lassen. Es kam aber nichts dergleichen. Stattdessen lächelte Miss Bettis und sagte: »Danke, Madison. Sieh zu, dass sie die Klassenräume und die Kantine findet.«

Ohne mich eines Blickes zu würdigen, sagte Madison: »Wie Sie wollen.« Mrs Radley an meiner alten Schule hätte das Mädchen zur Schnecke gemacht, wenn sie so mit einem Erwachsenen redete.

Ich holte tief Luft und versuchte, Madison wenigstens ein bisschen anzulächeln.

In diesem Augenblick läutete es. Madison stand auf und warf sich einen schicken Rucksack über die Schulter, an dem ein Haufen Firlefanz hing. »Los, komm!«, sagte sie.

»Bis später hier in der Englischstunde, Abby«, rief mir Miss Bettis nach.

Madison streckte ihre Hand aus. »Zeig mal deinen Stundenplan!«

Ich gab ihr den zerknitterten Zettel.

Stirnrunzelnd strich sie ihn glatt. »Du musst gut darauf aufpassen«, sagte sie.

»Warum?«, fragte ich.

»Weil alles draufsteht – dein Stundenplan, deine Spindnummer und die Kombination des Schlosses …«

»Ich habe ein Schließfach?«, fragte ich. Ich hatte noch nie ein Schließfach gehabt. Nur die Schüler an der Highschool hatten welche.

»Natürlich hast du ein Schließfach«, sagte sie.

»Und was mache ich damit?«, fragte ich.

Sie musterte mich, als ob ich ein Käfer unter einer Glasscheibe wäre. »Ich sehe schon, dass ich eine Menge Arbeit mit dir haben werde.«

»Abby! Abby, hier drüben!« Mama winkte und brüllte vom Parkplatz aus. Der erste Tag an der Jesse-Rogers-Schule war vorüber und mir brummte der Kopf.

Ich ließ mich auf den Beifahrersitz gleiten und schlug die Autotür zu. Zum ersten Mal an diesem Tag war es still.

Mama berührte meine Wange. »Alles okay?«

»Ja, Mama, ich glaube schon.«

Sie lächelte und fuhr los. »Wie war denn der erste Schultag?«

Jeder Riss und jede Falte in meinem Hirn waren randvoll mit allem, was an dem Tag passiert war, weshalb ich

Mühe hatte, die richtigen Worte zu finden. »Okay, denke ich« war alles, was mein Hirn hervorbrachte.

»War es ganz anders als an deiner alten Schule?«

Ich lachte. »Das kann man wohl sagen. Die Schüler ziehen sich anders an, sie reden anders und benehmen sich anders. Und, Mama, wir wechseln die Klassenzimmer viel öfter als in Harmony Gap.«

»Wirklich?«

»Hmm. Und meine Geschichtslehrerin ist schwarz und mein Mathelehrer stammt aus Indien. Ich kann seinen Namen nicht aussprechen, aber er ist sehr nett. Ich bin weiter als die anderen in meiner Klasse.«

»Du hast das Mathe-Gen deines Vaters geerbt«, sagte Mama. »Also ist der Tag wohl schnell vorbei gewesen?«

»Ja. Ich kann mich gar nicht erinnern …«

Und dann traf es mich wie ein Schlag: Ich hatte ganze acht Stunden lang nicht an Tam gedacht. Nicht ein einziges Mal.

»Was ist, Schätzchen?«

Ich zwinkerte die Tränen weg. »Nichts«, sagte ich. »Ich bin wahrscheinlich bloß müde.«

Wir bogen in die Einfahrt des Hauses, das wir gemietet hatten. Mein Herz wurde schwer und fühlte sich an wie die Fliegengittertür vor dem Eingang, die schief in ihren Angeln hing. Farbe blätterte am Holz ab. Die Veranda war kaum groß genug für einen Stuhl. Als wir uns das Haus ansahen, hatte Daddy gesagt, der Garten sei so klein, dass ein Mann darüber hinwegpinkeln könnte. Mama und ich mussten lachen.

Mama saß neben mir und schaute auch auf das Haus. Wir schwiegen beide eine lange Zeit. Am Ende seufzte Mama und drückte meine Hand. »Komm, lass uns reingehen und Kartons auspacken.«

Später am Abend, nachdem wir Pizza gegessen und uns Daddys Geschichten über all die Leute angehört hatten, die er im Aufnahmestudio traf, ging ich in mein winziges Zimmer, um noch einen Karton auszupacken. Ich nahm die letzten Bücher und Zeichnungen heraus. Tams Bild stellte ich auf den Tisch neben meinem Bett und hängte sein Halsband an den Bettpfosten.

Irgendwo in der Nähe heulte eine Sirene. In meinem ganzen Leben hatte ich noch nie so viele Sirenen, Autos, Hupen und grölende Menschen gehört. Ich vermisste den Wind in der alten Eiche und die Streifenkauze spät in der Nacht. Ich vermisste Meemaws klare, kräftige Stimme, die durch die Lüftungsklappen aus der Küche zu mir nach oben drang.

Ich kroch in mein Bett und legte mir eine von Meemaws Patchworkdecken über die Beine. Vom Nachttisch nahm ich Olivias Brief, faltete ihn auseinander und las ihn zum zweiundfünfzigsten Mal.

Liebe Abby,

Du bist die beste Freundin, die ich je gehabt habe, und ich werde Dich sehr vermissen. Aber ich will, dass Du bei Deinen Eltern bist. Sie brauchen Dich. Mein Papa hat früher immer gesagt, die Erde dreht sich nur in eine Richtung, und zwar vorwärts.
Versuche, glücklich zu sein, okay?

Deine Freundin für immer,
Olivia

»Genau wie Olivia«, sagte ich zu niemand Bestimmtem. »Der Brief ist kurz und lieb.«

Ich schlug die Decke zurück und lief los, um Mama zu finden, was in diesem winzigen Haus nicht schwer war.

»Mama, hast du deinen Computer schon ausgepackt?«

Sie schaute vom Karton mit dem Geschirr hoch. »Ja, er ist im Wohnzimmer. Warum?«

»Kannst du mir beibringen, wie man E-Mails schreibt?«

22 Tam

Seit die meisten Leute denken konnten, hatte Ivy Calhoun am Ortsrand von Galax in Virginia am Fluss *New River* gelebt. Ihr Vater hatte die Blockhütte in den Zwanzigerjahren selbst gebaut, als er die alte Sägemühle und die sechzehn Hektar Land, in deren Mitte sie stand, gekauft hatte. Die Leute kamen von weit her, um Mais und Getreide mahlen zu lassen und anschließend mit Säcken voller Weizenmehl, Maismehl und Haferschrot nach Hause zu fahren. Außerdem wurde gemunkelt, dass es in der Mühle auch viel schwarzgebrannten Schnaps zu kaufen gab. Das hätte Ivy kein bisschen gewundert. Ihr Vater sagte doch immer gern: »Um seine Familie zu ernähren, muss ein Mann tun, was er muss.« Und er hatte sie gut ernährt. Zu ihrer Familie hatten sie und ihre großen Brüder Samuel und Ben, ihre ältere Schwester Iris und die mittlere, Rose, gehört. Ivy war das Nesthäkchen gewesen.

Als Ivy sich aus dem alten Ledersessel am Feuer hievte, schüttelte sie den Kopf. »Im Frühjahr werde ich zweiundachtzig und halte mich immer noch für das Nesthäkchen«, sagte sie zu sich. Sie warf einen Blick auf die verblichenen Schwarz-weiß-Fotos auf dem Kaminsims. Die Mühle stand jetzt schon mehr als vierzig Jahre still. Das große, ächzende Rad schwieg. Der Hütte war das Alter anzusehen, genau wie ihr. Aber der Fluss, die Berge und das Land waren gleich geblieben.

Ivy zog ihre Stiefel an und langte nach dem Spazierstock, den ihre Enkel im Zeltlager für sie geschnitzt hatten. Sie steckte eine Tüte mit alten Brotkrusten in die Manteltasche.

Wenn das Wetter gut war, schritt sie das Grundstück ab, genau wie ihr Vater es jeden Tag getan hatte, solange sie sich erinnern konnte. Das hatte seine Kinder verrückt gemacht.

»Was, wenn du fällst und dir eine Hüfte oder sonst was brichst?«, wurde Ivy immer von ihrer Tochter gefragt, wenn sie sonntags anrief.

»Du hast keine Ahnung, was für komische Gestalten sich am Fluss herumtreiben, Mama«, sagte ihr Sohn. Er war Polizist in Roanoke und hielt alle Leute für komische Gestalten. Die beiden und ihre neugierigen Nachbarn ließen sie einfach nicht in Ruhe.

Ivy trat auf die Veranda und blinzelte in den Winterhimmel. »Sie meinen es sicher nur gut«, sagte sie.

Die Sonne berührte den Bergkamm über der Mulde. Der Neuschnee auf den Bäumen sah aus wie Zucker. Sie beobachtete, wie der Gebirgsrücken immer heller wurde.

Als Ivy noch Kind war, hatte sie jeden Morgen mit ihrem Vater auf derselben Veranda gestanden und genauso geschaut. »Der Berg wird lebendig, Schatz«, hatte er gesagt. Und es hatte gestimmt.

Hinter dem Berg, fünfzig oder sechzig Kilometer östlich, wand sich der *Blue Ridge Parkway* durch den Wald. Sie und ihr Mann waren bis hinauf zu den felsigen kahlen Flächen gefahren, wo die besten Blaubeeren wuchsen. Ivy lächelte. »Der Mann war verrückt nach Blaubeerkuchen«, erzählte sie dem klaren Himmel.

Zuerst ging sie am Zaun des höher gelegenen Weidelands entlang. Den Schnee, der zwei Tage zuvor gefallen war, hatte die Sonne geschmolzen. Ein leuchtend roter Kardinal mit seinem schwarzen Kopf beobachtete Ivy von einem Zaunpfosten aus.

Ihr Mann hatte immer gesagt, dass es auf Gottes grüner Erde nichts Schöneres gäbe als einen Kardinal im Schnee. Auch das stimmte.

Ivy schlug jetzt vorsichtig den Weg zum Wald hinunter ein. Auf jeden Schritt achtend folgte sie dem gewundenen Pfad, den Hartriegel und Judasbäume säumten. Ivy griff in ihre Manteltasche und holte die Plastiktüte mit den Brotkrusten heraus. »Kommt frühstücken!«, rief sie den Vögeln zu, während sie die Brocken über dem Schnee verstreute.

Als sie zum Wasser kam, wurde der Boden eben. Hier war der Fluss schmal und seicht. Ihre Kinder hatten viele

Sommertage an seinem Ufer verbracht und nach Salamandern und Flusskrebsen Ausschau gehalten. Weiter unten, wo der Fluss breiter wurde, hatten die Kinder Forellen gefangen. Ivy wusste, wo es im Frühling eine Menge wilden Knoblauch gab und wo der wilde Spargel wuchs.

Die alte Frau ging am Ufer entlang und passte auf, dass sie nicht auf tote Blätter oder schlüpfrige Steine trat, die sich unter dem Schnee verbargen. An ruhigen Stellen lagen Deckel aus Eis auf den Pfützen.

Während Ivy den sanften Abhang, der vom Wasser wegführte, in Angriff nahm, fiel ihr etwas auf. Es sah aus wie ein Haufen alter Blätter oder vielleicht Abfall, den der Fluss angespült hatte. Sie wollte schon weitergehen, als ein Rabe auf dem Boden direkt vor ihr landete und aufgeregt krächzte.

»Was willst du denn, du lauter Kerl?« Ivy erkannte den Vogel an seinen merkwürdig gezackten Schwanzfedern.

Der Rabe hüpfte zu dem Haufen am Flussufer, schlug mit den Flügeln und krächzte noch lauter. Ivy beobachtete sein Verhalten. Schließlich sagte sie: »Ist ja gut, ist ja schon gut«, und kehrte um.

»Ach, du meine Güte«, hauchte sie und beugte sich tiefer hinab, um besser sehen zu können. »Was ist denn mit dir passiert, du armer kleiner Fuchs?« Ihr Vater hatte Füchse gehasst, weil sie die Hühner fraßen. Aber Ivy hielt seit Jahren keine Hühner mehr und hatte ihre Freude daran, zu beobachten, wie die Füchse über ihren Hof schlichen und auf den Feldern jagten.

Beim Geräusch ihrer Stimme zuckte ein Ohr. Ein Auge öffnete sich und schaute ihr ins Gesicht. Ohne nachzudenken, kniete sich Ivy hin. »Aber du bist ja gar kein Fuchs«, sagte sie leise. »Du bist ja ein Hund!« Vorsichtig strich sie mit der Hand über das nasse, verfilzte Fell. Knochen traten unter ihrer Hand hervor. Auf ihrem Handschuh waren Blutflecken. Der Hund wimmerte. Ivys Augen füllten sich mit Tränen. »Du armes, armes Ding«, flüsterte sie.

Als sie aufstand, wirbelte Schnee um sie herum. Sie blickte hoch. Der Himmel war nicht mehr blau, sondern bleigrau. Ein Windstoß riss ihren Mantel auf. »Ich muss dich zur Hütte bringen«, sagte sie. Sie sah sich die Größe des Hundes an, dachte an die Wegstrecke bis nach Hause und konnte schon die Stimme ihrer Tochter hören: »*Ehrlich,* Mama! Was hast du dir bloß dabei gedacht?« Über ihr krächzte der Rabe im Baum.

Ivy reckte das Kinn, ließ den Stock fallen und nahm den Hund auf den Arm. »Du bist ja wirklich nur noch Haut und Knochen«, sagte sie und trug Tam den Abhang hoch zu ihrem Haus.

Kurze Zeit später lag Tam auf einer Wolldecke im Ledersessel vor dem Feuer. Es schneite jetzt ziemlich heftig, der Schnee bedeckte den Hof und häufte sich vor dem Haus.

Ein fahriger Wind heulte im Kamin, aber in der Hütte war es warm und trocken.

Während Ivy Tams Kopf streichelte, beobachtete sie den Schnee. »Kein Hund auf der Welt braucht einen Tierarzt dringender als du. Aber ich trau mich nicht, bei diesem Wetter zu fahren. Ich würde uns beide umbringen, und *das* würde meine Tochter mir ewig vorwerfen.«

Sie zog den Schemel näher an Tam heran und setzte die Brille auf, um besser sehen zu können. Nach dem Tod ihres Mannes hatte sie als Schwesternhelferin im Krankenhaus von Galax gearbeitet. Sie hatte geholfen, mehr Leute zusammenzuflicken, als sie sich erinnern konnte.

Ivy strich das blutige, zottelige Fell auf Tams Schulter behutsam zur Seite. Dann inspizierte sie die Wunde und seufzte. »Wie's aussieht, hat dich die Kugel am Schulterknochen getroffen, aber zum Glück ist sie wieder rausgekommen. Wir müssen dich nähen, damit du nicht noch mehr Blut verlierst.«

Ivy untersuchte Tam vom Schwanz bis zur Schnauze. Dann drehte sie ihn um, so vorsichtig sie nur konnte. »Oje«, seufzte sie und sah sich den entzündeten Abszess genau an. Solche Sachen hatte sie nur allzu oft gesehen, als sie selbst noch Hunde hatte. »Wie ich mir gedacht habe. Da hat's einen Zusammenstoß mit einem Stachelschwein gegeben.« Sie ging in die Küche. »Dann weiß ich jetzt wohl, was ich zu tun habe.«

Am Abend, als Ivy erschöpft auf ihrem Schaukelstuhl am Kamin saß, schneite es immer noch. Sie hatte das Fell auf Tams Schulter abrasiert und die Schusswunde gesäubert, desinfiziert und genäht.

Den eiternden Stachel zu entfernen war schwieriger gewesen. Zuerst hatte sie den Abszess aufgeschnitten und den Eiter herausfließen lassen. Danach hatte sie ins Fleisch schneiden müssen, um den Stachel zu entfernen. Anschließend hatte sie Tams Gesicht gewaschen und genäht. Es war aber deutlich zu sehen, dass der ganze Körper entzündet war, und Ivy fragte sich, ob der Hund in seinem halb verhungerten Zustand noch die Kraft hätte, zu kämpfen.

Sie stand auf und massierte ihr Kreuz. Behutsam legte sie eine Decke über den Hund. »Ich glaube kaum, dass du die Nacht überstehst«, seufzte sie. »Aber wenn du morgen früh noch lebst, ruf ich Doc Pritchett an und frag ihn, ob er herfahren und einen Blick auf dich werfen kann.«

Der Wind warf sich gegen die Wände der Blockhütte. Schnee kratzte gierig an den Fensterscheiben.

23 Abby

An: omcbuttars@carolinanet.com

Von: »Abby Whistler« sheltiegirl@carolinanet.com«

Gesendet: Mittwoch, 6. Januar, 19:32

Betreff: Wieder Hallo aus Nashville

Hallo Olivia,

danke, dass Du Dich neulich sofort wieder gemeldet hast! Ich kann kaum glauben, wie schnell wir uns schreiben können. Es ist fast wie telefonieren. Ich bin froh, dass Du und Dein Großvater Meemaw am Wochenende sehen werdet. Ich vermisse sie schrecklich! Dich auch! Mama sagt, unsere Familie ist ohne Meemaw wie ein dreibeiniger Hund. Wir kommen ganz gut zurecht, aber ohne sie klappt alles längst nicht so gut.

Ich sage Dir, wie die Mitschüler an meiner neuen Schule sind. Die Mädchen ziehen sich an, als ob sie berühmte Countrymusic-Stars wären – kurze Rüschenröcke und Cowboystiefel. Viel Schmuck. Sogar die Mädchen in meiner Klasse schminken sich schon und haben sich Ohrlöcher stechen lassen! Sie sind nett, aber sie reden fast nur vom Shoppen. Die Jungs haben alle merkwürdige Frisuren. Ich glaube, sie verbringen genauso viel Zeit mit ihren

Haaren wie die Mädchen! Haha! Das Komischste ist, dass die Schüler in der großen Pause alle nur herumstehen und sich mit ihren Handys gegenseitig was zusimsen, allein mit ihren Gameboys spielen oder mit ihren winzigen iPods Musik hören. Es gibt keine Ballspiele, also ist es ziemlich langweilig in der Pause.
Meine Lehrer sind aber nett, vor allem meine Klassenlehrerin, Miss Bettis. Sie ist auch meine Englischlehrerin und hat das netteste Lächeln von allen.
Ach, Olivia, vor zwei Tagen habe ich GANZ schlimm von Tam geträumt! In meinem Traum hat er sich im Wald verlaufen und gefroren. Er sah fast gar nicht mehr so aus wie früher, aber ich wusste, dass er mich sucht. Ich hab ihn immerzu gerufen, aber er konnte mich nicht hören. Plötzlich hat ihn etwas Großes, Schwarzes – so was Ähnliches wie ein Bär – gejagt. Dann hat sich das Tier in einen Mann verwandelt, der auf Tam geschossen hat. Ich habe geschrien und geschrien, bis Mama ins Zimmer kam und mich geweckt hat. Ich glaube, ich habe sie sehr erschreckt. Und auch wenn es schon zwei Tage her ist, kann ich den Traum nicht loswerden.
Jetzt mache ich mich besser an meine Hausaufgaben. Die Lehrer finden mich echt schlau. Mal ganz etwas Neues! Ich habe meinem Mathelehrer gesagt, dass der schlaueste Mensch, den ich kenne, Olivia heißt und in Harmony Gap lebt. Haha!
Schreib mir bald! Ich vermisse Dich.
Deine Freundin
Abby Whistler

Am Ende der zweiten Woche an der Jesse-Rogers-Schule wusste ich, wo alle Klassenzimmer waren, und verlief mich nicht mehr. Ich kannte meine Schließfachnummer und die Kombination. Ich brauchte Madison nicht länger, um mich herumzuführen, aber ich war trotzdem froh, dass sie es tat. Wir waren verschieden wie Tag und Nacht. Aber sie war klug und kannte jeden der sechsten Klasse.

Wir aßen wie immer zusammen Mittag. Sie und ihre Freundin Bree beugten sich über eine Modezeitschrift für Teenies. Ab und zu schauten sie hoch und beäugten mich, dann guckten sie sich wieder ein Bild in dem Heft an und sagten: »Das können wir mit ihren Haaren machen« oder »Grün würde ihre grauen Augen betonen«.

Ich knüllte meine Papiertüte zusammen. »Ich bin nicht euer neues Styling-Projekt!«

Bree lächelte. Ihr Mund glänzte von dem rosa Zeug, das sie sich auf die Lippen schmiert. »Aber du könntest doch *so* hübsch aussehen!«

Madison seufzte. »Und niemand trägt seine Haare noch wie du. Das sieht so, so … spießig aus, so nach Landei.«

Wenn ich eines hasse, dann ist es, Landei genannt zu werden. Ich wollte ihr schon sagen, was sie mit ihrem heiß geliebten Heft machen kann, da hauchte Bree: »Oh, mein Gott, da ist sie!«

Madison schnappte nach Luft. »Dann stimmt es also doch. Sie geht *wirklich* auf unsere Schule.«

Bree und Madison und so gut wie alle anderen in der Schulkantine, einschließlich der Frauen, die das Mittagessen austeilten, starrten das Mädchen an, das gerade zur Tür hereingekommen war. Sie sah nicht viel anders aus als die restlichen Mädchen an der Schule, war höchstens etwas größer und von Kopf bis Fuß schwarz angezogen. Außerdem trug sie klobige Militärstiefel mit allen möglichen Schnallen und Schnürsenkeln.

»Wer ist das?«, fragte ich.

Bree und Madison sagten gleichzeitig: »Cheyenne Rivers.«

Ich schaute mich nach dem Mädchen um, das zur Salatbar stolzierte. Die anderen Schüler und Schülerinnen machten den Weg frei wie Moses, der das Rote Meer teilte.

»Was ist denn so toll an ihr?«, fragte ich.

Sie guckten mich an, als ob mir plötzlich zwei Köpfe gewachsen wären. »Du weißt nicht, wer Cheyenne ist?«

Ich schüttelte den Kopf. Madison verdrehte die Augen. »Sie ist die Tochter von *Randy Rivers!*«

»Dir ist aber schon klar, wer Randy Rivers ist, oder?«, sagte Bree. Manchmal redete sie mit mir, als ob ich von einem anderen Planeten stammte.

»Natürlich weiß ich, wer Randy Rivers ist«, sagte ich, obwohl ich es nicht wusste. Aber in dieser Stadt waren alle wichtigen Leute Country-Sänger. Also dachte ich, dass er auch einer war.

Ich tat so, als wüsste ich, wovon ich redete, und fragte: »Was macht die Tochter eines reichen und berühmten Stars an einer staatlichen Schule?«

Ohne den Blick von dem Mädchen zu wenden, sagte Madison: »Ich habe gehört, dass sie von jeder Privatschule in Nashville geflogen ist.«

Bree nickte. »Und ich habe gehört, dass ihre Eltern einen Privatlehrer für sie eingestellt hatten, aber sie war so eklig zu ihm, dass er davongelaufen ist.«

Ich beobachtete, wie Cheyenne, ohne nach rechts oder links zu blicken, an einen leeren Tisch am Fenster ging. Sie benahm sich wie die Königin von England.

»So böse sieht sie doch gar nicht aus«, sagte ich.

Bree und Madison sahen mich an und schüttelten die Köpfe. »Fast jeder in der achten Klasse wettet, wie lang es dauert, bis sie wieder von der Schule fliegt.« Sie gaben vor, ihre Zeitschrift zu lesen, während sie Cheyenne mit den Blicken verfolgten.

»Ich habe gehört, ihre Mutter fährt sechsmal im Jahr mit ihr nach New York, nur um Klamotten zu kaufen«, sagte Bree.

»Und ich habe gehört, dass sie einen Freund hat, der schon *achtzehn* ist«, sagte Madison.

Weil ich aber in einer Kleinstadt gelebt habe, wo jeder denkt, dass er über die anderen alles weiß, ist mir klar, dass das, was erzählt wird, meist übertrieben ist. Ich beobachtete das berühmte Mädchen, das ganz allein am Fenster saß. Anscheinend hatte ihr Lehrer vergessen, jemanden zu bitten, sie zu begleiten, wie Miss Bettis es am Anfang bei mir getan hatte. Niemand sagte »Hallo« oder »Willkommen an unserer Schule« zu ihr. Sie tat mir leid.

Als die Schule am Nachmittag aus war, setzte ich mich neben Mama in den Pick-up und fragte: »Weißt du, wer Randy Rivers ist?«

Mama schaute durch den Schneeregen, der auf die Windschutzscheibe peitschte. »Ich hasse dieses Wetter«, brummte sie.

Sie schien nicht bei bester Laune zu sein. Also hielt ich lieber den Mund und ließ sie fahren. Seit wir in Nashville wohnten, war sie nicht der glücklichste Mensch auf der Welt. Wenn Daddy zu Hause war, gab sie sich große Mühe, die Glückliche zu spielen, doch wenn wir allein waren, was meistens der Fall war, weil Daddy so viel Zeit im Studio verbrachte, seufzte sie viel und sah traurig aus. Und dass sie keinen Job fand, verbesserte ihre Stimmung auch nicht.

Wir fuhren auf den Parkplatz des Supermarkts. Mama saß einfach nur da und beobachtete, wie die Scheibenwischer hin und her flutschten. Hin und her.

Sie sah mich an und zwinkerte. Dann schaltete sie die Scheibenwischer aus und lächelte. Aber es war nicht das echte Ich-freu-mich-dass-ich-lebe-Lächeln.

Sie tätschelte meine Wange. »Tut mir leid, Abby. Komm, gehen wir rein und schauen wir, ob sie noch etwas von dem guten Brathähnchen haben. Dein Vater kommt erst später nach Hause, und ich habe keine Lust, nur für uns beide zu kochen.«

Wir hatten in dieser Woche schon zweimal Brathähnchen vom Supermarkt gegessen, und ich war wirklich nicht scharf auf ein drittes Mal. Aber ich brachte es nicht übers Herz, es Mama zu sagen.

Während wir die Gänge im Supermarkt entlangwanderten, drückte ich die warme, fettige Tüte mit Hähnchenteilen an meinen Bauch. Ich zupfte Mama am Ärmel und fragte wieder: »Mama, weißt du, wer Randy Rivers ist?«

Mama warf ein paar Schachteln mit Frühstücksflocken in unseren Korb. »Ja, sicher, das ist ein berühmter Country-Sänger. Warum?«

»Seine Tochter ist gerade an unsere Schule gekommen.«

»Wirklich? Ich hätte angenommen, dass ein Kind von so reichen Eltern eine vornehme Privatschule besucht.«

Ich griff nach einer Packung Vanillewaffeln und ließ sie in den Korb gleiten. »Hat sie auch, aber weißt du was?«

Mama schüttelte den Kopf, so dass ihr langer Zopf hin und her flog. Madison und Bree hätten sie bestimmt auch gerne umgestylt.

»Es heißt, sie ist aus jeder Privatschule geflogen, die es gibt, und sie hatte einen Lehrer zu Hause, war aber so gemein zu ihm, dass er davongelaufen ist. Unsere Schule«, sagte ich flüsternd, »ist ihre letzte Chance.«

Mama runzelte die Stirn. »Du weißt so gut wie ich, dass man nur die Hälfte von dem glauben kann, was geredet wird, vor allem wenn es um andere Leute geht. Wahrscheinlich fühlt sie sich einsam wie andere Menschen auch.«

»Ich weiß«, sagte ich. »Das habe ich mir auch schon gedacht. Keiner an der Schule redet mit ihr. Sie weichen ihr sogar aus. Das finde ich ganz schön traurig.«

Mama blieb stehen, schaute mich an und lächelte. »Ich wette, *du* redest mit ihr.«

»Ich?« Es war richtig unheimlich, wie gut sie mich kannte.

Am nächsten Tag hielt ich in der Schulkantine Ausschau nach Cheyenne. Wie üblich waren Madison, Bree und eine Freundin der beiden eifrig darüber am Lästern, wie sich die anderen in der Schule anzogen und benahmen.

Gerade als ich die Suche nach Cheyenne einstellen wollte, tauchte sie am Eingang auf. Und wieder wurde es in der lauten Kantine mucksmäuschenstill.

Sie schlenderte zur Salatbar und warf ein paar Sachen auf ihren Teller. Dann suchte sie sich wieder einen Tisch am Fenster, ohne jemanden anzuschauen. Sie setzte sich, schlug ein Buch auf und biss in einen Apfel.

Madison seufzte. »Sie ist so cool.«

»Total«, sagte Bree.

»Megacool«, fügte ihre Freundin Courtney hinzu.

»Warum sagt ihr nicht einfach *Hallo* zu ihr?«, fragte ich.

Sie guckten mich an, als hätte ich wissen wollen, ob sie sich schon mal auf der Jungstoilette umgesehen hätten.

Ich hob die Hände. »Mannomann.«

Ich spürte, wie tausend Augen auf mir lagen, als ich zum Tisch von Cheyenne ging. Je näher ich kam, desto mehr hatte ich das Gefühl, dass das keine so glänzende Idee gewesen war. Dann fiel mir ein, was Mama gesagt hatte: »Wahrscheinlich fühlt sie sich einsam wie andere Menschen auch.«

Ich holte tief Luft. »Hallo«, sagte ich.

Ohne vom Buch aufzublicken, sagte sie: »Hallo.« Aber es war kein Hallo-ich-freu-mich-dich-zu-sehen-Hallo, sondern eher ein Geh-weg-und-lass-mich-in-Ruhe-Hallo.

»Ich bin Abby Whistler«, sagte ich.

Sie sah hoch und guckte sich mit zusammengekniffenen Augen in der Kantine um. »Wer hat dich angestiftet?«

Ich trat von einem Fuß auf den anderen. »Niemand«, sagte ich. »Ich bin auch neu hier, und ich habe mir gedacht …«

Sie schaute wieder in ihr Buch und verscheuchte mich mit der Hand wie eine lästige Fliege. »Hör auf zu denken und verschwinde.«

Mir blieb der Mund offen stehen und mein Gesicht wurde heiß. Was glaubte sie eigentlich, wer sie war? Ich ballte die Fäuste und sagte: »Dass du einen reichen und berühmten Vater hast, gibt dir noch lange nicht das Recht, so rotzfrech zu sein. Meine Mutter würde dir ganz schön die Meinung geigen, wenn du so mit Leuten sprichst, die dir nur helfen wollen.«

Sie klappte das Buch zu, lehnte sich auf dem Stuhl zurück und musterte mich. Da stand ich mickrige kleine Sechstklässlerin mit meinen langen Zöpfen, ausgebeulten Jeans und meinem Karohemd, war total unwichtig und nannte die Königin »rotzfrech«. Ich wünschte mir, dass sich der Boden öffnete und mich verschlang.

Sie lächelte wie eine Katze, die kurz davor war, eine Maus zu verspeisen. Sie machte den Mund auf, um etwas zu sagen …

Es läutete.

Noch nie war ich so schnell von der Schulkantine zum Geschichtsunterricht geschwirrt.

24 Tam

Tams Pfoten zuckten im Schlaf. Er träumte, dass der übel riechende Mann mit dem langen schwarzen Gewehr ihn jagte. Egal wie schnell er lief – der Mann war immer hinter ihm. Tam rief in einem fort nach der Präriewölfin, aber sie antwortete nicht. Im Traum rannte er über eine große Wiese. Der Mann hob die Flinte. *Peng!* Etwas traf seinen Körper und riss ihn zu Boden.

Tam erwachte mit einem Ruck. Sein Herz pochte an seinen Rippen. Er hörte einen Knall und dann ein Knacken. Mühsam hob er den Kopf. Eine alte Frau legte Holzscheite aufs Feuer im Kamin neben dem Sessel, in dem er lag. Er war in Sicherheit und senkte erschöpft den Kopf.

Ivy drehte sich um und wischte sich die Hände an der Hose ab. Sie lächelte, als die braunen Augen des Hundes sie anschauten. »Du hast die Nacht überlebt, mein Kleiner. Du bist ein zäher Bursche.« Sie wollte seinen Kopf streicheln. Tam zuckte vor ihrer Hand zurück und sah sie ängstlich an.

»Schon gut, mein Lieber. Ich weiß, dass ich dir nichts tu, aber *du* weißt es nicht. Ruh dich noch ein bisschen aus, bevor ich mich um die Wunden kümmere.« Ihre sanfte Stimme brachte ein vertrautes Gefühl zurück. Er wusste nicht so recht, was es war, aber es genügte, um ihn einschlafen zu lassen.

Beim nächsten Mal weckten ihn das Geräusch des Windes und der köstliche Duft nach Essen.

Er konnte Ivy nicht sehen, aber er konnte sie in der Küche herumwerkeln hören.

»Aha! Gefunden!« Mit flinken Schritten ging sie zu ihrem alten Ledersessel. In den Händen hielt sie eine Schüssel, aus der es wunderbar roch. »Ich habe die gute Suppe meiner Mutter gekocht. Die hat sie gemacht, wenn eins von uns Kindern krank im Bett lag. Die Suppe hat immer geholfen. Warum also nicht auch dir?«

Sie hielt die Schüssel Tam unter die Nase. Er versuchte, den Kopf zu heben, um zu trinken, aber die eine Seite war immer noch stark geschwollen und tat ihm weh. Wimmernd legte er den Kopf auf das Handtuch zurück.

»Genau so habe ich mir das vorgestellt«, sagte Ivy. »Drum habe ich mir einen Plan B ausgedacht.«

Sie drückte auf den Gummiball eines Bratenspritzers und steckte das Röhrchen in die Schüssel, ließ den Gummiball los und sog Suppe auf. Behutsam schob sie die andere Hand unter den Kopf des Shelties und hob so seine Schnauze an. Sie öffnete sein Maul ein bisschen und schob die Bratenspritze hinein. Vorsichtig träufelte sie ihm die warme Suppe ein. Anfangs rann diese an der Seite heraus, aber Tam hatte die Suppe geschmeckt. Als Ivy ihm die Bratenspritze zum zweiten Mal ins Maul steckte, schluckte er gierig. Wärme füllte sein Maul und breitete sich in seinem Körper aus.

»Gut gemacht«, sagte Ivy. »Vielleicht kriegen wir noch etwas runter.« Tam leerte die Schüssel zur Hälfte.

Ivy setzte die Suppe auf dem Tisch neben dem Sessel ab und streichelte den weißen Stern auf Tams Kopf. »Was jetzt kommt, wird dir nicht gefallen, mein kleiner Freund. Aber ich muss mich um deine Wunden kümmern.« Sie blickte aus dem Fenster. »Es stürmt immer noch da draußen. Doc Pritchett kann unmöglich zu uns kommen. Also«, sagte sie und tätschelte wieder den Kopf des Hundes, »muss *ich* dich eben versorgen.«

Sie knipste die Lampe neben dem Sessel an und drehte sie so, dass sie Tam anstrahlte. Sie zog die Fleecedecke zurück und schob das Fell auf seiner Schulter mit den Fingern zur Seite. Als Ivy die schmerzende Stelle berührte, riss Tam erschrocken den Kopf in die Höhe.

»Bleib schön liegen, mein Schatz«, sagte Ivy beruhigend. Mit dieser Stimme hatte sie schon viele ängstliche Patienten getröstet. »Ich tu dir nichts«, sagte sie.

Tam legte den Kopf wieder hin und ergab sich in sein Schicksal.

Der Schnitt, den sie am Abend zuvor gemacht hatte,

um die Schusswunde zu säubern, sah gut aus. Zumindest schien die Wunde nicht infiziert zu sein. Die Haut an den Stichen war rot, aber nicht mehr als üblich. Sie strich eine Salbe auf die Stelle und zog die Decke wieder hoch. Ivy seufzte. »Ich weiß nicht, ob ich die Schulter verbinden soll oder nicht. Solange du dich nicht bewegst, finde ich es besser, wenn Luft an die Wunde kommt.«

Als Nächstes prüfte sie sein Gesicht. Die Schwellung war etwas zurückgegangen, aber der Abszess nässte noch da, wo der Stachel gesteckt hatte. Tams Kopf fühlte sich heiß an. Ivy wischte den Eiter mit einem warmen Tuch ab. »Ich weiß einfach nicht«, sagte sie. »Ich wünschte, es sähe besser aus.«

Ivy und Tam schauten sich in die Augen. Dann stand sie auf. »Ich rufe den Doktor einfach mal an.«

Doc Pritchett nahm schon nach dem zweiten Klingeln ab. Nachdem Ivy und er sich nach der jeweiligen Gesundheit erkundigt und ein paar Bemerkungen über den Sturm gemacht hatten, berichtete sie, wie es Tam ging.

»Anscheinend haben Sie alle Hände voll zu tun, Mrs Calhoun«, sagte der Tierarzt und lachte leise.

»Sagen Sie ja nicht, dass ich zu alt bin, um einen verletzten Streuner ins Haus zu holen!«, schimpfte Ivy im Spaß. »Sie sind älter als ich und haben immer noch Ihre Schafe.«

Doc Pritchett lachte. »Ich kenne Sie schon zu lang, Ivy Calhoun. Ich würde es niemals wagen, Ihnen zu sagen, was Sie zu tun oder zu lassen haben.« Als Ivy nicht antwortete, räusperte er sich. »Wenn ich könnte, würde ich sofort zu Ihnen rausfahren und nach dem Hund schauen«, sagte er. »Aber es geht nicht, weil die Straßen gesperrt sind. Und der Wetterbericht hat noch mehr Schnee gemeldet.«

Ivy seufzte. »Sagen Sie mir einfach, was ich machen soll, Sie alte Quasselstrippe!«

Er lachte. »Wie's scheint, haben Sie bis jetzt alles richtig gemacht. Ich bin sicher, Sie wissen, ob in seiner Schulter noch eine Kugel steckt oder nicht. Schließlich haben Sie schon eine Menge Patienten zusammengeflickt.«

»Wo der Stachel war, musste ich schneiden, und das macht mir Sorgen«, sagte Ivy. »Die Stelle ist immer noch entzündet.«

»Das kann gut sein«, sagte der Tierarzt. »Sie müssen ständig mit einem feuchten warmen Lappen versuchen, so viel wie möglich von der Entzündung herauszuholen. Es ist eigentlich eine gute Sache, dass der Abszess von allein heilt. Wenn sich die Wunde allerdings schließt, müssen Sie sie wieder aufschneiden.« Nach einer Schweigesekunde fragte er: »Konnten Sie ihm schon was zu fressen geben?«

Sie erklärte ihm die Sache mit der Spezialsuppe ihrer Mutter und der Bratenspritze.

Doc Pritchett hörte nicht auf zu lachen. »Ivy Calhoun, Sie sind wirklich die Größte!«

Bevor sie auflegten, sagte er noch: »Ich komme später bei Ihnen vorbei und sehe nach dem Patienten. Wenn der Sturm aufhört und die Straßen frei sind, fahre ich zu Ihnen raus.«

Ivy stand am Küchenfenster und beobachtete, wie die Vorhänge aus weißem Schnee über die Wiese wehten. »Ich bin nur froh, dass ich ihn noch rechtzeitig gefunden habe.«

»Ja«, sagte der Tierarzt, »der Hund hatte Glück.«

Zwei Tage später beugte sich der Tierarzt über Tam, der auf Decken und Handtüchern auf dem Esstisch lag. Ivy hielt eine Taschenlampe über Tam in der einen Hand, während die andere seine Ohren streichelte.

»Sie hatten Recht«, sagte Doc Pritchett und drückte sanft auf Tams Schulter. »Hier ist keine Kugel mehr, obwohl mit Sicherheit eine drin war. Die Wunde sieht gut aus. Nicht die Spur einer Infektion. Die Stiche sehen auch gut aus.«

»Glauben Sie, dass Knochen oder Gewebe verletzt worden sind?«, fragte Ivy.

»Schwer zu sagen.« Der Doc streckte sich. »Das merken wir erst, wenn er aufsteht und herumläuft. Ein Knochen kann gesplittert sein. Ich denke, bei Muskel- oder Sehnenrissen wäre die Schwellung stärker. Allerdings ist das Gesicht infiziert.« Er beugte sich wieder über Tam. »Ich gebe ihm eine Spritze gegen die Schmerzen und ein Beruhigungsmittel, mache die Wunde wieder auf und reinige das infizierte Gewebe.« Er seufzte. »Es wäre besser, das in einer keimfreien Praxis bei Vollnarkose zu erledigen.« Er schaute in Ivys Augen.

Sie schüttelte den Kopf. »Weiß der Himmel, was dem armen Kerl alles passiert ist. Ich will nicht, dass er noch mehr Angst haben muss. Machen wir's doch einfach hier.«

Der Tierarzt seufzte wieder und öffnete seine lederne Tasche.

Eine Stunde später lag Tam erneut im Ledersessel vor dem Feuer und schlief. Ivy und Doc Pritchett saßen am Esstisch und tranken Tee.

»Wie stehen seine Chancen?«, fragte Ivy.

Der Tierarzt blies in seine Tasse, um den heißen Tee abzukühlen. »Ziemlich gut, denke ich. Die Spritze mit Antibiotika sollte helfen, die Infektion in den Griff zu bekommen. Am Wochenende gebe ich ihm noch eine.« Er blickte zum Sessel und fügte hinzu: »Die Hauptsache ist, dass er etwas in den Magen bekommt. Es ist ja überhaupt nichts mehr an ihm dran.«

Als der alte Mann später seinen Mantel anzog und sich den Schal umlegte, warf er noch einen Blick auf Tam. »Schwer zu sagen, aber wenn man ihn anschaut, könnte man ihn für einen Sheltie halten. Zumindest teilweise. Wenn das stimmt, wird er ein guter Kumpel. Das sind ganz schlaue und treue Hunde.«

»Aber wieso um alles in der Welt wird so ein Hund halb tot mit einer Schusswunde angeschwemmt?«

Doc Pritchett streckte eine Hand aus und streichelte Tams Flanke. »Wer weiß. So, wie er aussieht, würde ich sagen, dass er schon lange keinen Besitzer mehr hat. Er scheint schwere Zeiten hinter sich zu haben.«

»Vielleicht sollte ich ihn später mit in die Stadt nehmen und schauen, ob ihn jemand erkennt. Vielleicht hat er ja auch einen von diesen Mikrochips. Vielleicht sucht ihn sogar jemand in diesem Moment«, sagte Ivy, obwohl sie selbst nicht daran glaubte.

Der Tierarzt schüttelte den Kopf, als ob er ihre Gedanken hätte lesen können. »Wer zulässt, dass ein Hund in einen solchen Zustand gerät, verdient ihn nicht. Außerdem« – er beugte sich erneut hinunter, um Tams Pfoten zu betrachten – »ist dieser Hund viele Kilometer weit in rauem Gelände gelaufen.«

»Wie kommen Sie darauf?«, fragte Ivy.

»Sehen Sie sich seine Ballen an«, sagte der Doc und fuhr mit dem Daumen über die kreuz und quer verlaufenden Narben und Risse. »Sie erzählen die ganze Geschichte.«

25 Abby

An: omcbuttars@carolinanet.com

Von: »Abby Whistler« sheltiegirl@carolinanet.com

Gesendet: Samstag, 23. Januar, 10:32

Betreff: Erneut Hallo aus Nashville

Hallo Olivia,

gestern hat uns Miss Bettis in der Englischstunde gesagt, wir sollen ein preisgekröntes Buch lesen, ein Buch, das den Newbery Award bekommen hat. Ich habe ihr gesagt, dass ich nicht weiß, was das ist, und sie ist mit mir in die Schulbibliothek gegangen, wo alle auf einem Regal stehen. Sie sagte, ein paar davon handeln von Hunden und vielleicht würde ich ja gern eins davon lesen. Also habe ich ein Buch mit nach Hause genommen, das *Old Yeller* heißt. Kennst Du es? Meinst Du, dass es mir gefällt?

Mir ist langweilig. Mama hat ENDLICH einen Halbtagsjob, aber sie muss jeden zweiten Samstag arbeiten. Das Café, in dem sie jobbt, verlangt, dass sie auch manchmal abends und samstags arbeitet. Das musste sie früher in Mr Billys Futtermittel- und Samengeschäft nie. Ich glaube nicht, dass es ihr in dem Café gefällt.

Ich bin gestern zu einer Party eingeladen worden. Die Mädchen, die ich in der Schule kennengelernt habe – Madison, Bree und Courtney –, wollen eine Styling-Party veranstalten. Ich bin nicht sicher, was das ist, aber ich glaube, dazu gehört eine Menge Schminke, Kleider zu tauschen und alles Mögliche mit den Haaren zu machen. Als ich eingeladen wurde, gab es zwei große Überraschungen: erstens, dass ich überhaupt zu einer Party eingeladen worden war, und zweitens, dass ich hingehen wollte. Aber Mama brauchte den Pick-up, um zur Arbeit zu fahren, und Daddys Auto hat (wie üblich) Macken, also konnte ich nicht hin. Ich weiß nicht, was mit mir los ist, aber ich bin traurig, dass es nicht geklappt hat.

Oh, Daddy hat eben gesagt, dass er für eine Weile ins Aufnahmestudio muss, und ich soll mitkommen!

Deine Freundin

Abby Whistler

Als wir zum Aufnahmestudio gingen, hüpfte ich neben Daddy her. Er hatte sich seine Lieblingsgitarre umgehängt, und ich trug seine Mandoline.

Das Studio lag nicht weit von unserem Haus entfernt, in einer ganz berühmten Straße, die *Music Row* hieß. Dort sah es aus wie in einem normalen Wohngebiet, aber in fast allen Häusern waren Aufnahmestudios untergebracht. Nur die ganz großen Studios wie Sony befanden sich in großen modernen Gebäuden.

Mir gefiel Daddys Studio. Es befand sich in einem lustigen lila Holzhaus mit einer schönen Veranda vorn dran und sah aus, als würden die Leute, die drin wohnten, gerne Musik machen.

Aber im Innern war alles ganz anders als in einem normalen Haus. Wenn man reinkam, sah man als Erstes einen Schreibtisch, an dem die Empfangsdame saß. Dahinter war eine winzige Küche. Der Rest des Hauses bestand aus schalldichten Räumen, dem Raum, in dem ein Typ an einem großen Mischpult mit allen möglichen Lampen und Schaltern saß, und Büros. Überall hingen Fotos von berühmten Musikern.

Die anderen Männer in Daddys Band – Tommy, Jeb Stuart und Cue Ball – stimmten ihre Gitarren und die Bassgeige in einem der schalldichten Räume.

»Hey, Stöpsel«, sagte Tommy, als ich zur Tür reinkam. Er neckte mich gern.

»Hey, Big Foot«, grüßte ich zurück. Ich nannte ihn Big Foot, weil er auf dem Kopf und an den Armen und Beinen stark behaart ist.

»Hilfst du uns heute aus?«, fragte Cue. Die Lichter im Studio spiegelten sich auf seiner Glatze.

»Keine schlechte Idee«, sagte Daddy und nahm seine Mandoline aus dem Kasten. »Inzwischen setzt Abby sich aber da drüben in eine Ecke und ist schön still. Okay, mein Schatz?«

»Okay, Daddy.«

Ich hievte mich auf einen Hocker und hätte am liebsten eine Million und drei Fragen darüber gestellt, wie alles funktionierte, doch ich hielt den Mund.

»Meine Herren – alles bereit?«, fragte eine Stimme hinter einer rauchgrauen Glasscheibe.

Daddy sah Jeb, Tommy und Cue an. Alle nickten. »Wir sind so weit, Mike«, sagte Daddy.

Daddy schlug mit den Fußspitzen den Takt auf den Boden und zählte leise: »Eins, zwei, drei und …«

Und wie immer riss mich Daddys Band mit. Ich vergaß, dass ich in einem winzigen Zimmer in Nashville saß. Während Daddy seine eigene Version von *The Water is Wide* sang, hatte ich das Gefühl, wieder auf unserer Veranda in Wild Cat Cove zu sitzen. Meine Finger juckten – sie wollten auf der Gitarre spielen, und ich wollte laut mitsingen.

Dann spielten sie ein paar alte irische Lieder, die ich unheimlich schön fand. Daddy geigte wie wild. Danach spielten sie langsamer, zuerst einen Song von Jeb und dann noch einen von Daddy. Ich war im siebten Himmel.

»Das war super!«, rief der Mann hinter der Glasscheibe. »Macht 'ne Pause!«

Ich sprang vom Hocker. »Daddy, kann ich zu dem Mann gehen und sehen, was er macht?«

Daddy schaute durch die Glasscheibe. »Hey, Mike, ist es okay, wenn meine Tochter zu dir kommt?«

»Natürlich.«

Ich kam mir vor wie Dorothy im *Zauberer von Oz* und konnte mit ansehen, was hinter der Scheibe passierte.

Mike zeigte mir, wie er die einzelnen Tonspuren einer Aufnahme zusammenmischte. Er konnte die Stimmen hervorheben, wenn er wollte, und die Geige leiser klingen lassen. Er konnte die Musik klar und scharf wie Kristall klingen lassen oder schwer und rauchig wie die Berge in der Dämmerung.

»Wie viele brauchen wir noch?«, fragte Daddy.

»Mr Katz will sechs verschiedene Aufnahmen auf der Demo-CD, also brauchen wir noch zwei«, sagte Mike.

Wir gingen zurück in den Aufnahmeraum. Daddy und die anderen überlegten sich, was sie spielen wollten. »Lasst uns bei den letzten zwei Liedern Spaß haben!«, sagte Tommy. Er wollte immer, dass alles Spaß machte, das gefiel mir so gut an ihm.

»Wie wär's mit *Big Rock Candy Mountain?*«, schlug Cue vor. »Das ist lustig.«

Ich wackelte auf dem Hocker herum. »Das gefällt mir, Daddy.«

Daddy schaute zu mir herüber und grinste. »Ich weiß, Mäuschen. Warum nimmst du nicht meine Gitarre und spielst einfach mit?«

Mir fiel die Kinnlade bis auf den Schoß. »Wirklich, Daddy?«

»Wirklich und wahrhaftig«, sagte er und grinste wie ein Honigkuchenpferd.

Ich hielt Daddys Gitarre so vorsichtig wie ein neugeborenes Baby. Ich hatte noch nie damit gespielt. Sie war viel größer als meine.

Daddy stimmte sein Banjo, Jeb klemmte sich die Geige unters Kinn, Tommy nahm die andere Gitarre und Cue die Bassgeige.

»Mike, bist du bereit?«, rief Daddy.

Und dann ging's los. Wir zupften und sangen und hatten wirklich eine Menge Spaß. Mit jeder Strophe steigerten wir das Tempo, und am Ende bekamen wir alle einen Lachanfall.

Dann beschlossen wir, etwas Langsames zu spielen und wählten ein Lieblingslied von Meemaw aus: *Down To The River To Pray*.

Ich stellte mir Meemaw zu Hause vor, wie sie auf ihrem Cembalo oder Hackbrett spielte und ihre Stimme so kräftig und klar war wie der Bach. Ich dachte, ich würde gleich hören, wie …

»Und wer zum Teufel ist *das?*«

Ich riss die Augen auf. Jemand stand hinter der Glasscheibe neben Mike und schaute uns blinzelnd an.

»Oje«, sagte Jed. Alle hörten auf zu spielen.

»Whistler!«, brüllte eine nicht besonders freundliche Stimme hinter der Scheibe.

Ich sah, dass Daddy schluckte. »Ja, Mr Katz?«

»Haben Sie ein neues Mitglied in Ihrer Band, das ich noch nicht kenne?«

Daddy fuhr sich mit der Hand durch die Haare. »Das ist meine Tochter Abby.« Er zeigte auf die Glasscheibe und sagte zu mir: »Abby, Schatz, sag Hallo zu Mr Katz, unserem Boss.«

Ich hob eine Hand. »Hallo, Mr Katz. Wie geht es Ihnen?«

Schweigen.

Ich fand es ziemlich unhöflich, dass er nicht rauskam und sich vorstellte. Meemaw hätte gesagt, er sei wohl in einem Stall groß geworden. Das Schweigen hielt an. Schließlich sagte Mr Katz: »Whistler, bitte in mein Büro!«

Daddy sah aus wie ein Hündchen, das beim Pinkeln auf den Teppich erwischt worden ist. Er legte sein Banjo weg, strich sein Hemd glatt und lächelte uns zaghaft an. »Wünscht mir Glück!«

An: omcbuttars@carolinanet.com

Von: »Abby Whistler« sheltiegirl@carolinanet.com>

Gesendet: Samstag, 23. Januar, 20:24

Betreff: Daddy

Hallo,

also heute hat Daddy echt Ärger bekommen! Er hat mich ins

Studio mitgenommen, wo er und die Band eine Demo-CD aufnehmen wollten. Alles lief super. Ich saß mucksmäuschenstill da, während sie ihre Lieder spielten, und habe sogar gesehen, wie die Songs auf der CD gemischt werden und solche Sachen. Es war echt cool! Dann wollte Daddy, dass ich Gitarre spiele und die letzten beiden Songs mitsinge. Ich kann Dir sagen, Olivia, es hat unheimlich Spaß gemacht, und ich habe mich schon lange nicht mehr so gut gefühlt. Ich habe die Augen zugemacht und mir vorgestellt, wieder auf unserer Veranda in Wild Cat Cove zu sein. Und dann ist plötzlich Daddys Chef aufgetaucht, dem das Studio gehört, und hat sich nicht mehr eingekriegt, weil ich auf ihrer Demo gespielt und gesungen habe. Daddy musste in sein Büro kommen! Er hat mir so leidgetan, als er zurückkam. Er sah aus, wie ich mich fühlte, als ich im letzten Jahr den langen Geschichtstest vergeigt hatte. Auf dem Weg nach Hause war er ganz still. Er sang nicht und machte auch keine Witze. Später habe ich mitgehört, wie er Mama erzählte, dass Mr Katz nicht nur wütend war, weil ich auf der CD mit dabei bin, sondern dass ihm auch die Musik nicht gefallen hat, die alten, traditionellen Sachen. »Er will, dass wir moderne, popartige Songs spielen. Keine traditionellen Lieder aus den Bergen.« Armer Daddy. Er klang so unglücklich, als er »Lieder aus den Bergen« sagte. Sie gefallen Daddy doch so gut. Genau wie Deinem Großvater.

Oh, und danke, dass Du mich vor dem Buch *Old Yeller* gewarnt hast. Ich will kein Buch lesen, in dem ein Hund am Ende getötet wird! Ja, lass uns das gleiche Buch lesen! Ich werde Miss Bettis

am Montag in der Schule bitten, mir beim Aussuchen eines neuen Buches zu helfen.
Ich vermiss Dich unheimlich, Olivia.

Abby

PS: Ich habe lange nicht mehr von Tam geträumt. Was das wohl zu bedeuten hat?

26 Tam

Drei Wochen nachdem Ivy Tam am Flussufer gefunden hatte, konnte sie sich ihr Leben ohne ihn nicht mehr vorstellen. Ivy redete ständig mit ihm und las ihm aus der Zeitung vor. Natürlich konnte sie sich täuschen, aber sie hatte wirklich den Eindruck, dass er sich ganz besonders für den Sportteil interessierte. Sie saßen zusammen am Kamin, sie mit ihrem Strickzeug und er mit irgendwelchen Spielsachen.

Ivy las Tam gerade einen Artikel auf der letzten Seite vor, als das Telefon klingelte.

Es war ihre Tochter Caroline.

»Ja, Schatz, ich weiß, dass ich schon lange nicht mehr angerufen habe. Ich hatte viel zu tun.« Sie nickte, sah Tam an und verdrehte die Augen.

»Ich weiß, dass du dir Sorgen machst, und ich schätze das auch, aber es geht mir gut. Es geht mir wirklich sehr gut.«

»Am Wochenende hochfahren? Also, ich glaube nicht, dass ich das kann. Nicht im Augenblick.« Tam hörte etwas, das wie das Geschnatter eines wütenden Eichhörnchens klang. Er jaulte, und seine Augen schauten gespannt in Ivys Gesicht.

Ivy strich über seine Ohren. »Ich muss mich nämlich um einen kranken Freund kümmern. Er kann im Moment nicht für sich selbst sorgen. Es geht ihm seit einer Weile nicht gut und …«

»Also, Caroline, ich bin vielleicht alt, aber immer noch in der Lage, einem Freund in Not auszuhelfen.« Ivy rückte die Schultern gerade und sagte mit fester Stimme: »Ich rufe dich in ein paar Tagen an und fahre hoch, sobald ich kann.«

»*Ehrlich*«, sagte Ivy, legte auf und schnappte sich die Zeitung. »Wo waren wir stehengeblieben?«

Eine Woche verging. An einem ungewöhnlich warmen Tag lag Tam auf der Veranda. Seine Augen waren geschlossen, und die Sonne tat seiner schmerzenden Schulter gut. Als es im trockenen Laub der Weide raschelte, zuckte ein Ohr. Im Traum machte die Präriewölfin im hohen Gras einen Buckel und wollte sich auf irgendetwas stürzen. Tam bellte vor Aufregung.

Ivy hörte die gedämpften *Wuffs*, die vom schlafenden Sheltie kamen. Sie lächelte. »Wer weiß, welche Abenteuer du in deinen Träumen erlebst«, sagte sie und rüttelte ihn behutsam wach.

Tam öffnete die Augen. Sekundenlang verwirrte ihn das

harte Holz unter seinem Körper, die sanfte Hand auf seiner Flanke, die gütigen Augen. Wo waren die Präriewölfin, der tiefe Wald und der Geschmack nach warmem Blut?

»Komm schon, mein Junge«, sagte Ivy und erhob sich. »Es ist Zeit, in die Stadt zu fahren.« Beim Wort »komm« stand Tam auf und folgte der alten Frau zum Auto. Als sie aus der Einfahrt fuhren, rief ein Rabe ihnen aus den Zweigen des Hartriegels etwas zu. Die Sonne glitzerte auf den gezackten Schwanzfedern des Vogels.

Tam beobachtete interessiert, wie die Felder und Bäume am Auto vorbeiflitzten. Es war lange her, seit er in einem Auto gesessen hatte, aber er erinnerte sich, dass es fast immer irgendwo hinging, wo es aufregend war.

Ivy schaltete das Radio ein und suchte einen bestimmten Sender. Als Geigen- und Banjoklänge ertönten, neigte Tam den Kopf zur Seite. Ivy lächelte und strich ihm über den Rücken. »Wenn ich es nicht besser wüsste, würde ich sagen, du hast eine besondere Vorliebe für Countrymusik.«

Zuerst hielten sie vor der Post von Galax. Ivy tätschelte Tams Kopf. »Ich muss da schnell mal rein und Wolle bestellen. Pass du schön auf das Auto auf!« Tam richtete seinen Blick wie einen Laserstrahl auf den Eingang der Post und entspannte sich erst, als Ivy sich wieder neben ihn setzte. »Und jetzt zur Bank.«

Sie fuhren ans Fenster des Straßenschalters, und während Tam die Bankangestellte hinter der Glasscheibe beobachtete, regte sich plötzlich etwas in seinem Gedächtnis. Er leckte sich das Maul und drückte die Nase an die Scheibe.

»Wann haben Sie sich denn einen Hund zugelegt, Mrs Calhoun?«, fragte die junge Frau, als sie die Dollarscheine abzählte.

»Wir haben uns vor einer Weile draußen im Wald gefunden«, antwortete Ivy.

Die junge Frau schüttelte den Kopf. »Ich wäre vorsichtig, wenn ich Sie wäre, Mrs Calhoun. Ich würde an Ihrer Stelle keine Streuner aufnehmen. Mein Vater sagt, in den Bergen gibt es Präriewölfe, und zwar näher bei uns, als wir denken.«

Ivy atmete hörbar durch die Nase. »Das ist ein Shetland Sheepdog, Tiffany, kein Präriewolf.«

Die metallene Schublade glitt dem Autofenster entgegen und öffnete sich. Ivy nahm das Geld und einen Hundekeks heraus. Sie gab Tam den Keks. »Danke, Tiffany«, rief Ivy und fuhr los.

Ivy sah zu, wie Tam die letzten Kekskrümel vom Autositz schleckte. »Der nächste Halt ist für dich, mein Freund«, sagte sie. »Es wird Zeit, dass du mal einkaufen gehst.« Als sie auf den Parkplatz vor einem Laden fuhr, der »Alles für den Hund« anpries, murmelte sie: »Also wirklich – Präriewölfe!«

»Als Erstes braucht er ein Halsband. Welche Farbe

würde diesem gut aussehenden Burschen wohl am besten stehen?«, fragte Ivy und sah Tam an, den sie auf dem Arm hielt.

Prissy Spinks musterte ihn über ihre Brille hinweg. »Das ist ein komischer kleiner Kerl, was? Ein bisschen mickrig …«

Ivy drückte Tam noch enger an sich und sagte: »Das ist ein Shetland Sheepdog, Prissy. Sie sind sehr klug und treu.« Tam wedelte mit dem Schwanz und nieste beifällig.

Prissys Stimmung hellte sich auf. Sie nahm ein grünschwarz kariertes Halsband aus einem Regal. »Da Shelties aus Schottland stammen, würde ihm bestimmt so etwas gefallen, meinen Sie nicht?«

Dazu kamen eine knallrote Hundeleine, Fress- und Trinknäpfe, noch mehr Spielzeug, getrocknete Schwarten, um darauf herumzukauen, und ein Bett, das mit unechtem Schaffell ausgepolstert war. Ivy schaute sich die Sachen auf der Theke an und sagte: »So – und was noch? Ich habe das Gefühl, dass ich was Wichtiges vergessen habe …«

»Wie wär's mit einer Hundemarke fürs Halsband, Mrs Calhoun?«

»Natürlich«, sagte Ivy und schüttelte den Kopf. »Wie konnte ich das bloß vergessen?«

»Ich lege das Formular, das Sie ausfüllen müssen, mit der Quittung in Ihre Tüte. Bringen Sie es einfach zu mir zurück und ich stecke es für Sie in den Briefkasten.«

»Wie lange dauert es, bis ich die Marke bekomme?«, fragte Ivy, während Prissy die Päckchen in den Kofferraum lud.

»Höchstens zwei Wochen.«

Als Ivy am Abend das Formular ausfüllte, fuhr ein eisiger Wind über das Dach des Häuschens und blies durch den Kamin. »Die Adresse und die Telefonnummer können sie eingravieren, aber wir müssen noch deinen Namen angeben. Wie heißt du eigentlich? Ich kann dich doch nicht immer nur Kerlchen nennen!«

Ivy beobachtete, wie Tam zur Haustür humpelte und dann über die Schulter hinweg zu ihr zurückblickte. Sie leckte an der Bleistiftspitze und sagte: »Sam. Ich glaube, wir nennen dich Sam. Du kannst gut Geheimnisse für dich behalten. Genau wie mein Bruder.«

Tam legte den Kopf auf die Seite.

»Gefällt dir der Name, *Sam?*«

Etwas zog an Tams Herz.

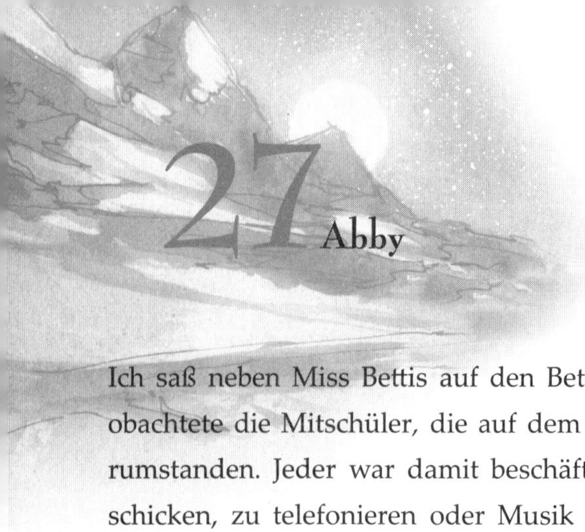

27 Abby

Ich saß neben Miss Bettis auf den Betonstufen und beobachtete die Mitschüler, die auf dem Schulhof nur herumstanden. Jeder war damit beschäftigt, eine SMS zu schicken, zu telefonieren oder Musik zu hören. Keiner redete mit einem anderen. Und natürlich stand die Königin in ihren schwarzen Klamotten abseits und sah gelangweilt aus. Einfach lächerlich. Es war warm (für Ende Januar), sonnig und vor allem trocken, und alle standen herum wie teilnahmslose Schafe.

»Jetzt reicht's!« Ich gab Miss Bettis die Landkarte, auf der ich die Fahrt von Harmony Gap bis Nashville eingezeichnet hatte, und stapfte auf den Schulhof. Ich hob einen Ball auf und brüllte, so laut ich konnte: »Hallo, ihr alle!«

So gut wie niemand schaute zu mir. Ich versuchte es noch einmal. Keiner beachtete mich.

»Hier, Abby!«, rief Miss Bettis und streckte mir ihre Pfeife, die an einer Schnur hing, entgegen.

Ich blies mit aller Kraft hinein. Das rüttelte sie wach.

»Wer hat Lust, mit mir Völkerball zu spielen?«, fragte ich und hielt den Ball hoch.

Alle sahen mich an, als ob ich in einer fremden Sprache redete.

Ich warf den Ball von einer Hand in die andere. »Los, kommt schon! Spielen wir etwas zusammen! Es macht echt Spaß! Dazu ist die Pause doch da.«

»Das haben wir mal in der Grundschule gespielt«, sagte Bree, verdrehte die Augen und warf die Haare zurück. »Wir sind zu alt für Völkerball.«

Ein Mädchen fragte: »Gab es nicht einen Film, der so hieß?«

Und ein anderes sagte: »Ja, der war ziemlich lustig.«

Dann fragte ein Junge: »Was mache ich mit meinem Handy?«

Miss Bettis rief: »Bringt mir alle eure Handys und iPods! Ich passe gut darauf auf, während ihr spielt.« Sie zwinkerte mir zu.

Am Ende hatte ich genug Leute zusammen, um zwei Mannschaften bilden zu können. Zuerst wollten die Jungs gegen die Mädchen spielen, aber da die meisten Mädchen Röcke und Stiefel anhatten, beschloss ich, die Mannschaften selbst zusammenzustellen.

Mit der Spitze meines Turnschuhs zeichnete ich eine lange Linie in den Sand und erklärte die Regeln. »Okay. Jede Mannschaft versucht abwechselnd, einen von der anderen Mannschaft mit dem Ball zu treffen. Wenn jemand getroffen wird, muss er sich zu Miss Bettis setzen.

Die Mannschaft, auf die der Ball geworfen wird, kann ihm ausweichen, aber sie darf die Linie nicht überschreiten. Die Mannschaft, die zuerst alle Spieler abschießt, gewinnt.«

»Und den Ball nicht gegen den Kopf schmeißen!«, rief Miss Bettis uns vom Spielfeldrand zu.

Ich warf den ersten Ball und traf sofort Billy Ray Purdee an der Schulter. »Du musst dich *bewegen*, um dem Ball auszuweichen, Billy Ray!«, rief ich. Er war ziemlich dick, also beschloss ich, ihm eine zweite Chance zu geben. Bald darauf waren alle begeistert. Die Schüler liefen über den Platz und lachten und schrien. Zum ersten Mal klang es wie auf einem normalen Pausenhof. Nachdem sie sich keine Sorgen mehr um ihre Frisuren machten, hatten sogar Madison und ein paar andere Mädchen ihren Spaß.

Als es am Ende der großen Pause läutete, fanden das alle schade. Jungen, die sonst nicht einmal *Hallo* zueinander sagten, schlugen sich gegenseitig auf den Rücken und brüllten »Toller Wurf!« oder »Du würdest nicht mal die Breitseite einer Scheune treffen!«. Und Courtney fragte: »Können wir morgen wieder spielen, Abby?«

»Ja klar«, sagte ich. »Ich kenne noch viele Spiele.«

Als wir zurück ins Gebäude gingen, gab mir Miss Bettis meine Zeichnung zurück. »Gut gemacht, Abby!«, sagte sie. Und ich glaube nicht, dass sie die Landkarte meinte.

Am nächsten Tag wollten viele Schüler mitspielen. Sobald wir draußen waren, übergaben sie Miss Bettis ihre

Handys und anderes Zeug. Und am Ende der Woche hatte ich erreicht, dass alle Völkerball spielen wollten. Sogar Bree.

Am Freitag wartete ich vor der Schule auf Mamas Auto. Eine ganze Horde Mädchen stand um mich herum.

»Abby, bitte komm doch morgen mit ins Kino im Einkaufszentrum!«, sagte Courtney. »Der neue Film soll toll sein.«

»Ja«, sagte Bree. »Mir gefällt der Titelsong so gut. Er wird dauernd im Radio gespielt.«

Ich war so gut wie noch nie in einem großen Kino in einem Einkaufszentrum gewesen. Olivia und ich waren in ein ganz kleines in Harmony Gap gegangen. Ich war ziemlich neugierig. »Muss meine Mutter fragen«, sagte ich.

Im selben Augenblick hupte es. Mama stand in einer Autoschlange und winkte aus dem Fenster. Hinter ihrem Pick-up war eine glänzend schwarze Limousine.

»Ich muss los«, sagte ich.

»Ruf mich heute Abend an!«, sagte Madison.

Ich lief zu Mamas Truck und war so damit beschäftigt, zu gucken, wer in das schicke Auto stieg, dass ich fast mit Cheyenne zusammengestoßen wäre.

»Pass auf, du Landei«, knurrte sie.

»Tut mir leid«, stammelte ich.

Als mir klar wurde, dass sie den Ausdruck benutzt hatte, den ich am meisten hasste, und ich ihr gerade sagen wollte, was für eine eingebildete, unverschämte Ziege sie war, riss sie die Hintertür der Limousine auf und ließ sich auf den Sitz fallen.

Natürlich.

Ich sprang in Mamas Pick-up und schlug die Tür zu.

Mama schaute in den Rückspiegel. »Wer war denn das?«

»Das rotzfreche Biest Cheyenne Rivers«, murmelte ich.

Mama sah mich streng an. »Red nicht so, Abby!«

»Sie hat mich fast über den Haufen gerannt, Mama. Und dann hat sie auch noch Landei zu mir gesagt.«

Mama wusste genau, wie sehr ich es hasste, Landei genannt zu werden. Sie reihte sich in den Verkehr ein. »Wenn jemand frech zu dir ist, heißt das noch lange nicht, dass du auch frech sein kannst.«

Ich seufzte. Mama würde mich nie verstehen.

Später am Abend klingelte das Telefon. Es war Madison. »Hast du deine Mutter gefragt, ob du mit ins Kino darfst?«

Das hatte ich völlig vergessen. »Ich rufe dich gleich zurück«, sagte ich.

Mama und Daddy saßen am Küchentisch und hatten Rechnungen vor sich. Das verbesserte ihre Laune nie.

»Mama, darf ich morgen Nachmittag ins Kino?«

»Mit wem?«, fragte Mama, ohne aufzublicken.

»Mit ein paar Mädchen aus der Schule«, sagte ich. »Sie wollen den neuen Film *Tennessee Home* anschauen.«

»Ja, sicher«, sagte Mama. Sie lächelte Daddy an. »Dann haben wir wenigstens mal etwas Zeit für uns.«

Daddy schaute von dem Rechnungshaufen auf und lächelte auch. »Ein paar von den Songs in dem Film wurden in unserem Studio aufgenommen.«

»Echt?«, sagte ich. Wenn ich *das* Bree, Madison und Courtney erzählte, würden sie mich bestimmt nicht mehr für uncool halten.

»Countrymusik für Teenager, wenn ihr mich fragt«, sagte Daddy lachend. »Aber die Typen waren sehr nett. Warum gehst du nicht mit, Holly? Ich muss morgen fast den ganzen Tag lang im Studio sein. Schon wieder.« Er rieb sich den Nacken, ohne Mama anzusehen.

Ich hätte schwören können, Tränen in Mamas Augen zu sehen. »Aber warum?«, fragte sie. »Ich dachte, die Demo-CD wäre fertig.«

Daddy seufzte. »Mr Katz mag die meisten unserer Songs nicht. Er will, dass wir neue aufnehmen, solche, die *ihm* gefallen.«

Auf Mamas Stirn bildeten sich Gewitterwolken. Es brauchte keinen Wetterfrosch, um zu wissen, dass Donner und Blitze auf uns zukamen. Ich ergriff das Telefon, ging in mein Zimmer und machte die Tür zu.

Nachdem ich Madison angerufen hatte, wollte ich Olivia eine E-Mail schicken. Das hätte aber bedeutet, durch die Küche in Mamas Arbeitszimmer gehen zu müssen, wo der Computer stand, und ich konnte Mama und Daddy immer noch streiten hören.

Also nahm ich lieber meine Gitarre und spielte die erste Strophe von *Poor Wayfaring Stranger – Armer fremder Wandersmann*. Ich lehnte mich an mein Kopfkissen und sang.

28 Tam

Als Tam kräftiger wurde und sich unter Menschen wieder wohlfühlte, kehrten Erinnerungen an ein anderes Zuhause zurück. Erinnerungen an eine Farm in den grünen Bergen im Süden. An Hände, die nicht der alten Frau gehörten, die ihn streichelten und liebkosten. An Nächte in einem warmen, weichen Bett, in dem er sich sicher fühlte, und an eine Stimme, die ihm im Dunkeln etwas zuflüsterte. Die Erinnerung an einen Namen, der nicht Sam war, aber beinah.

Tam lebte seit über einem Monat bei Ivy, als ihr etwas auffiel. Er leistete ihr gern bei der Hausarbeit Gesellschaft und lief mit ihr das Grundstück ab, wenn das Wetter gut war. Beim Mittagessen oder wenn sie las, lag er zufrieden zu ihren Füßen. Aber nachmittags, wenn sich die Schatten der Sonne über den gefrorenen Boden streckten, wurde er unruhig.

Dann erhob er sich und trabte zur Tür. Er jaulte und schaute zurück auf die alte Frau.

Und jedes Mal ließ sie ihn heraus. »Okay, Sam, mach dein Geschäft.«

Aber Tam stand nur auf der Veranda und sah verwirrt aus. Als ob er einen Raum betreten hätte und nicht mehr wüsste, warum.

Nachdem dies mehrmals hintereinander geschehen war, schaute Ivy auf die Uhr. Viertel nach drei stand er auf, ging zur Tür und jaulte. Er sprang auf die Zederntruhe unter dem hohen Wohnzimmerfenster, sprang wieder hinunter und stupste mit der Schnauze an die Tür. Um halb vier begann das Gelaufe. Hin und her, hin und her, von der Tür zum Fenster und wieder zurück. Irgendetwas trieb ihn an. Ein paar Minuten später sackte er stöhnend vor Enttäuschung vor Ivys Füßen zusammen. Dann hob sie ihn auf ihren breiten Schoß und streichelte ihn, bis er einschlief.

Auf Tams braunrotem Fell leuchtete das Licht des offenen Kamins. Doc Pritchett sah sich den Hund, der vor dem Feuer lag, genau an. »Das ist wirklich ein Sheltie«, sagte er. »Ein bisschen klein geraten, aber reinrassig.«

Ivy nickte und lächelte. »Erstaunlich, was ein bisschen Liebe, eine Menge Futter und ein Bad zu Stande bringen. Fortschrittliche Medizin und ein guter Arzt schaden natürlich auch nicht.« Sie blickten schweigend auf Tam; nur das knisternde Feuer und ein neu aufgekommener Sturm waren zu hören.

Ivy seufzte und schüttelte den Kopf. »Ich weiß nicht so recht …«

»Worüber machen Sie sich Sorgen?«

»Ich hätte mir keinen besseren Kameraden wünschen können. Genau so, wie Sie gesagt haben. Ich kann mir ein Leben ohne Sam gar nicht mehr vorstellen.«

»Aber?«

Sie runzelte die Stirn. »Sein Herz scheint irgendwo anders zu sein. Als ob ein großer Teil von ihm nach jemandem sucht.«

Der alte Tierarzt schwieg.

»Ich habe manchmal richtig Angst, dass er wegläuft, wenn ich ihn abends rauslasse, um sein Geschäft zu verrichten.«

»Aber, Ivy«, sagte der Tierarzt. »Wo würde er denn hinlaufen? Vor allem mitten im Winter.«

»Ich weiß, ich rede wie ein alter Dummkopf«, sagte sie, »aber ich werde das Gefühl nicht los, dass er unterwegs war und ein Ziel hatte.« Dann beschrieb sie Tams nachmittägliches Ritual.

Doc Pritchett streckte die Beine vor sich aus. Tam sprang auf und versteckte sich. »Hunde sind Gewohnheitstiere, Ivy. Wer weiß, was sich in dieser Hundeseele festgesetzt hat.« Der Tierarzt schüttelte den Kopf. »Ich bleibe jedenfalls dabei: Wer ihn früher besessen hat, der hat ihn nicht verdient. Wir beide wissen, in welchem Zustand er war. Und er hat immer noch kein Vertrauen zu mir und mag mich wahrscheinlich gar nicht.«

»James …«

Er winkte ab. »Ich sage nur, dass ich ernsthaft vermute, dass dieser kleine Hund von einem Mann misshandelt und vernachlässigt wurde. Wenn er wirklich *unterwegs* war, wie Sie sagen, dann bestimmt auf der Suche nach einem besseren Zuhause. Und er hat es bei Ihnen gefunden.«

Tam sprang auf Ivys Schoß. Sie streichelte den schönen Kopf und schaute in seine braunen Augen.

»Ivy, er ist jetzt *Ihr* Hund.«

»Ein berühmter Dichter hat einmal gesagt, der April sei der grausamste Monat, aber ich finde den Februar noch schlimmer«, sagte Ivy zu Tam, als sie den Schnee beobachteten, der durch die Äste der großen Kiefern wehte. »Letzte Woche war es noch warm wie im Frühling.« Sie seufzte und wandte sich vom Fenster und dem Schneesturm ab.

Es schneite seit drei Tagen oder der Schnee verwandelte sich in Schneeregen und machte die Straßen und Stufen gefährlich glatt. »Wenn ich die Hütte nicht bald verlassen kann«, sagte Ivy, »kriege ich einen Stubenkoller.«

Tam jaulte mitfühlend.

Ivy lächelte und kraulte ihn hinter dem Ohr. »Ach, hör nicht auf mich, Sam. Man sollte meinen, dass ich wechselhaftes Wetter gewohnt bin, nachdem ich schon seit über achtzig Jahren in den Bergen lebe.« Sie nahm ihr Strickzeug in die Hände und strich über die weichen Maschen aus Lamawolle. »Trotzdem – je älter ich werde, desto länger kommt mir der Winter vor.«

Tam schnüffelte an dem Wollknäuel in Ivys Schoß. Bilder von einem Stall voll flauschiger Tiere mit langen Hälsen schossen ihm durch den Kopf. Er sah eine Frau, die Heu wendete und Körner mischte. Er schnüffelte wieder an der Wolle und roch einen alten Apfelgarten, den Rauch eines Holzfeuers und den süßen Duft eines Mädchens.

Ihm wurde ganz warm ums Herz. Das war der Geruch nach zu Hause. Er legte die Stirn in Falten, jaulte und stupste mit der Pfote an Ivys Bein.

»Was hast du denn, Sam?«

Das Telefon klingelte. »Oh, hallo Randall, mein Lieber! Gut, deine Stimme zu hören.« Dieses Mal meinte es Ivy ehrlich. Sie stand auf, um sich eine Tasse Tee zu machen, und ließ sich von der tiefen Stimme ihres Sohnes wärmen.

»Ja, wirklich«, sagte sie, »es schneit und tobt wie verrückt da draußen. Erst gibt es Schneeregen und gleich darauf schneit es richtig.« Tam sah zu, wie sie den Hörer zwischen dem Ohr und ihrer Schulter festklemmte und gleichzeitig Feuer unter dem Wasserkessel machte.

Ivy nahm einen Hundekuchen aus einer Dose und gab ihn Tam. »Nein, nein, ich trau mich nicht raus. Die Straßen sind wahrscheinlich das reinste Eis. Aber meine Vögel machen mir Sorgen. Ich konnte sie seit Tagen nicht füttern.«

Der Kessel pfiff. Eine starke Erinnerung fuhr durch Tam. Die Erinnerung an eine andere Küche und Futter neben einem Ofen und die Liebe, die er für ein Mädchen empfand.

»Ich glaube, der Wettermann hat gesagt, der Sturm zieht Ende der Woche weiter nach Süden. Das hoffe ich sehr. Ich habe fast kein Holz mehr.« Ivy goss kochendes Wasser über den Teebeutel.

»Aber ja, mein Schatz, ich würde mich freuen, wenn du mich am Wochenende besuchst. Ein bisschen menschliche Gesellschaft täte mir gut.« Sie blickte auf Tam hinunter und sagte, wie um Verzeihung bittend: »Und ich habe einen ganz besonders guten Freund, den ich dir vorstellen möchte.«

»Gott sei Dank hat der Wettermann ausnahmsweise einmal Recht gehabt«, sagte Ivy und zog ihre Stiefel an. Nach zwei Tagen war der Sturm tatsächlich weitergezogen. Die Sonne berührte die Baumspitzen auf den Höhen zum ersten Mal seit langer Zeit. Ivy wickelte sich einen Schal um den Hals, steckte die Tüte mit den Brotkrusten in ihre Manteltasche und sagte: »Komm, Sam! Höchste Zeit, dass wir sehen, wie die Berge lebendig werden.«

Schnee knirschte unter Ivys Stiefeln, als sie langsam am Zaun entlanggingen. Sie blinzelte im blendenden Licht der Sonne auf dem Schnee. »Schön«, murmelte Ivy Tam zu.

Sich schwerfällig auf ihren Stock stützend schaffte sie es den sanften Hügel hinab bis zum Hartriegelwald, Tam an ihrer Seite. Meisen flatterten von Ast zu Ast und plusterten ihre Federn in der Kälte. Ab und zu leuchtete etwas Rotes auf und verkündete, dass auch ein oder zwei männliche Kardinale anwesend waren. Ivy schüttelte die Tüte mit den Krusten aus. »Kommt her, meine Kleinen!«, rief sie. »Kommt und holt euch eure Leckerbissen!« Der Rabe mit den gezackten Schwanzfedern meldete sich hoch oben vom Ast einer alten Kiefer. »Auch für dich ist etwas dabei, alter Freund!«, rief Ivy ihm lachend zu.

Tam folgte einem Geruch zum Fluss hinunter. Aus zarten, herzförmigen Fußspuren stieg der Geruch nach Rotwild in seine Nase, und sie sagte ihm, dass drei Rehe vor einer Dreiviertelstunde vorbeigekommen waren. Sie hatten Hunger. Eines war alt und krank. Das sagte ihm seine Nase auch. Der scharfe Geruchssinn eines Hundes kann die Geschichte der Erde und des Windes genauso klar und deutlich lesen wie ein Mensch in einem Buch.

Gerade als er einen Schneeschuhhasen verfolgen wollte, rief Ivy: »Sam! Sam! Komm her, Sam!« Der Hase erschrak und lief davon. Tam seufzte. Er schüttelte sich und trottete die Böschung hoch zu der alten Frau.

»Wo warst du denn, mein Kleiner?«, fragte Ivy. »Du hast mir vielleicht einen Schreck eingejagt!«

Auf dem Rückweg zur Hütte blieb Tam an ihrer Seite.

Die Frau hatte einen undefinierbaren Geruch an sich, der dem kleinen Sheltie Angst machte.

»Ich muss mich beeilen und meine Einkaufsliste zusammenstellen, bevor der Junge kommt. Und das Frühstücksgeschirr muss ich auch noch abwaschen. Randall wird denken, dass ich Alzheimer habe, wenn er das schmutzige Geschirr im Spülbecken sieht. Und er soll die Marke an deinem Halsband anbringen.«

Ivy blieb oben auf der Weide stehen, um zu verschnaufen. Sie rieb sich die Schulter. »Liebe Zeit«, sagte sie, »ich werde alt.« Sie umklammerte ihren Stock und richtete sich auf. »Nein, das hat nichts mit dem Alter zu tun, Sam. Ich war einfach zu lange im Haus eingesperrt. Wir müssen öfter raus, wir beide.«

Als Ivy die Tür öffnete, traf es sie wie ein Blitz aus heiterem Himmel.

Sie krümmte sich vor Schmerz und ließ den Stock fallen. »Lieber Gott«, hauchte sie. Ein heißer, brennender Schmerz schoss durch ihren Arm und strahlte in ihre Brust aus. Mit eisernem Willen richtete sie sich wieder auf und schob sich durch die Tür.

Der Atem kam stoßweise. Schweiß rann ihr übers Gesicht. Ihre Welt, die Hütte und alles, was sie seit mehr als achtzig Jahren kannte, hatte plötzlich keine Bedeutung mehr. Nur eins war wichtig: Sie musste das Telefon erreichen.

»Komm schon, du schaffst es!«, sagte sie laut. Sie klammerte sich an Stuhllehnen und Regale und schleppte sich so zum Telefon. Doch als sie die Hand danach ausstrecken wollte, schlug eine eiserne Faust auf ihr Herz. Ihre Beine gaben nach. Sie brach zusammen, fiel vornüber und schlug mit dem Kopf auf dem Fußboden auf.

Tam bellte verzweifelt. Alles war falsch. Der Geruch nach Angst und Krankheit breitete sich aus. Die Frau roch nach Blut und Schmerzen. Tam tappte mit der Pfote auf ihre ausgestreckte Hand. Sie stöhnte. Er leckte das Blut auf ihrem Gesicht ab und schnupperte an ihrem Atem. »Sam«, hauchte sie.

Danach war es still. Nur die Uhr tickte im Flur, Wasser tropfte aus dem Hahn in der Küche. Der Wind seufzte in den Bäumen. Der Rabe rief draußen von irgendwoher. Tam legte sich neben die alte Frau und ließ den Kopf auf ihrer Hüfte ruhen. Seine braunen Augen waren voller Sorge.

Nach einer Weile hörte Tam, dass Autoreifen auf der Einfahrt knirschten. Er kannte dieses Geräusch. Er lief zur Zederntruhe, sprang hinauf und bellte den großen Lieferwagen an. Ein Mann sprang heraus und rannte die Stufen zur Veranda hoch. Tam bellte wie verrückt. Der Mann klopfte einmal, stellte ein Paket vor der Tür ab, winkte Tam zu und lief zu seinem Wagen zurück.

Als das Auto losfuhr, jaulte Tam. Er lief zu der Frau

zurück und schnüffelte an ihrem Gesicht. Ihr Atem kam stoßweise. Ihre Augenlider flatterten. Tam stupste ihren Mantel vorn mit der Pfote an. Sie schlug die Augen auf. »Guter Kerl«, sagte sie und machte die Augen wieder zu.

Die Zeit verging. Türenschlagen weckte Tam. Er setzte sich auf und lauschte dem Geräusch schwerer Schritte auf den Verandastufen. Ein Mann. Ein großer Mann. Tam knurrte leise in seiner Brust.

Ivys Sohn hob das Paket auf, das der Kurierfahrer hinterlassen hatte. Er öffnete die Tür und trampelte, um den Schnee von den Stiefeln abzuschütteln. »Mama, du hast ein Paket bekommen!«, rief er. Tam schob sich noch näher an die Frau und knurrte lauter.

Randall ließ das Paket fallen. »Mama?«, rief er. Sein Blick suchte den Raum ab. Das Feuer war verlöscht, Geschirr türmte sich im Spülbecken, die Lichter waren aus und ein Hund knurrte. Sein Instinkt als Polizist schaltete sich ein. Randall griff durch die offene Tür nach hinten, packte ein Holzscheit vom Stapel auf der Veranda und ging langsam in die Küche.

Angsterfüllte, schreckliche Erinnerungen überfluteten Tam: ein großer Mann mit einem langen Stock in der Hand, der auf ihn zukam. Tam stand neben der gekrümmten Gestalt auf dem Boden, die Augen vor Angst weit aufgerissen, die Zähne gebleckt, um seine Freundin zu beschützen. Er knurrte den Mann warnend an: Geh weg!

»Oh, mein Gott«, sagte Randall beim Anblick seiner Mutter auf dem Boden, Blut im Gesicht, der Hund über ihr. Randall hob das Stück Holz und schwang es wie eine Keule. Er schrie: »Verschwinde!«

Tam bellte und schnappte nach dem Mann. Randall wollte schon zuschlagen, als ihm klar wurde, dass er auch seine Mutter treffen konnte. Er scheuchte Tam, brüllte und tat so, als wollte er das Holz auf ihn sausen lassen.

Tam rannte an dem Mann vorbei ins Wohnzimmer. Er wirbelte herum und bellte wütend. Der Mann warf das Holzscheit nach ihm und erwischte ihn am Kopf. Tam heulte vor Schmerz. Aber er wollte seine Freundin nicht im Stich lassen, machte einen Schritt nach vorn und bellte so rau, wie er nur konnte.

Als der Mann nach einem Teller auf der Arbeitsfläche griff und ihn auf Tam schleuderte, floh der Hund endlich aus der Tür und in den Wald.

Er drehte sich um und beobachtete das Haus im Schutz eines Lorbeerstrauchs. Er hörte die ängstliche Stimme des Mannes im Haus. Er hörte die Stimme der alten Frau, so zart wie ein Spinnennetz. Er sah zu, wie der große Mann sie zu seinem Auto trug, sie behutsam auf den Rücksitz legte und wegfuhr.

Die Nacht brach herein. Die Luft wurde bissig kalt. Als der Mann die alte Frau zum Auto getragen hatte, war die

Haustür offen geblieben. Tam schaute um die Tür und lauschte. Stille.

Er fraß sein letztes Trockenfutter und trank aus seinem Wassernapf. Er schnupperte an dem Stuhl neben dem Kamin, auf dem die Frau abends gesessen hatte. Seine Krallen klickten auf den Holzböden, als er von einem Zimmer in das andere lief und nach Spuren der alten Frau suchte. Es gab aber keine. Er schnupperte an dem viereckigen, braunen Paket auf dem Fußboden. Hätte Tam lesen können, hätte er gewusst, dass auf dem Aufkleber *Whistler-Farm-Wolle* stand.

Er tappte die Treppe zu ihrem Schlafzimmer hoch und sprang aufs Bett. Ein Rest des Duftes der Frau haftete noch an ihrem Kopfkissen. Tam legte sich hin. Aber er konnte nicht einschlafen. Zum ersten Mal fühlte sich der Geruch falsch an. Der Duft des Mädchens sollte bei ihm sein, der Duft *seines* Mädchens.

29 Abby

An: omcbuttars@carolinanet.com

Von: »Abby Whistler« sheltiegirl@carolinanet.com

Gesendet: Sonntag, 21. Februar, 11:03

Betreff: Wieder Hallo

Hallo Olivia,

ich habe vor einer Weile mit Meemaw geredet. Sie hat gesagt, es schneit wie verrückt, so einen verschneiten Winter hätte sie schon lange nicht mehr erlebt. Sie ist wirklich sehr dankbar für alles, was Du und Dein Großvater für sie tun.

Vielleicht hast Du ja Recht. Vielleicht habe ich nicht von Tam geträumt, weil es ihm gut geht. Weil er in Sicherheit ist. Ich hoffe es wenigstens. Oder Du hast Dich getäuscht, und ich habe doch nicht das Zweite Gesicht wie Meemaw.

Hier ist nicht viel los. Mama muss am Wochenende arbeiten, was ihr immer die Laune verdirbt. Sie war heute in dermaßen schlechter Stimmung, dass ich gefragt habe: »Mama, hat dir jemand aufs Müsli gepinkelt?« Normalerweise lächelt sie, wenn ich so was sage. Aber heute Morgen nicht.

Daddy hat den ganzen Vormittag lang mit seinem Chef telefoniert, um alles für ihre große Tour vorzubereiten. Ich hatte gehofft, dass wir heute etwas zusammen unternehmen, nur er und ich, wie in alten Zeiten. Aber er hat abgewinkt und gesagt: »Nicht jetzt, Maus.« Aber wann dann? DAS möchte ich gerne wissen.

Ich hätte mit ein paar Mädchen aus der Schule ins Einkaufszentrum gehen können. Sie wollten Klamotten und Make-up kaufen. Lieber sammle ich Fusseln vom Teppich auf, als Klamotten zu kaufen. Jeder, der Abby Whistler kennt, weiß das.

Manchmal bin ich nicht sicher, wer das Mädchen ist, das Madison und Bree zu kennen glauben.

Deine Freundin Abby (die Shoppen hasst und immer hassen wird)

»Daddy«, sagte ich und pflanzte mich direkt vor ihm und dem Telefon auf, »ich gehe spazieren.«

Seine wilden roten Haare flogen in zwanzig verschiedene Richtungen und sahen aus, als würden sie bestätigen, wie verrückt alles war. Er nickte und legte eine Hand auf die Sprechmuschel. »Viel Spaß, meine Süße.«

Als ich den Mantel anzog, hörte ich, wie er zu der Person am anderen Ende sagte: »Nein, ich habe Sie nicht ›meine Süße‹ genannt. Ich habe nur …«

Armer Daddy.

Ich ging den Bürgersteig entlang, an den Häuschen in unserer Straße vorbei. Sie waren alle sehr klein und drängten sich zusammen wie eine Schar nasser Hühner in der Kälte. Ich sah nur selten Kinder oder Jugendliche in den winzigen Gärten oder mit ihren Fahrrädern auf der Straße. Wahrscheinlich saßen sie alle drinnen und schauten fern, spielten Videospiele oder waren im Einkaufszentrum.

Ich bog um die Ecke und ging die Straße entlang, die *Music Row* hieß. Ich mochte die Gegend wegen der vielen Bäume und bunten Häuser und sah alle möglichen Leute, die mit Gitarrenkästen auf dem Rücken unterwegs waren. Wahrscheinlich folgten sie ihrem Leitstern wie Daddy.

Während ich an Daddy und seinen Leitstern dachte, fiel mir Tam, *mein* Leitstern, ein. Mein Herz wurde schwer und traurig.

Seit ich *Tennessee Home* gesehen hatte, fühlte ich mich eigentlich fast immer niedergeschlagen. Als das Mädchen in dem Film aus der Stadt zu ihrer Familie aufs Land geschickt wurde, bekam ich Heimweh nach meinem Zuhause. Sie hatte zwar nicht die großen Berge wie ich, aber viel, viel grünes Gras unter den Füßen statt Beton und weite Felder und Weiden voller Blumen. Ich schwör's – die ganze Zeit, während der Film lief, wartete ich nur darauf, dass ein rot-weißer Hund über die Felder raste und sein Sheltie-Grinsen grinste.

Es hupte, dann wieder. Ich blieb stehen und schaute mich um. Ich hatte so fest an Tam und Wild Cat Cove gedacht, dass ich ganz vergessen hatte, wo ich war.

Ich drehte mich um die eigene Achse und sah viele Autos und Menschen, die in alle Richtungen liefen. Riesengroße Gebäude ragten in die Höhe. Ich reckte meinen Hals, bis er fast brach, um den Himmel zu sehen. Wohin ich auch schaute – überall waren Leute, Häuser und Autos. Völlig in Gedanken war ich in der Stadtmitte von Nashville gelandet.

Ich holte tief Luft, um mein hämmerndes Herz zu beruhigen, richtete meine Zehen geradeaus und folgte ihnen die Straße entlang. Aus fast jedem Laden, an dem ich vorbeiging, drangen Musik und Essensgerüche. Mein Magen knurrte.

Ich wollte mich gerade umdrehen und den Weg nach Hause suchen, als ich einen großen Fluss entdeckte. Es war schon so lange her, dass ich einen Fluss oder Bach gesehen hatte. Ich *musste* einfach dort hin.

Ich ging bis zum Ende des Bürgersteigs und überquerte die Straße. Dann beugte ich mich über das Geländer und genoss den Anblick des breiten Flusses, der an mir vorüberglitt. Ich schloss die Augen und hörte seine Stimme. Ich wusste, dass der Fluss – sogar mitten in der großen Stadt – eine Stimme hatte, genau wie unser Bach, die Apfelbäume und die große Weide. Ich hielt die Luft an und lauschte.

Eine Krähe krächzte. Ein Schiff tutete. Und dann …

»Oh nein!«

Ich machte schnell die Augen auf. Das hatte ich vom Fluss nicht erwartet.

Ich hörte Autoreifen quietschen und noch mehr Gehupe als bisher.

Ich drehte mich um.

Keine drei Meter von mir entfernt hopste ein Mädchen auf dem Bürgersteig herum, fuchtelte mit den Armen und kreischte.

»Bitte!«, schrie sie. »Fahrt meinen Hund nicht an!«

Hund?

Tatsächlich – ein winzig kleines Ding sauste zwischen den Autos hin und her.

Das Mädchen rannte auf die Straße und rief: »Dusty! Komm her, Dusty!« Ein Auto machte einen Schwenk zur Seite und verfehlte das Mädchen um Haaresbreite. Aber Dusty tat, was alle Hunde tun, wenn sie gejagt werden: Er lief weg.

»Mannomann!« Ich rief dem Mädchen zu: »Er heißt Dusty?«

Sie guckte her zu mir. Ihr Gesicht war unter ihrer lila Baseballkappe tränenüberströmt. »Ja«, schluchzte sie.

Ich schaute die Straße hoch. Die Autos an der Ampel fuhren gerade los. Ich guckte die Straße hinunter. Dort warteten die Autos noch auf grünes Licht.

Und der verrückte kleine Hund, der kaum größer war als eine Wollmaus, stand mitten auf der Straße.

Ich packte das Mädchen am Arm. Ich wusste genau, was ihr durch den Kopf ging. »Lauf ihm nicht hinterher!«, sagte ich.

Ich machte einen kleinen Schritt und pfiff. Der Hund sah mich an und legte den Kopf schräg.

Die Autos kamen näher.

Ich schluckte, klatschte in die Hände und rief dem Hündchen mit hoher, aufgeregter Stimme zu: »Hier, Dusty! Komm und schau mal, was ich habe!«

Er tapste ein bisschen herum und wedelte mit der Schwanzspitze.

Die Autos waren fast da.

Ich klatschte erneut und rief ihn wieder. »Dusty, schau! Ist das nicht lustig?«

Dann machte ich kleine Babyschritte, lief von ihm weg, klatschte wieder in die Hände und rief: »Komm, komm, komm, Dusty! Komm, komm, komm!«

Jeder, der auch nur das Geringste von Hunden versteht, weiß, dass sie einer aufgeregten Stimme und dem Fangenspielen nicht widerstehen können.

Dusty rannte sofort hinter mir her und kläffte wie wild. Die Kläfferei war, ehrlich gesagt, ganz schön nervig. Aber es war mir egal. Er war mir über die Straße und den Platz bis ins Gras gefolgt.

Ich ließ mich auf den Boden fallen und machte mich so klein, wie ich nur konnte. »Komm her, du Maus!«, sagte ich lachend. Er sprang auf meinen Schoß und bedeckte mein Gesicht so schnell mit Küssen, wie es die kleine rosa Zunge schaffte. Es tat unheimlich gut, wieder einmal von einem Hund liebkost zu werden.

»Oh, mein Gott, ich kann nicht glauben, dass du ihn gerettet hast!«

Ich blinzelte in die Sonne. Eine Sekunde lang hatte ich vergessen, dass er jemand anderem gehörte.

Ich hob den Hund mit einer Hand hoch und stand auf, schob mir die Haare aus dem Gesicht, die völlig zerzaust waren, und reichte ihr den Hund. »Hier hast du ihn. Ich glaube, er hat die Sache gut überstanden.«

Der kleine Hund war total aus dem Häuschen, als er sein Mädchen sah. Er leckte ihm das Gesicht und versuchte, an seinem Hals hochzuklettern.

Wir mussten beide lachen. »Ganz schön aufgeregt, der Kleine«, sagte ich. Der Hund riss ihr fast die Kappe vom Kopf.

Ich versteinerte und rang nach Luft.

Sie fixierte mich mit ihrem eisblauen Blick.

»Ach, *du* bist es!«, sagten wir beide im gleichen Moment.

Die Königin, Cheyenne Rivers, starrte mich an, als sei ich gerade aus einem außerirdischen Raumschiff vom Himmel gefallen. Aber es war auch nicht *die* Cheyenne, die ich kannte. Statt ihrer üblichen schwarzen Klamotten trug sie eine alte Jacke und Jeans. Und statt der klobigen Militärstiefel mit den vielen Schnallen hatte sie ganz gewöhnliche Turnschuhe an. Auf ihrem Gesicht war keine Spur von Schminke, und aus der Baseballkappe hing hinten der Pferdeschwanz. Unglaublich! Sie sah ganz normal aus.

Sie drückte ihren kleinen Dusty an sich und schaute weg. Ich wartete darauf zu hören, ich solle mich vom Acker machen.

Doch sie presste nur ihr Gesicht in das Fell des Hündchens und flüsterte: »Vielen, vielen Dank.«

Das haute mich vor Überraschung fast um. Aber dann tat sie noch etwas viel Schockierenderes: Sie weinte.

Wenn mir jemand gesagt hätte, dass die Königin in der Lage sei, eine Träne zu vergießen, hätte ich geantwortet: »Ja, und Schweine können fliegen!« Doch sie stand tatsächlich da und heulte in ihren Hund hinein.

Ich berührte ihren Arm. »Er ist okay, Cheyenne. Echt.«

Dusty schleckte die Tränen auf, die über ihr Gesicht liefen, so wie Tam es früher bei mir getan hatte.

»Ich weiß nicht, was ich gemacht hätte, wenn ihm etwas passiert wäre«, schluchzte sie.

Du meinst platt gedrückt wie eine Mücke an der Windschutzscheibe, dachte ich, sagte aber nichts. Ich blieb nur neben ihr stehen und tätschelte ihren Arm.

Endlich wischte sie sich mit dem Ärmel übers Gesicht und sah mich an. Ich probierte ein Lächeln. Sie lachte.

Ich machte einen Schritt zurück und wappnete mich gegen jede Beleidigung, die sie mir entgegenschleudern würde. Stattdessen sagte sie: »Man könnte meinen, wir hätten uns verabredet.«

Ich schüttelte den Kopf. Ich hatte keine Ahnung, wovon sie sprach.

Mit der freien Hand deutete sie auf meine Jeans und meine Schuhe. »Wir sind genau gleich angezogen«, sagte sie kichernd.

Sie hatte Recht! Jeans, alte Flanellhemden, verlotterte Jacken und Turnschuhe.

Ich lachte und zeigte mit dem Finger auf sie. »Du siehst aus wie ein Landei!«

Sie wurde rot. »Tut mir leid, dass ich das gesagt habe. War wirklich nicht böse gemeint.«

Ich lächelte. »Schon okay. Ich nenne dich heimlich ›Königin‹.«

Sie lachte schallend. »Echt? So nenne ich meine Mutter!«

Es war schon witzig.

»Wohnst du hier in der Gegend?«, fragte sie.

»Nein«, sagte ich. »Ich wohne drüben in der Nähe der *Music Row*. Mir ist langweilig geworden, und da habe ich beschlossen, spazieren zu gehen und …« Ich drehte mich um und schaute auf den Fluss und die hohen Gebäude. »Hier bin ich.«

»Wow!«, sagte sie. »Das ist aber ganz schön weit.«

Ich zuckte mit den Achseln. »Und du?«, fragte ich. »Wohnt ihr hier in der Gegend, du und Dusty?«

Sie seufzte. »Nein, wir wohnen draußen in Belle Meade.« Als ich wieder mit den Schultern zuckte, erklärte sie: »Das ist ziemlich weit weg, aber mir ist auch langweilig geworden.«

»Bist du die Strecke zu Fuß gegangen?«, fragte ich.

Sie schüttelte den Kopf. »Bin mit dem Bus gefahren.«

Mir fielen fast die Augen aus dem Kopf. »Hier dürfen Hunde in den Bus?«

Sie lachte und zeigte auf die große Stofftasche auf dem Boden. »Da drin ist Dusty mitgefahren.«

Ich hatte in Zeitschriften Bilder von berühmten Filmstars gesehen, die ihre kleinen Hunde in Taschen mit sich herumtrugen. »Wow, du hast eine Hundetasche!«

»Stimmt«, sagte sie, »so kann er mit mir fast überallhin.« Sie strich dem Hündchen über die Ohren. »Er ist mein bester Freund.«

Ich nickte. Ich wusste genau, was sie meinte. Plötzlich mochte ich Cheyenne.

Sie kramte in dem großen Stoffbeutel und holte eine Cola heraus. »Möchtest du?« Sie streckte mir die Dose entgegen.

»Nein danke«, sagte ich. »Ich darf keine Cola trinken. Meine Mutter sagt, das Zeug macht den Schmelz auf meinen Zähnen kaputt.«

Cheyenne stemmte eine Hand in die Taille und legte den Kopf schief. »Siehst du irgendwo deine Mutter?«

Ich lachte und nahm ihr die Dose ab. Sie holte eine zweite aus der Tasche und machte sie auf. Dann zog sie eine Tüte Chips aus dem Beutel, und zwar von der Sorte, die mir am besten schmeckt. Und *dann* – Wahnsinn! – holte sie auch noch eine kleine Schüssel und eine Flasche Wasser aus der bodenlosen Tasche und schenkte Dusty etwas zu trinken ein.

Wir saßen im Gras, genossen die Cola und Chips. Es war ein gutes und angenehmes Schweigen.

Und dann fing es an zu regnen. Es war, als hätte jemand an einem Schalter gedreht, und plötzlich goss es in Strömen.

Wir sammelten unseren Kram ein und rannten zu einem Unterstand am Fluss. Cheyenne beobachtete den Regen und sagte: »Das war's dann wohl mit Camelot!«

»Bitte?«

»Camelot«, wiederholte sie. »Du weißt schon, der perfekte Ort, an dem König Arthur, Sir Lancelot und Guinevere lebten.«

Ich nickte. »Meine Freundin Olivia hat mir mal davon erzählt.«

Sie wühlte wieder in ihrer Tasche und zog ein rotes, funkelndes Handy heraus. »Lass uns zu mir nach Hause gehen!«, sagte sie.

Sie drückte auf ein paar Tasten. »Hi, Richard, ich bin's. Kannst du mich abholen?« Sie lächelte. »Und eine Freundin. Wir sind im River Front Park gegenüber der First Avenue.«

Sie klappte das Handy wieder zu. »Er ist in wenigen Minuten da.«

»Ist Richard dein Bruder?«, fragte ich.

»Nein«, sagte sie. »Mein Fahrer.«

Während die lange schwarze Limousine die Autobahn entlangschnurrte, tat ich so, als würde ich ständig mit solchen Schlitten durch die Gegend fahren. Ich gab mir große Mühe, nicht ununterbrochen auf den Fernseher, den winzigen Kühlschrank und den Computer zu starren. Außerdem gab es jede Menge geheime Schränke und Schubladen. Mir fielen fast die Augen aus dem Kopf.

Wir bogen auf eine riesige, halbkreisförmige Einfahrt ab, und Richard öffnete die Autotür.

»Vielen Dank«, sagte ich. »Sie fahren richtig gut.«

Dann kletterten wir Millionen von Marmorstufen hoch. Eine Frau, die eine Schürze umgebunden hatte, machte die größten Türen auf, die ich je gesehen hatte. Ich hielt sie für Cheyennes Mutter.

Wieder falsch. »Willkommen zurück, Miss Rivers«, sagte die Frau. Es klang, als ob sie verärgert wäre.

»Danke, Eudora«, sagte Cheyenne. »Wir haben Hunger. Kannst du meiner Freundin und mir ein paar Sandwiches machen und zu uns hochbringen?«

Ohne eine Antwort abzuwarten, sagte Cheyenne zu mir: »Mein Zimmer ist oben, Abby.«

In das obere Stockwerk hätte unser ganzes Haus in Wild Cat Cove gepasst. Ich hatte noch nie so viele Gänge und Türen gesehen, die weiß der Himmel wohin führten, aber bei jeder zweiten Tür sagte sie: »Da ist eine Toilette, falls du sie brauchst.«

Aus einem Raum kam lautes *Wumm-Wumm-Wumm*. Wenn der Teppich nicht so dick gewesen wäre, hätte man sicher gespürt, wie der Fußboden unter den Füßen vibrierte. Cheyenne machte die Tür auf und schrie: »Hallo, Harley!« Die Musik, die aus dem Zimmer kam, warf mich fast um.

Ein großer Junge, der am Computer saß, fragte: »Was gibt's?«

Cheyenne schob mich vorwärts. »Das ist meine Freundin Abby. Abby, das ist mein Bruder Harley.«

Harley nickte in meine Richtung. »Cool.«

»Hallo«, sagte ich.

»Wo ist das *Monster*?«, fragte Cheyenne.

»Im Club, wie immer«, sagte Harley.

Cheyenne verdrehte die Augen. »Genau.«

»Genau«, stimmte Harley ihr zu und wandte sich wieder seinem Computer zu.

Cheyenne führte mich den Flur entlang bis zur letzten geschlossenen Tür. Sie machte sie auf, und ich betrat eine ganz andere Welt. Cheyenne schien es für nichts Besonderes zu halten, dass sie neben ihrem Zimmer nicht nur ein eigenes Bad hatte, sondern auch eine kleine Küche und einen Kamin. Ihr Bett stand in der Mitte des großen Raums wie eine Insel in einem Meer von Klamotten, die auf dem Fußboden verstreut herumlagen.

Aber nachdem ich mich an die Umgebung gewöhnt hatte, war es genau so, als wäre ich bei Olivia im Zimmer. Wir lümmelten auf dem Bett herum und quasselten und quasselten und quasselten. Sie erzählte mir, wie sehr sie es hasste, in der Stadt zu leben, und wie sehr sie die Farm in *Leiper's Fork* vermisste, auf der sie früher gelebt hatten.

»Hallo«, sagte ich, »wurde dort nicht der Film *Tennessee Home* gedreht?«

Sie rollte wieder mit den Augen. »Den hast du gesehen?«

Ich hob die Schultern.

»Ja«, sagte sie, »stimmt. Wir haben ein altes Bauernhaus und ungefähr fünfundzwanzig Hektar Land. Ich habe sogar ein paar Pferde.«

»Warum seid ihr in die Stadt gezogen?«, fragte ich.

»Meine Mutter hasst das Leben auf dem Land. Zu weit weg vom Shoppen und vom Country Club. Sie fährt nicht mal am Wochenende gerne raus.«

Ich erzählte ihr von unserem Haus in Wild Cat Cove, vom Apfelgarten und Lake Inferior und den Lamas, vom Bach und der Weide.

Danach schwiegen wir eine Weile. Dann fragte sie: »Woher weißt du eigentlich so viel über Hunde?«

Ich hatte wirklich nicht vorgehabt, über Tam zu reden, aber auf einmal sprudelte die ganze Geschichte nur so aus mir heraus. Und sie hörte zu, sie hörte richtig zu.

»Ich weiß, es klingt verrückt, aber ich werde das Gefühl einfach nicht los, dass er nach Hause kommt«, sagte ich. »Deshalb habe ich mich ja auch so aufgeregt, als wir hierhergezogen sind.«

Cheyenne schüttelte den Kopf. »Ich finde das nicht verrückt. Hast du denn noch nie *Lassie* gelesen?«

Bevor ich antworten konnte, sprang sie vom Bett und ging an eins von ihren vielen Bücherregalen. Ich fand immer, dass Olivia eine Riesenmenge Bücher besaß, aber Cheyenne hatte so viele, dass man damit eine ganze Bibliothek hätte füllen können.

Sie warf zwei aufs Bett. »Nimm sie mit. Ich habe die Bücher schon mindestens tausendmal gelesen.«

Ich warf einen Blick auf die Uhr an der Wand.

»Heiliger Strohsack, ich muss nach Hause!«, sagte ich.

Die Reifen der schwarzen Limousine zischten auf den regennassen Straßen, während wir langsam auf unserer

Straße entlangfuhren. Mamas Pick-up stand in der Einfahrt.

»Hat richtig Spaß gemacht mit dir«, sagte ich zu Cheyenne.

Sie lächelte. »Ebenso.« Sie hielt Dusty an meine Wange. »Gib Abby einen Abschiedskuss!«, säuselte sie. Dusty leckte zart an meinem Gesicht.

»Tschüss, Richard, und nochmals vielen Dank«, sagte ich.

Richard fasste an seine Mütze. »Gern geschehen, Miss Abby.«

Ich lief den Gartenweg hoch, sprang auf unsere durchgesackte kleine Veranda und stürmte durch die Tür. Ich hörte die Stimmen von Mama und Daddy in der Küche. »Hallo«, rief ich, »ratet mal, was passiert ist!«

Mama rannte aus der Küche und schloss mich so fest in die Arme, dass sie mir fast die Rippen brach.

Dann hielt sie mich mit ausgestreckten Armen von sich. Ihr Gesicht war rot und nass. »Oh, mein Gott, du bist okay!«

Ich schaute von ihr zu Daddy, der im Türrahmen stand und wie ein begossener Pudel aussah. »Natürlich bin ich okay. Wieso denn nicht?«

»Wo, um alles in der Welt, bist du gewesen?«, fragte Mama. »Ich bin vor Sorge fast verrückt geworden!«

»Ich war spazieren«, sagte ich. »Ich hab's Daddy gesagt.«

»Das ist schon Stunden her, Maus«, sagte Daddy.

»Ich bin einfach nur losgelaufen und dann immer weiter, und plötzlich war ich mitten in Nashville, und dann hat ein Mädchen um Hilfe geschrien, weil ihr winzig kleiner Hund sich losgerissen hatte und beinahe überfahren wurde, und da habe ich …«

Mama wirbelte herum und schrie Daddy wie eine Wilde an. »Siehst du? Was habe ich dir gesagt, Ian?«

Daddy hob die Hände, als ob er einen tollwütigen Hund abwehren wollte. »Also, Holly – sie ist doch okay, oder nicht?«

»Mama«, sagte ich und zupfte an ihrem Ärmel, »lass mich erzählen, wie es weitergegangen ist! Jetzt kommt nämlich der *echt* gute Teil.«

Mama ignorierte mich und sagte: »Begreifst du es nicht? Wir sind hier nicht zu Hause! Du kannst sie in Wild Cat Cove oder meinetwegen auch Harmony Gap allein losziehen lassen, aber nicht hier!«

»Aber Mama.«

Mama funkelte mich an. »Geh auf dein Zimmer, Abigail Andrea Whistler!«, sagte sie streng.

Später kam Mama zu mir hoch. »Darf ich reinkommen, Abby?«

Ich legte *Lassie* zur Seite. »Wenn du mich nicht mehr anschreist.«

Mama schniefte und wischte an ihren Augen herum. »Tut mir leid, Schatz«, sagte sie. »Ich hatte Angst.«

Sie setzte sich neben mich aufs Bett, schlang die Arme um mich und wiegte mich ein bisschen – etwas, was sie schon lange nicht mehr getan hatte. Ich lauschte dem Klopfen ihres Herzens.

Schließlich sagte sie: »Erzähl mir den Rest der Geschichte, Abby. Was ist heute noch passiert?«

Ich erzählte ihr, wie wir mit der Limousine gefahren waren und dass Cheyennes Haus nicht nur draußen große weiße Säulen hatte, sondern auch drinnen. »Und weißt du was, Mama? Cheyenne hat sogar eine kleine Küche neben ihrem Zimmer und ein eigenes Bad *und* einen Kamin!«

»Meine Güte!«, sagte Mama.

Dann erzählte ich ihr noch, was Cheyenne und ich alles gemeinsam hatten und wie sehr auch sie ihr Zuhause auf dem Land vermisste. »Man weiß einfach nie, wie die Menschen in Wirklichkeit sind, stimmt's, Mama?«

30 Tam

Eine Autotür schlug zu. Leise Stimmen. Tam hob den Kopf vom eisigen Fluss und richtete die Ohren auf das Haus.

Er kämpfte sich die Böschung hoch durch den Neuschnee. Vielleicht war die alte Frau zurückgekommen und würde ihm sein Abendessen geben und seinen Kopf streicheln. Zwei Tage waren vergangen, seit sie weggefahren war, und das Trockenfutter war alle.

Er hörte den Namen, der fast seiner war, aber nicht ganz. »Sam!« drang durch den Wald vom Haus zu ihm herab. Tam blieb am Waldrand stehen. Es war nicht ihre Stimme.

Doc Pritchett legte die Hände an den Mund und rief noch einmal. »Sam! Komm her, Sam!«

Randall fuhr sich mit der Hand durch die schwarzen Haare. »Woher, zum Kuckuck, soll ich wissen, dass sie einen Hund hat? Das hat sie mir nicht gesagt. Ich habe jedenfalls nie einen gesehen.«

»Und wann haben Sie Ihre Mutter zum letzten Mal besucht?«, fragte Doc Pritchett.

Randall zuckte mit den Schultern. »Zwei Wochen vor Weihnachten. Für ein, zwei Tage.«

Der Tierarzt sagte nichts. Er sah sich nur den Garten vor dem Haus an.

Randall zeigte auf die Spuren auf der Veranda. »Sieht aus, als ob er da gewesen wäre. Vielleicht schnüffelt er nur draußen rum und jagt ein Kaninchen oder was.«

Der Tierarzt schüttelte den Kopf. »Er ist ein Sheltie, kein Jagdhund. Shelties jagen nicht.« Er betrachtete die Pfotenspuren im Schnee. »Warum kommt er nicht, wenn er in der Nähe ist? Ihre Mutter kriegt einen Wutanfall, wenn wir den Hund nicht finden. Sie hat ihn nämlich ins Herz geschlossen.«

Tam beobachtete die beiden Männer auf der Veranda. Wenn nur der alte dort gewesen wäre, hätte er sich gezeigt. Aber der große dunkelhaarige Mann, der ihn angebrüllt und verletzt hatte, stand neben ihm. So hungrig und einsam Tam auch war – *dem* Mann würde er sich nicht zeigen. Niemals. Er drehte sich um und folgte seinen eigenen Spuren zum Fluss.

Als sich die Abenddämmerung über die Wiese breitete, ging Tam zum Haus zurück. Das Auto war weg. Aus dem Haus kam kein Laut. Der Geruch der beiden Männer war schwach.

Und die Haustür war zu.

Tam bellte einmal. Das hatte er vor einem anderen Haus

getan – einem großen weißen Haus auf einem Hügel –, wenn es Zeit für ihn war, hineinzugehen. Irgendjemand kam immer an die Tür. Dieses Mal nicht. Tam bellte wieder. Lauter. Dann kratzte er an der Tür, was immer ein »Nein, Tam!« zur Folge gehabt hatte. Trotzdem hatte sich die Tür für ihn geöffnet. Aber diesmal nicht.

Tam trottete die Stufen hinunter und um das Haus herum. Manchmal ging die alte Frau aus der Hintertür. Aber auch diese war zu, und soviel er auch bellte und kratzte – sie öffnete sich nicht.

Tam lief wieder nach vorn. Er hatte jetzt über zwei Monate hier gelebt. Die alte Frau war immer da gewesen. Futter und Wärme waren immer da gewesen. Jetzt war das Haus still. Kein Rauch stieg aus dem Schornstein in den Himmel, kein Licht war im Fenster zu sehen.

Tam legte sich verwirrt auf die Matte vor der Tür. Er leckte sich die Pfoten immer und immer wieder, um sich abzulenken, weil der Hunger in seinem Bauch nagte. Er beobachtete eine Schleiereule auf der Jagd, die niedrig über den Feldern flog. Ein Fuchs bellte. Kalter Wind blies. Tam wimmerte und rollte sich eng zusammen, die Nase tief unter seinem Schwanz vergraben.

Als er am nächsten Morgen erwachte, schüttelte und streckte er sich. Trotzdem blieb das feine Gespinst seines nächtlichen Traums an ihm hängen und berührte sein Herz – ein Traum, in dem er vom Rand der Veranda aus eine breite Wiese überblickte und die melodische Stimme eines Mädchens hörte, *seines* Mädchens. »Tam!«, rief das Mädchen. »Komm her, Tam!« Die Stimme richtete ihn auf und trug ihn in den Schutz seiner Arme.

Er ging die Stufen der Veranda wieder hinunter und blieb im Vorgarten stehen. Seine feuchte, schwarze Nase ruckte hin und her. Im Wind aus dem Süden lag etwas Süßes. Tam machte wieder zwei zaghafte Schritte auf das Haus zu und blieb unentschlossen stehen. Er jaulte.

Dann spürte er noch etwas – das Gefühl, nach Hause zu wollen. Es zog an ihm wie die Nadel eines Kompasses. Er blickte noch einmal auf die Blockhütte. Dort hielt ihn nichts. Zu Hause war nicht bei der alten Frau. Zu Hause war nicht an der Seite seiner Freundin, der Präriewölfin. Zu Hause war sein Mädchen. Er gehörte zu ihm.

Tam schüttelte sich noch einmal. Wie ein Reisender, der aus einem langen Traum erwacht, schritt er aus und setzte seinen Weg nach Süden fort.

Tam folgte dem Fluss, der südwestlich des Hauses der alten Frau verlief. Wegen des bitteren Frosts in der Nacht blieb die obere Kruste des Schnees hart genug, um darauf laufen zu können. Tam legte in gleichmäßigem Tempo viele Kilometer zurück.

Am dritten Tag blieb er zögernd stehen. Der Fluss wand sich plötzlich nach Norden. Er folgte ihm drei oder vier

Kilometer weit und blieb dann wieder stehen. Die Strecke fühlte sich nicht richtig an. Je weiter er nach Norden ging, desto strenger befahl ihm sein innerer Kompass, umzukehren.

Er fand die Reste eines Rehkadavers. Präriewölfe und Rotluchse hatten das meiste Fleisch schon verschlungen. Tam hatte seit drei Tagen nichts mehr gefressen. Es gelang ihm, ein paar Streifen Fleisch und Haut abzureißen.

Dann lief er zum Fluss und trank und legte sich zwischen den Wurzeln einer umgestürzten Birke schlafen.

Am nächsten Morgen verließ er den Fluss Richtung Süden. Gegend Abend des folgenden Tages überquerte er die unsichtbare Grenze zwischen Virginia und North Carolina. Das konnte er aber nicht wissen. Und er konnte auch nicht wissen, dass er schon fast vierhundert Kilometer hinter sich hatte und dass die Berge jetzt höher und die Wälder dichter wurden.

Aber er wusste, dass der Wind seine Richtung gewechselt hatte. Die Luft roch feucht und scharf und drängelnd. Am späten Nachmittag türmten sich dicke graue Wolken über den Bergen, und in der Nacht, als Tam auf einem hohen Gebirgskamm eng zusammengerollt unter einem Felsvorsprung schlief, raste ein Sturm donnernd vom Norden heran. Schnee, von starken Böen getrieben, zog sich wie ein Vorhang vor die Berge.

Als Tam am nächsten Morgen erwachte, lag eine leichte Schneedecke auf seinem Körper. Nur schwaches Licht drang in seinen behelfsmäßigen Bau. Eine dicke Schneewand hatte die Öffnung verschlossen. Er drückte mit seiner langen Schnauze dagegen. Der Wind hatte den Schnee hart wie Beton gemacht. Tam kratzte mit einer Pfote an der Wand. Seine Krallen hinterließen kaum eine Spur. Er bellte und lauschte. Der einzige Laut war das angstvolle Klopfen in seiner Brust.

Dann hörte er leises Rufen aus der Lorbeermulde unter den rissigen Felsen. Er legte den Kopf auf die Seite. Das Heulen eines Präriewolfes wurde über die Mulde und den felsigen Abhang hinauf zu Tams weißem Gefängnis geweht.

Tam antwortete bellend. Erneutes Heulen. War es jetzt näher? Er kratzte wie wild an dem Wall aus Schnee. Aber seine Mühe blieb ohne Erfolg.

Schließlich fand er eine dünnere Stelle. Er spürte, dass die Wand unter seinen Pfoten nachgab. Er kratzte heftiger. Blut färbte den weißen Schnee rot. Tams Pfoten waren bei der alten Frau weich geworden. Seine Schulter tat weh. Er hörte auf zu kratzen und lauschte erneut. Stille. Er bellte mit hoher Stimme. Wieder kam eine Antwort von unten.

Mit blutenden Pfoten und einem Schmerz, der seine Schultern durchbohrte, riss Tam die weiße Wand nieder und stand im Freien. Er fiel auf den harten Schnee, japste und blinzelte in die helle Sonne. Er leckte das Blut von seinen zerschnittenen Ballen. Eine Kralle war abgerissen. Er schaute sich im verschneiten Wald suchend nach der Präriewölfin um. Nichts. Er bellte einmal und lauschte wieder. Die einzige Antwort war das Krächzen eines Raben.

Hinkend lief er den Abhang hinunter zur Lorbeermulde. Er hinterließ eine blutige Spur. Würde er die Präriewölfin finden, wäre alles gut.

Aber da war keine Fährte von ihr. Und es fehlte auch ihr moschusartiger Geruch. Es gab nur Spuren von Streifenhörnchen, kleinen Vögeln und Eichhörnchen.

Tam bellte und lauschte. Dann bellte er wieder. Und immer wieder. Und dann glaubte er, er hätte sie gehört, aber es war nur seine eigene Stimme, die widerhallte. Die Präriewölfin war nicht da. Er warf seinen Kopf zurück und heulte dem Himmel seine Einsamkeit entgegen.

31 Abby

»Stellt euch vor!«, sagte Madison in einem Ton, als gäbe es nichts Wichtigeres auf der Welt als den neuesten Schultratsch. »Ich habe gehört, dass Tommy Lee Savannah Stiles zur Frühlingsparty der siebten Klasse eingeladen hat!« Bree und Courtney schnappten nach Luft.

Ich schaute auf den Eingang und wünschte, dass Cheyenne sich beeilte und reinkäme. »Was ist so schlimm daran, dass er sie eingeladen hat?«

Sie tauschten ihre Abby-hat-ja-keine-Ahnung-Blicke. »Er hätte Kristen Pettigrew einladen sollen!«

Courtney nickte. »Das weiß doch jeder.«

Endlich tauchte Cheyenne in der Kantine auf. Ihr Blick fand mich am Tisch bei den anderen. Sie zog eine Augenbraue in die Höhe und nickte in Richtung Fenster.

Ich zerknüllte meine Tüte und stand auf. »Bis später.«

Und genau wie an jedem Tag, seit Cheyenne und ich Freundinnen geworden waren, guckten sie ungläubig. Wie war es nur möglich, dass das kleine Landei mit dem coolsten Mädchen der achten Klasse, ach was, der ganzen Schule, zu Mittag aß?

Cheyenne stocherte in ihrem Obstsalat herum. Sie war Vegetarierin und aß nichts, was ein Gesicht hat. Ich hatte schon etwas über Vegetarier gelesen, aber bisher noch nie einen gesehen.

»Was meint Olivia – welches Buch sollen wir als nächstes lesen?«, fragte Cheyenne.

»Dein Vorschlag hat ihr am besten gefallen. Sie stimmt für *Wer die Nachtigall stört*«, sagte ich.

Cheyenne lächelte. »Gut. Ich habe es schon ein paarmal gelesen, aber ich glaube, es wird dir gefallen. Du und Scout – ihr seid euch ziemlich ähnlich.«

Ich hatte Cheyenne erzählt, dass Olivia und ich immer die gleichen Bücher lesen. Cheyenne fand das eine tolle Idee, und jetzt hatten wir drei unseren eigenen Online-Lesekreis.

»Sie haben auch einen Film danach gedreht«, sagte Cheyenne. »Ich habe die DVD zu Hause. Wir können ihn anschauen, wenn wir mit dem Buch fertig sind.«

Die Sonne schien durch die Fenster der Kantine und strich mir über die Haare und Schultern. Es war der erste Sonnenschein seit einer Woche, und ich konnte es kaum erwarten, in der großen Pause ins Freie zu gehen.

»Wieso spielst du nie Fußball oder sonst etwas mit uns?«, fragte ich. »Es sind viele Achtklässler dabei.« Unsere Spiele in der großen Pause waren so beliebt, dass praktisch jeder irgendwann mitmachte.

Cheyenne zuckte mit den Achseln und wurde rot. »Die blöden Spiele sind mir egal.«

Als ich dann am Nachmittag meine Völkerballmannschaft zusammenstellte, zeigte ich auf Cheyenne, die an der Seite stand und an einem Baum lehnte, als ob sie die Sache nicht interessierte. »Ich nehme Cheyenne Rivers!«, sagte ich laut.

Man hätte eine Stecknadel fallen hören können, so still war es geworden. Die Hälfte aller Schüler starrte mich an, als ob ich verrückt wäre, die andere Hälfte schaute gespannt auf Cheyenne.

Ich war genauso überrascht wie alle anderen, als sie gähnte, sich vom Baum abstieß und sagte: »Okay, von mir aus.«

Zuerst machten alle auf meiner Seite einen großen Bogen um sie, und niemand der gegnerischen Mannschaft versuchte, sie mit dem Ball zu treffen.

Ich pfiff in Miss Bettis' glänzende Trillerpfeife und verkündete eine Auszeit. »Kyle«, sagte ich und zeigte auf einen Siebtklässler, »wir wechseln die Seiten.«

Ich pfiff wieder, packte den Ball und zielte. Es wurde Zeit, den Mitschülern zu beweisen, dass Cheyenne Rivers so war wie alle anderen.

Beim Abendessen (leider schon wieder Brathähnchen vom Supermarkt) sagte Mama: »Dein Vater wird sechs

Wochen mit der Band auf Tournee sein. Also brauche ich mehr Hilfe von dir.« Sie wickelte ihren langen Zopf um die Finger und wieder auseinander. Das macht sie immer, wenn sie besonders unzufrieden ist mit der Welt.

»Ja klar, Mama«, sagte ich. »Er ist ja sowieso fast nie da.«

Mamas Gesicht wurde weiß, und ihre Augen wurden so groß wie Katzenköpfe. Ich war wieder einmal ins Fettnäpfchen getreten.

»Ach, du lieber Himmel«, hauchte Mama.

Ich drehte mich um, um zu sehen, worauf sie starrte. »Oh Mann!«, sagte ich.

Im Wohnzimmer stand mein Vater. Jedenfalls glaubte ich, dass es mein Vater war. Weg waren die langen, wilden Haare, die ein Eigenleben hatten. Weg war der dichte rotgraue Bart, mit dem er mein Gesicht immer gekitzelt hatte. Seine Haare waren jetzt kurz und glatt nach hinten gekämmt und sahen aus, als würden sie sich nie wieder selbstständig machen. Und statt der üblichen geflickten Hosen oder Overalls trug er schicke schwarze Jeans, ein Cowboyhemd, das ordentlich in der Hose steckte, und einen Gürtel mit einer silbernen Schnalle, die so groß wie eine Radkappe war.

Mein Daddy war umgestylt worden!

»Ian«, wisperte meine Mutter und hielt sich die Hand vor den Mund, »was ist denn mit dir passiert?«

Daddy schob die Hände in seine schicke Jeans und starrte auf die Stiefelspitzen. »Mr Katz«, murmelte er. »Er meinte, wir müssen wie Nashville aussehen, wenn wir auf Tour gehen, und nicht wie Harmony Gap.«

»Seid ihr alle umgestylt worden, Daddy?«, fragte ich.

Daddy wand sich und lief rot an. Mama grunzte hinter der Hand.

»Ja, Süße«, seufzte Daddy. »Wir alle. Cue Ball und die Stewarts waren allerdings nicht besonders glücklich darüber, das kann ich dir sagen.«

Ich hielt den Kopf schräg und musterte Daddy. Er sah jetzt Cheyennes Vater erstaunlich ähnlich. Ich hatte Bilder von ihm im Haus gesehen.

Ich legte die Arme um Daddys Mitte. »Mach dir nichts draus. Randy Rivers zieht sich genauso an und ist Millionär.«

Daddy lächelte auf mich herab und strich mir über den Kopf. »Danke, Stöpsel. Im Moment würde ich eine Million Dollar bezahlen, um meine Haare zurückzubekommen. Mir ist verdammt kalt im Nacken.«

Am Abend vor seiner Abreise kam Daddy zu mir ins Zimmer. Ich hatte mich in meine Decke gekuschelt und las.

Er setzte sich auf die Bettkante und klopfte an den Einband meines Buches. »*Wer die Nachtigall stört,* hm? Ein Lieblingsbuch deiner Meemaw.«

»Olivia, Cheyenne und ich lesen es für unseren Online-Lesekreis. Cheyenne hat gesagt, es würde mir gefallen, weil Scout und ich uns ähnlich wären.«

Daddy lachte. »Nach allem, was ich von der Geschichte noch weiß, würde ich sagen, dass sie Recht hat.«

Daddy zog einen Faden aus Meemaws Patchworkdecke. »Tut mir leid, dass ich so lange fort sein werde.«

Es klang, als ob es ihm wirklich *sehr* leidtat.

»Ist schon okay, Daddy«, sagte ich. »Du musst deinem Leitstern folgen, stimmt's?«

Daddy lachte, aber seine Augen nicht. »Ich möchte, dass du dich für mich um deine Mama kümmerst. Sie freut sich nämlich nicht darüber.«

»Aber du warst doch früher auch schon weg.«

»Ja, aber da hatte sie noch ihre Lamas, mit denen sie sich beschäftigen konnte, und Meemaw, die ihr bei der Arbeit half. Diesmal ist es anders. Jetzt seid ihr nur zu zweit.«

Ich schluckte. Daran hatte ich nicht gedacht. Mama liebte ihre Lamas eben über alles.

Er tätschelte meine Wange und lächelte. »Aber mach dir keine Sorgen. Ich rufe oft an und schicke euch Postkarten. Der März wird im Nu vorbei und ich werde wieder zurück sein, bevor du Zeit hattest, mich zu vermissen.«

Aber ich vermisste Daddy jetzt schon. »Schade, dass wir nicht mitkommen können«, sagte ich. »So wie früher.«

Er drückte mich an sich. »Das finde ich auch, mein Schatz. Aber denk dran: Jeden Abend sehe ich den gleichen guten, alten Mond wie du und deine Mama.«

Ich wollte ihm schon sagen, dass der Mond in der Stadt kaum zu sehen ist, tat es dann aber doch nicht. »Ich werd's versuchen«, sagte ich stattdessen.

Am nächsten Morgen, als Daddy die letzten Instrumente ins Auto lud, nahm er mich und Mama in seine starken Arme und drückte uns fest an sich. »Ich werde euch Mädchen mehr vermissen, als ihr euch vorstellen könnt.«

Mama wollte etwas sagen, vergrub dann aber das Gesicht in seiner alten Leinenjacke. Er hob mein Gesicht mit dem Zeigefinger und sagte: »Vergiss nicht, was ich dir vom Mond erzählt habe!«

»Ich vergesse es nicht, Daddy« – und der Kloß in meinem Hals war so groß wie China.

Er küsste Mama lang, und dann war er weg.

Mama wanderte für den Rest des Tages durchs Haus, als ob sie eine Landkarte bräuchte, um zu wissen, wo sie war. Sie fing mit irgendeiner Arbeit an und legte dann alles wieder hin. Sie saß und starrte auf den Bildschirm ihres Computers, tippte aber kein einziges Wort. Schließlich schlug ich vor: »Mama, lass uns zum Wischiwaschi gehen.«

Der Wischiwaschi war der Waschsalon, in dem wir jede

Woche unsere Wäsche wuschen. Mama sagte immer, man könne nicht lange traurig sein, wenn man Wischiwaschi sagte.

Sie starrte auf den Regen, der auf unsere kleine Veranda fiel. »Ob es bei deiner Großmutter wohl schneit?«, fragte sie. »Ich hoffe, die Lamas bekommen genug Futter.«

Ich stellte mich neben sie und legte eine Hand auf ihre Schulter. »Komm schon, Mama«, sagte ich. »Lass uns aus dem Haus gehen!«

Frühling

32 Tam

Während die Tage vergingen, drehte sich der Wind und brachte Wärme aus den über tausend Meter tiefer gelegenen Tälern mit sich. Schnee fiel von den schwer beladenen Ästen. Die Luft füllte sich mit Vogelgesang. Eichhörnchen liefen über den Schnee und sprangen von Baum zu Baum. Trotz der häufigen Stürme berührten die Fingerspitzen des Monats März die hohen Berge. Die Tage wurden länger, der Sonnenschein kräftiger.

Jede Faser von Tam wollte nach Hause. Der Frühling bedeutete Zeit mit dem Mädchen im Freien nach den langen Wintertagen im Haus. Der Frühling bedeutete, am Bach zu sein, wenn der Schnee sich zurückzog und eine Woge neuer Düfte entfesselte. Frühling war: an einer warmen sonnigen Stelle auf der Veranda auf das Mädchen zu warten, bis es aus der Schule kam. Die Zeit mit seinem Mädchen rückte näher. Die Sehnsucht nach dem Frühling mit dem Mädchen trieb Tam trotz Erschöpfung und Hunger voran. Sein Herz sehnte sich nach seinem Mädchen.

Als Tam auf der Straße um eine enge Kurve bog, erschreckte er einen großen Schneehasen, der an winzigen grünen Grasspitzen am Straßenrand knabberte. Der Hase erstarrte beim Anblick des Hundes und flüchtete.

Tam machte einen Satz. Nach zwei schnellen Sprüngen packte er das Hinterbein des Hasen. Der süße Geschmack von Blut füllte sein Maul.

Als Tam den Hasen mit der Vorderpfote festhalten wollte, stieß eine große, gefiederte Gestalt vom Himmel herab. Ein Weißkopfadler krallte sich das Vorderteil des Hasen. Der Vogel schlug mit den breiten Flügeln und erhob sich mit seiner Beute.

Doch Tam ließ nicht los. Das war *seine* Beute! Er versenkte die Zähne tiefer in die fleischige Keule des Hasen und zerrte.

Der Adler schrie vor Empörung und schlug noch heftiger mit seinen Schwingen.

Tam verlagerte sein ganzes Gewicht auf die Hinterbeine und schüttelte den Kopf. Eine Flügelspitze streifte sein Gesicht. Er kniff die Augen zusammen und zog noch fester.

Der Adler kreischte frustriert und schlug mit dem Flügel auf Tams Schnauze. Ein Schmerz explodierte in Tams Kopf.

Der Adler ließ das Kaninchen los und flog über Tam in die Höhe. Dann stürzte er mit ausgestreckten Krallen auf ihn herunter.

Tams Augen wurden groß, als der riesige Vogel auf ihn

fiel. Rasiermesserscharfe Krallen harkten seinen Rücken und seine Hüfte. Der gewaltige Aufprall des Adlers warf den Hund zu Boden. Er wälzte sich kopfüber, und die kostbare Beute rutschte ihm aus dem Maul.

Als der Adler sah, dass der Hase für Tam außer Reichweite war, hüpfte er flügelschlagend auf die Beute des Hundes zu.

Aber der Hunger feuerte Tams Instinkte an. Wütend knurrend stürzte er sich auf den Vogel. Er packte den Hasen in der Mitte und rannte in den tiefen Wald, wohin ihm der Adler nicht mehr folgen konnte.

Mit einem letzten empörten Aufschrei erhob sich der Vogel in die Lüfte und flog über dem Wald davon.

Tam schleppte den toten Hasen auf einen flachen Felsen und brach vor Erschöpfung und Schmerzen zusammen. Er leckte das Blut ab, das aus den Furchen in seiner Hüfte sickerte. Dann wandte er sich seiner ersten Mahlzeit seit Tagen zu.

Als die Sonne hoch über den grauen Wogen der Berge stand, schlief Tam auf dem sonnenwarmen Fels. Fellteilchen und Blut klebten an seinen Vorderpfoten und in den Winkeln seines Mauls. Blutiger Schnee und verstreute Knochen waren der einzige Beweis, dass es den Hasen jemals gegeben hatte.

Eine Woche später floh der Frühling aus den hohen Bergen. Ein kräftiger Sturm raste vom Norden heran, fegte brüllend über die Gipfel und Bergrücken und überraschte alle Lebewesen.

Tam hatte am Tag zuvor gespürt, dass es einen Wechsel geben würde, und seine Schritte beschleunigt. Schnee wehte über die Höhen wie ein dicker weißer Vorhang. Tam verließ die Straße und suchte Schutz im Wald. Eis und Schnee brannten in seinen Augen. Sein Gesicht wurde weiß. Der Wirbelsturm bog die Bäume bis zur Erde und riss die Äste ab. Einen Kilometer bergab fand Tam Schutz in einer alten Hütte. Die Tür fehlte seit langem und eine Ecke des Blechdachs war abgerissen. Aber in der Hütte war es trocken.

Zwischen Maishülsen und Futtersäcken kratzte er sich ein Lager zurecht. Er legte den Kopf auf die müden Pfoten und beobachtete den Sturm durch die Öffnung. Donner hallte von den Berghängen wider. Tam kniff die Augen zu und wimmerte.

Er hatte nie verstanden, warum die Blitze den Himmel spalteten, warum der Donner die Erde unter seinen Pfoten erschütterte: Er war überall und nirgends. Aber das Mädchen hatte Tam immer beschützt, bis das Ganze vorüber war.

Während die Blitze im silbrigen Winterwald zuckten und der Donner über ihm grollte, vergrub sich Tam, so tief er konnte, unter den Futtersäcken und war am Ende nur noch ein zitterndes Bündel. Der Hund, der sich einem Bär, einem Gewehr und einem Adler entgegengestellt hatte, dessen tapferes, treues Herz ihn Hunderte von Kilometern weit durch die winterliche Wildnis getragen hatte, versteckte sich vor dem Unbekannten.

Allein.

Hundertzwanzig Kilometer weiter im Norden stand Ian Whistler im Postamt von Galax in Virginia und schaute durch die Glastür auf das Schneetreiben, das völlig unerwartet hereingebrochen war. Er hatte die Postkarte, die er seiner Familie geschrieben hatte, während er in der Autowerkstatt in Galax wartete, eingeworfen. Wieder einmal musste der alte Kleinbus repariert werden. In Richmond sollte er sich mit seiner Band treffen, weshalb er es kaum erwarten konnte, weiterzufahren. Aber der Sturm würde ihn vielleicht zwingen, seine Pläne zu ändern, zumindest für eine Nacht.

Ein Mann eilte die Stufen zum Postamt hinauf. Er hatte die Schultern hochgezogen, um sich gegen das Schneegestöber zu schützen. Der Mantel flatterte ihm um die Beine. Mit der einen Hand umklammerte er einen Stoß Zettel und mit der anderen hielt er seinen Hut am Kopf fest.

Abbys Vater machte ihm die Tür auf. »Wahnsinniger Sturm, was?«

»Schlimm für Mensch und Tier«, sagte der alte Mann. Er nahm den Hut ab und klopfte den Schnee von seinen

Hosenbeinen. »Aber ein Tier ist der Grund, weshalb ich bei diesem Wetter noch unterwegs bin.«

»Ein Tier?«

»Ein Hund«, sagte Doc Pritchett und hielt die Zettel hoch. »Der Hund einer guten Freundin wird seit ein paar Wochen vermisst.«

»Das ist traurig«, sagte Abbys Vater. »Meine kleine Tochter hat ihren Hund vor fünf Monaten verloren. Sie ist immer noch ganz verzweifelt.«

Der alte Tierarzt drehte sich um und las die Anzeigen am Schwarzen Brett. Leute veranstalteten Flohmärkte oder Essen für einen guten Zweck, wo jeder etwas mitbringen sollte, oder sie wollten umziehen und vorher noch ein paar Sachen verkaufen.

»Manche Menschen gewöhnen sich sehr an ihre Haustiere«, sagte der Doc. Er löste ein paar alte Anzeigen vom Brett und heftete sie an einer anderen Stelle wieder an. »Meine Freundin, die ihren Hund verloren hat, erholt sich gerade nach einem Herzinfarkt. Hoffentlich macht sie sich weniger Sorgen, nachdem ich die Zettel verteilt habe. Aber ich hege da so meine Zweifel.«

Er befestigte mehrere Zettel in der Mitte des Schwarzen Bretts und hörte gleich darauf, wie jemand hinter ihm nach Luft schnappte.

»Ein *Sheltie*?«, fragte Abbys Vater. »Sie suchen einen Sheltie?«

»Allerdings. Kennen Sie sich mit den Hunden aus?«

Ian nickte. »Oh ja. Der Hund, den meine Tochter im Herbst verloren hat, war ein Sheltie.«

»Das ist schade. Und erstaunlich, denn Shelties sind normalerweise treue Tiere.«

Abbys Vater rieb sich den Nacken. »Meine Frau und meine Tochter hatten oben auf dem *Blue Ridge Parkway* in Virginia einen Autounfall. Der Hund war in einer Kiste hinten auf dem Pick-up und wurde herausgeschleudert. Wir haben ihn nie gefunden.«

»Haben Sie Zettel verteilt?«

»Ja, mit einem Foto von ihm drauf. Und sogar eine Belohnung ausgesetzt. Aber das ist schon Monate her, und niemand hat sich gemeldet.«

Doc Pritchett blickte auf seine Zettel. »Ein Foto würde bestimmt helfen. Meine Freundin hatte ihn aber noch nicht lang, höchstens zwei Monate.«

»Dann ist er noch ein Welpe?«

Der Tierarzt setzte seinen Hut wieder auf und wickelte sich den Schal um den Hals. »Nein, er war schon ausgewachsen. Sie hat ihn halb tot auf ihrem Grundstück gefunden, ohne Halsband. Sie hat ihn dann gesund gepflegt, aber er ist weggelaufen, als sie den Herzanfall bekam. Seitdem hab ich ihn nicht mehr gesehen.«

Etwas nagte an Ian Whistler. Er wollte gerade fragen, wie der Sheltie ausgesehen hatte, als der Tierarzt die Tür öffnete. »Ich mache mich besser auf den Weg und bringe die restlichen Blätter an. Ich will nicht später unterwegs sein als unbedingt nötig.« Ein Windstoß blies Schnee über den Boden. »Alles Gute!«

»Auch für Sie! Und viel Glück bei der Suche nach dem Hund Ihrer Freundin!« Ian sah zu, wie der ältere Mann zu seinem Auto eilte, und schaute sich dann die Anzeige an. Als er las, was da stand, bekam er eine Gänsehaut.

SHETLAND-SHEEPDOG-RÜDE ENTLAUFEN.
ETWA DREI JAHRE ALT.
HAUPTSÄCHLICH ROTBRAUN MIT WEISSEN PFOTEN,
WEISSER BRUST UND WEISSEM HALS.
BELOHNUNG. WER IHN FINDET, BITTE
IVY CALHOUN ANRUFEN. TEL. 276-555-2512.

Abbys Vater schüttelte den Kopf. Galax war über dreihundert Kilometer von der Unfallstelle entfernt. Kein Hund hätte so eine weite Strecke überleben können, vor allem nicht im Winter. Trotzdem … Er las die Beschreibung noch einmal durch. Er kannte sich mit Shelties nicht besonders gut aus, aber er wusste, dass Tams rotbraunes Fell ungewöhnlich war.

Er zog die Nadel aus dem Schwarzen Brett und nahm

einen der Zettel. Er faltete ihn und steckte ihn in seine Manteltasche.

Schnee knisterte an der Glastür des Postamts, es schneite inzwischen noch heftiger. Abbys Vater seufzte, als er in den alten Kleinbus stieg. Wie es aussah, würde er die Nacht in Galax verbringen.

Er beugte sich zur Windschutzscheibe vor und rieb mit dem Ärmel über das beschlagene Fenster. »Schlimm für Mensch und Tier«, wiederholte er laut.

33 Abby

»Was machst du da?«, fragte Cheyenne, die mir in der Schulkantine gegenübersaß.

Ich sagte, ohne von meinem Skizzenblock aufzublicken: »Ich zeichne eine Landkarte.«

Sie beugte sich über den Tisch, um besser sehen zu können. »Wovon?«

»Von der Tour meines Daddys mit seiner Band«, sagte ich.

Cheyenne schaute wieder in ihr Buch. »Und wie lange ist er schon weg?«

Ich seufzte. »Zwei Wochen, drei Tage und vier Stunden.«

Sie schüttelte den Kopf und klappte ihr Buch zu. Sie und Olivia sind die größten Leseratten, die ich kenne. »Besser, du gewöhnst dich daran. Manchmal ist mein Daddy monatelang unterwegs.«

Ich war nicht sicher, ob ich wollte, dass mein Daddy ein millionenschwerer Country-Sänger war.

»Harley steht auch total auf Landkarten«, sagte Cheyenne. »Er zeichnet sie aber am Computer.«

Ich schaute auf. »Echt?« Ich kannte keinen außer mir, der gerne Landkarten zeichnete.

»Echt«, sagte sie. »Er will mal Kartograf werden, wenn er groß ist.«

Das verstand ich nicht. »Er möchte Karten fotografieren?«

Cheyenne grunzte. »Nein, du Landei. Ein Kartograf ist einer, der von Berufs wegen Landkarten macht. Harley hat eine Menge teurer Programme auf seinem Computer. Du kannst ihm sagen, dass er an einem Punkt A anfangen soll, dann einen Punkt B, C und D nennen und sagen, wo du hinmöchtest. Damit kann er dann eine Karte erstellen. Er kann dir sogar sagen, wie lang es dauert, bis du dort bist, und solche Sachen.«

Sie schnappte sich meinen Skizzenblock und betrachtete interessiert, was ich gezeichnet hatte. »Cool«, meinte sie und hielt den Kopf schräg. »Das ist aber eher eine Geschichte als eine richtige Karte, oder?«

»Stimmt«, sagte ich und zeigte auf eine Szene in Virginia, in der mein Vater im Schneegestöber durch die Windschutzscheibe seines Autos schaut. »Das ist Galax, wo Daddy in einen Schneesturm geriet. Und da«, sagte ich und zeigte auf ein Bild, auf dem er in einem Maisfeld neben der Straße saß und Gitarre spielte, »hatte das Auto eine Panne. Das war kurz vor Lexington in Kentucky, und Daddy musste ewig lang auf Hilfe warten.«

»Du hast keine Bilder, auf denen er vor Leuten spielt?«

Ich steckte meinen Zeichenblock weg. »Nein«, sagte ich. »Wir reden nicht viel darüber, wenn er anruft. Er hat aber schon in großen Städten gespielt. In Richmond, Virginia; Columbus, Ohio; Branson, Missouri. Ich glaube, er ist jetzt auf dem Weg nach Kansas City ...« Ich verstummte. Dann sagte ich: »Es scheint ihm unheimlich Spaß zu machen, aber ich werde schon müde, wenn ich an die vielen Städte nur denke. Und ich weiß, dass es Mama müde macht. Sie schläft viel, seit Daddy wieder unterwegs ist.« Ich wickelte mein Zopfende um die Finger. »Es hat sie sogar krank gemacht. Sie weiß es nicht, aber ich habe schon ein paarmal gehört, dass sie sich morgens im Bad übergeben musste.«

Cheyenne zog eine Augenbraue hoch. Ich hatte schon wie verrückt geübt, um das nachzumachen, aber meine Augenbrauen wollten immer alles gemeinsam tun.

»Weißt du was?«, fragte ich.

Cheyenne schüttelte den Kopf. »Nein, was?«

»Gestern sind wir zusammen zum Wischiwaschi gefahren und haben Daddy und seine Band im Radio gehört!«

»Da ging es deiner Mutter bestimmt gleich wieder besser, oder?«

Ich runzelte die Stirn, als ich daran dachte, wie Mama innerhalb von fünf Sekunden erschrak, dann glücklich war und am Ende traurig. »Eigentlich nicht«, sagte ich. »Ich glaube, es ging ihr eher schlechter.«

Die Schulglocke läutete. »Wahrscheinlich hat sie Heimweh nach Daddy und den Lamas«, sagte ich.

Cheyenne hängte sich die Schultasche über die Schulter. »Aber sie hat doch dich.«

Ich zuckte mit den Achseln. Mama hatte gesagt, ich, Daddy und sie seien ohne Meemaw wie ein dreibeiniger Hund. Aber ohne Daddy waren wir wie ein zweibeiniger Hund. Und ich konnte mir beim besten Willen nicht vorstellen, wie ein zweibeiniger Hund vorankam.

In der Nacht weckte mich ein schlimmer Traum. Tam war in einem Käfig aus Eis gefangen, und der Schnee türmte sich um ihn herum. Er versuchte mit aller Kraft, sich zu befreien, aber es ging nicht, und ich konnte ihm nicht helfen. Ich wachte auf, und mein Herz hämmerte wild.

Ich stand auf, um mir aus der Küche ein Glas Wasser zu holen. Das Licht brannte. »Mama?«, rief ich.

Keine Antwort.

Ich schaute ins Schlafzimmer meiner Eltern. Dort war sie auch nicht.

Etwas sagte mir, ich solle auf der Veranda nachsehen. Sie saß tatsächlich im Bademantel in einem Sessel, hatte die Beine untergeschlagen und schaute den Vollmond an.

»Hallo, Mama«, sagte ich.

»Hallo, meine Süße«, sagte sie. »Warum bist du so spät noch auf?«

»Ich habe schlecht geträumt«, sagte ich. »Wegen Tam.«

Mama schien die Tränen herauszuhören, die sich in meinem Hals gestaut hatten. Sie streckte mir die Arme entgegen. »Komm her, Abby!«

Ich setzte mich neben sie und kuschelte mich an sie, wie damals, als ich noch klein war. Das Problem war nur, dass ich inzwischen um einiges größer geworden war, Mama aber nicht. Aber es war uns egal. Sie schlang die Arme um mich und ließ ihr Kinn auf meinem Kopf ruhen.

»Ist das nicht ein wunderschöner Mond?«, sagte sie seufzend.

Er war wirklich schön, voll und gelb wie eine Goldmünze. »Von Meemaw weiß ich, dass Großvater Bill ihn Carolina-Mond genannt hat.«

»Mmmm ...«, murmelte Mama. »Ein schöner Name, und ich kann mir gut vorstellen, dass er das gesagt hat.«

Sie seufzte. »Ich wünschte, dein Vater wäre hier und könnte ihn mit uns anschauen.«

Ich richtete mich auf und sah sie an. »Aber das *macht* er, Mama! Er hat es mir versprochen.« Nach einer Weile fügte ich hinzu: »Er muss doch seinem Leitstern folgen.«

Sie lächelte mich halb traurig und halb glücklich an. »Wirklich?«

»Das hat er gesagt. Er hat gesagt, dass jeder einen Leitstern hat, der einem hilft, nicht aufzugeben. Sein Leitstern ist, Musiker zu sein, und meiner war – ist – Tam.«

Mama und ich guckten noch lange in den guten alten Mond, und ich musste daran denken, wie oft ich das mit Tam getan hatte. Ob er den Mond jetzt auch gerade sah? Ich zitterte in der kalten Nachtluft.

»Komm, lass uns reingehen, bevor du dich erkältest«, sagte Mama. »Es ist zwar Frühling, aber noch nicht warm.«

Sie deckte mich zu und gab mir einen Kuss auf die Stirn. »Ich habe dich lieb, Abby Whistler«, sagte sie.

»Ich dich auch, Mama.«

Gerade als sie die Tür schließen wollte, setzte ich mich auf und fragte: »Mama, wer ist dein Leitstern?«

Ich wusste, sie würde *die Lamas* sagen oder *Daddy*.

Aber sie lächelte und sagte: »Du, Abby. *Du* bist mein Leitstern.«

34 Tam

Am frühen Abend stand Tam an einem Feld und roch und hörte Dinge, die er seit Wochen nicht mehr wahrgenommen hatte: Rauch von einem Holzfeuer, das Zuschlagen einer Autotür, Benzin, der würzige Duft umgegrabener Erde. Er roch die Pferde, die in einem Stall standen, und die Apfelbäume, die bald blühen würden.

Tam schlüpfte durch den Stacheldrahtzaun und lief wieder in den Wald. Er lief noch fast einen Kilometer weiter, bis ihn Geplätscher zu einem schmalen Bach führte. Am Rand war noch Eis, zart wie feine Spitze. Es brach unter seinem Gewicht und tauchte seine Vorderpfoten in kaltes Wasser. Er trank lang und gierig, bis er die Beine nicht mehr spürte. Er war zu müde und einsam, um sich darüber Sorgen zu machen.

Dann humpelte er zu einem mit Flechten überzogenen Felsbrocken und schnüffelte an dem feuchten Moos. Es roch leicht nach Stinktier. Er legte sich seufzend nieder und leckte das Gefühl in seine Pfoten zurück. Dann zupfte er Stöckchen und Blätter aus seinem Schwanz. Seine Hüfte schmerzte immer noch von dem Kampf mit dem Adler.

Tam beobachtete den Mond, der über dem Gebirge in der Ferne aufgegangen war und voll und golden zwischen zwei Bergspitzen hing. Alle Nachttiere regten sich um ihn herum und begaben sich in den uralten Wettkampf von Räuber und Beute. Ein Fuchs bellte in der Mulde unterhalb der Straße.

Tam hatte den Mond oft mit dem Mädchen betrachtet. Manchmal hatten sie dabei auf der Veranda gesessen und den Grillen und der Geige des großen Mannes gelauscht. Oder sie hatten den Mond von der Fensterbank im Zimmer des Mädchens aus angeschaut. Tam hatte nie erfahren, warum das Mädchen mit so viel Sehnsucht zum Mond hochgeschaut hatte, aber das war ihm egal gewesen. Er liebte den Mond, weil er das Mädchen liebte, das Mädchen, das ihn an sich drückte, während es in den Nachthimmel sah. Tam hatte dem gleichmäßigen Atem des Mädchens gelauscht und dem *Pochpochpoch* seines Herzens. Sein Herzschlag bedeutete ihm alles.

Tam konnte nicht wissen, dass sein Mädchen den gleichen Mond im gleichen Augenblick betrachtete und an ihn dachte. Ein Hund weiß nur, was er im Herzen spürt. Tam hob den Kopf, schloss die Augen und heulte wie ein Hund, der sich verlaufen hat, der friert und einsam ist.

Am nächsten Morgen nahm Tam die Wanderung nach Süden wieder auf. Die Hochstraße führte steil bergab und ließ die weiten freien Flächen auf der Höhe, an die Tam sich gewöhnt hatte, zurück. Mit jedem Kilometer, den es abwärtsging, näherte er sich dem Frühling. Und der Stadt Blowing Rock.

Am späten Nachmittag sah er Kinder, die aus einem Schulbus sprangen. Er beobachtete sie aus seinem Versteck, einer Forsythienhecke, und zitterte vor Vorfreude, sein Mädchen wiederzusehen und ihre Stimme zu hören. »Tam! Komm her, Tam!« Es war schließlich Zeit – Zeit für sein Mädchen.

Aber es rief nicht. Natürlich nicht.

Der Hunger trieb ihn aus der Hecke. Er lief am Rand einer weiten Rasenfläche vor Einfamilienhäusern entlang, wobei er sich Mühe gab, nicht gesehen zu werden und die Lichtkegel der Straßenlaternen zu vermeiden. Aus jedem Haus drangen Stimmen und Essensgerüche.

Am Ende des Labyrinths von Straßen, hoch oben auf einem Hügel, stand das größte der Häuser, umringt von hohen Eichen.

Tam trat zwischen die Bäume und beobachtete das Haus. Ein kalter Wind blies durch seinen mageren Körper. Er zitterte. Aber mit dem Wind kam auch der Duft nach frischem Essen. Schnuppernd suchte er nach der Quelle. Dann fand er sie. Ein großer Abfalleimer, dessen Deckel nicht richtig aufgelegt worden war, stand neben dem Haus. Tam leckte sich das Maul und schlich näher.

Nachdem Tam sich aus dem umgekippten Mülleimer eine Schlemmermahlzeit gegönnt hatte, fand er einen Schuppen, in dem er sich schlafen legen konnte. Er lauschte dem Sturm, der an den Wipfeln der Bäume zerrte. Irgendwo bellte ein Hund, und die zarten Hufe von Rehen raschelten im Unterholz. Tam träumte von zu Hause.

Noch zwei Tage lang plünderte er den Abfalleimer von Lilith McAllister und schlief in der Werkstatt ihres Mannes. Zum ersten Mal seit Wochen fühlte er sich wieder ausgeruht und stark.

Aber am dritten Morgen, als Tam auf den Hinterbeinen stand und den Eimer gerade umkippen wollte, rief eine Stimme: »Husch! Mach, dass du wegkommst, du böser Hund!«

Tam erstarrte. Schuldgefühle fluteten durch seinen kleinen Körper. Wie oft hatte die alte Frau zu Hause bei seinem Mädchen ihn so genannt, wenn er sich über den Abfall hermachte! *Böser Hund!*

Er duckte sich und sah die Frau, die im Schatten des Morgenlichts stand, beschämt an.

Sie schwenkte die Hände. »Du hast mich gehört! Husch! Weg von meinem Müll!«

Lilith McAllister stemmte ihre Fäuste in die Hüften und schaute zu, wie der Hund in den Wald stürmte. »Weiß der Himmel, wohin der gehört, aber in meinen Müll jedenfalls nicht.« Sie redete mit sich selbst.

Nach dem Frühstück rief sie den Hundefänger an, und am Nachmittag fuhr ein weißer Lieferwagen vor. »Er ist jeden Tag an meinem Abfall gewesen«, sagte sie und zeigte dem Mann, wo sie Tam gesehen hatte.

»Ist Ihnen aufgefallen, ob er ein Halsband trägt?«, fragte der Mann.

»Nein«, sagte Mrs McAllister. »Er sah aus, als ob er die Räude hätte. Richtig verwildert.«

Der Mann pfiff und rief: »Huuund! Komm her, Hundilein!«

Tam guckte aus seinem Versteck am Waldrand und legte den Kopf schräg.

Der Mann ging über das Grundstück und suchte nach Hundespuren. Er stieß die schief hängende Tür der Werkstatt auf und leuchtete mit der Taschenlampe hinein.

»Sieht aus, als hätte hier irgendwas geschlafen«, rief er Mrs McAllister zu. »Vielleicht der Hund.«

Die Frau schlang ihre Arme um sich. »Du lieber Gott, ich kann doch nicht zulassen, dass ein wilder Hund aus meinem Mülleimer frisst und in meinem Schuppen schläft! Wer weiß, was er sonst noch tut. Sie müssen ihn wegschaffen!«

Der Mann seufzte. »Wahrscheinlich ist das nur ein ängstlicher, hungriger Streuner. Zurzeit laufen eine Menge Hunde herum, weil so viele Leute ihre Häuser verlieren. Sie setzen ihre Tiere dann in den besseren Wohngegenden aus und hoffen, dass sie jemand nimmt. Das Tierheim ist voll …«

»Ich will, dass er wegkommt«, unterbrach ihn Mrs McAllister.

»Ja, Madam«, sagte der Mann. Er ging an seinen Wagen und kam mit einem Käfig zurück. »Ich lege einen Köder rein und stell ihn in den Schuppen. Das arme Ding hat bestimmt Hunger. Wir kriegen den Hund sicher schnell.«

Tam beobachtete misstrauisch, wie der Mann den Käfig in die Werkstatt trug. Aber als es dann nach Fleisch duftete, verwandelte sich sein Misstrauen sehr schnell in Interesse.

Der Mann trat zurück ins Freie. Dann suchte er im Wald nach Spuren. Schließlich kam er den Hügel wieder herunter. »Ich wette, wir kriegen ihn heute Nacht.«

»Kann gar nicht früh genug passieren«, sagte Mrs McAllister.

»Bin am Morgen wieder hier und schau nach, ob wir das Tier erwischt haben«, sagte der Hundefänger.

Tam hielt sich bis zum Einbruch der Nacht von dem Haus und dem Schuppen fern. Es gelang ihm, ein paar andere Mülleimer umzustoßen, aber die Ausbeute war gering. Vor einem Haus scheuchte ihn ein alter Jagdhund vom Grundstück. Woanders wurde er von zwei Jungen mit

Steinen beworfen. Als Tam sich auf den Rückweg zum Schuppen machte, hatte er Hunger und blutete.

Wunderbarerweise empfing ihn der herrliche Duft nach Fleisch, und er fasste neuen Mut. Er schob sich in den merkwürdigen Blechkasten, in dem es lag. Er nahm sich einen Happen, es machte *Peng* und die Tür schlug zu. Tam bekam furchtbare Angst. Er schlug mit den Pfoten auf die Eisenstäbe und biss hinein. Er warf sich mit seinem ganzen Gewicht erst auf die eine Seite und dann auf die andere. Aber es war zwecklos. Er war gefangen.

Sonnenlicht schlug Tam ins Gesicht. Er blinzelte.

»Ich habe gestern Nacht Gebell und Gejaule gehört. Ein fürchterlicher Lärm«, sagte eine Frau.

»Dann sitzt er wahrscheinlich in der Falle.« Tam erkannte die Stimme des Mannes vom Tag davor.

Schritte näherten sich. Tam rutschte in dem kleinen Käfig so weit wie möglich nach hinten. Er musste sich doch verstecken! Aber er war gefangen und konnte nicht fliehen. Ein Licht in der Hand des Mannes schien ihm ins Gesicht. Er wandte den Kopf ab.

»Hallo, kleiner Kerl«, sagte der Mann und ließ den Lichtstrahl der Taschenlampe über Tam gleiten. Tam zitterte.

»Du siehst aus, als ob du schon bessere Zeiten erlebt hast, das steht jedenfalls fest.« Der Mann packte den Griff der Falle und hob ihn hoch. Tam purzelte mit angstvoll aufgerissenen Augen im Käfig herum. Der Mann trug den Käfig den Hügel hinunter und hielt ihn dann hoch, damit die Frau ihn sehen konnte. »Hab ihn«, sagte er grinsend. »Wie ich es versprochen hatte.«

Mrs McAllister zog ihre Strickjacke enger um sich und runzelte die Stirn. »Und keine Sekunde zu früh«, sagte sie. »Er könnte die Räude haben oder sonst irgendetwas.«

Der Mann schüttelte den Kopf. »Das ist jetzt nicht mehr Ihr Problem.« Er lud Tam in seinen Wagen, sah sich den Hund mit dem verfilzten Fell und mageren Körper genauer an und bemerkte dabei das schmutzige, karierte Halsband.

»Du hast also doch mal jemandem gehört«, sagte er zu Tam.

Zwanzig Minuten später fuhren sie vor einem Betonklotz vor. Wildes Gebell erhob sich und machte Tam Angst.

Im Haus setzte der Mann den Käfig auf einem Stahltisch ab. Tam duckte sich bei dem Geruch nach Furcht, Trauer und Krankheit.

»Woodrow, was haben Sie denn da?«

»Noch einen Müllhund aus Green Briar«, sagte der Mann.

Eine dicke Frau schaute auf Tam herab. »Sieht ganz

schön mitgenommen aus«, sagte sie freundlich. »Haben Sie schon versucht, etwas mit ihm anzufangen?«

Der Mann schüttelte den Kopf. »Ich wollte nicht gebissen werden.«

Sie lachte. »Sie haben den falschen Beruf, Woodrow T. Farnsworth.«

Sie öffnete die Klappe des Käfigs, steckte eine Hand hinein und wackelte mit den Fingern. »Komm her, mein Kleiner«, sagte sie mit hoher Stimme. »Ich tu dir nichts.«

Tam rührte sich nicht von der Stelle.

Sie nahm einen Hundekuchen aus einem Glas und hielt ihn Tam hin. »Komm her, mein Hündchen. Ich habe etwas Feines für den guten Hund.«

Tam verstand die Wörter »Feines« und »guter Hund«. Er leckte sich das Maul und machte langsam einen Schritt nach vorn. Als er den Nacken streckte, um sich den Leckerbissen zu schnappen, packte ihn die Frau an der Halskrause und zog ihn aus dem Käfig.

Sie strich mit einer großen Hand über den zitternden Körper. »Meine Güte«, seufzte sie, »ist der mager.«

Dann befühlte sie seinen Nacken. »Wenigstens hat er ein Halsband, aber keine Marken.«

»Stimmt. Sieht aus, als hätte er gekämpft«, sagte der Mann und zeigte auf den Schorf an Tams Hüfte.

Die Frau nahm Tam auf den Arm und trug ihn zu einem leeren Zwinger. »Wer weiß, was er durchgemacht hat.« Sie setzte ihn auf dem kalten Betonboden ab und schlug die Drahttür zu. »Sobald ich die anderen Zwinger sauber gemacht habe, bringe ich ihm Wasser und Futter.«

»Meinen Sie, es wäre sinnvoll, ihn nach einem Mikrochip abzutasten?«, fragte der Hundefänger.

Sie sahen zu, wie Tam die schmutzige Decke in einer hinteren Ecke untersuchte.

»Wahrscheinlich nicht«, sagte sie. »Aber sobald ich Zeit habe, kümmere ich mich drum.«

Den ganzen Vormittag lang versuchte Tam, die Stimmen der anderen Hunde zu ignorieren. Ein Hund rief immer und immer wieder: »Kommt und holt mich! Kommt und holt mich!« Ein anderer wimmerte in seinen Träumen von wütenden Fäusten und Verfolgungen. Noch ein anderer heulte: »Wo sind sie denn hin?« Tam vergrub seinen Kopf unter der Decke und zitterte.

»Oh, schau mal, wie süß!« Tam erwachte beim Klang einer Mädchenstimme. Sein Herz machte einen Satz. Er wickelte sich aus der Decke und stand auf.

»Ist das einer von den Neuen?«, rief das Mädchen über seine Schulter.

Die dicke Frau kam an und stellte sich neben das Mädchen. »Ja, der ist heute Morgen angekommen. Ich hatte aber noch keine Zeit, mit ihm zu spielen. Hatte zu viel zu tun.«

»Kann ich zu ihm rein?«, fragte das Mädchen. Tam wedelte mit seiner weißen Schwanzspitze.

Die Frau zog die Stirn in Falten. »Ich will nicht, dass du da allein reingehst. Ich muss aber nachschauen, ob er einen Chip hat. Lass uns zusammen reingehen und nachsehen. Warte hier, ich hole den Scanner.«

Das Mädchen kniete sich vor Tams Käfig, während die Frau verschwand. Es steckte die Finger durch den Maschendraht der Tür und redete leise mit dem Hund. »Komm her, mein Kleiner. Ich tu dir nichts. Versprochen.«

Tam machte zwei vorsichtige Schritte auf das Mädchen zu. Er wusste schon, dass es nicht seines war. Das Mädchen, das mit ihm sprach, roch nicht nach Äpfeln und einem rauschenden Bach. Aber seine Stimme war sanft. Er schnupperte an seinen Fingerspitzen. Sie rochen nach Erdnussbutter und Milch. Er leckte erst an einem Finger, dann an einem anderen.

Das Mädchen lachte. Tam wedelte mit dem Schwanz.

»Ihr habt euch wohl schon angefreundet?«

Tam zuckte beim Klang der Stimme der dicken Frau zusammen.

»Dann wollen wir mal schauen, ob er einen Chip hat«, sagte die Frau zu dem Mädchen.

Sie knieten sich neben Tam auf den Boden. Das Mädchen umfasste Tams Brustkorb und kraulte ihn hinter den Ohren. »Guter Hund«, sagte sie leise, »es tut nicht weh.«

Die dicke Frau hielt den Scanner über Tams Schulter und schaltete ihn ein.

Sie tastete seine rechte Schulter ab, dann die Stelle zwischen den Schulterblättern. »Nichts«, murmelte sie, »reine Zeitverschwendung.«

Dann ließ sie den Scanner über seine linke Schulter gleiten. Eine Lampe blinkte. Die Frau runzelte die Stirn. »Bestimmt eine Fehlanzeige.«

Sie hielt den Scanner näher an Tam und fuhr mit dem Gerät langsam über seine linke Schulter, bis sie plötzlich zusammenzuckte.

»Na, jetzt bin ich aber platt!«

»Was ist?«, fragte das Mädchen.

»Er *hat* einen Mikrochip! Und die Nummer ist« – mit zusammengekniffenen Augen schaute sie auf das winzige Display – »71657.«

Das Mädchen schlang die Arme um Tam. »Und was machen wir jetzt?«

»Wir können die Firma anrufen und herausfinden, wer ihn registriert hat«, sagte die Frau. »Dann beten wir, dass es den Menschen noch gibt, dem der Hund lieb genug war, um ihm einen Chip zu verpassen.« Die Frau blickte auf ihre Uhr. »Die Zeit reicht gerade noch für einen kurzen Anruf.«

Das Mädchen folgte der Frau an den bellenden, jaulenden Hunden vorbei in ein kleines, unaufgeräumtes

Büro. Die Frau blätterte in einem Notizbuch, bis sie die gewünschte Nummer gefunden hatte.

»Zuerst rufe ich die Firma an«, sagte sie zu dem Mädchen. Nach dem vierten Klingeln meldete sich jemand.

»Hier ist Dorothy Pollard vom Tierheim in Blowing Rock, North Carolina. Ich habe hier einen Streuner, den wir aufgegriffen haben. Er hat einen Chip von Ihnen.« Dorothy zwinkerte dem Mädchen zu. Das Mädchen drückte die Daumen. »Okay, die Nummer ist 71657.« Dorothy schlug mit einem Bleistift auf die Schreibtischkante. Sie hielt eine Hand über die Sprechmuschel. »Sie sucht die Nummer in ihrer Datei.«

»Ja, ich habe etwas zum Schreiben«, sagte Dorothy und setzte sich gerade hin. »Abby Whistler, Wild Cat Cove Road Nummer 29, Harmony Gap, North Carolina«, wiederholte sie und schrieb wie wild. »Ist auch eine Telefonnummer dabei?«

Dorothy sah das Mädchen an, das seine Fäuste mit den gedrückten Daumen hochhielt.

»Gut.« Dorothy nickte, während sie die Nummer notierte. »Vielen Dank für Ihre Hilfe.«

Dorothy lehnte sich zurück. »Kaum zu glauben! Von *dem* Hund hätte ich am allerwenigsten erwartet, dass er einen Mikrochip hat.«

Das Mädchen klatschte in die Hände. »Haben sie gesagt, wie er heißt?«

Die Frau schaute auf ihren Block. »Ja – er heißt Tam.«

Es klingelte an der Tür des Tierheims. Eine Stimme rief: »Julie, es ist Zeit, Schluss zu machen!«

»Mist«, sagte das Mädchen. »Das ist meine Mutter. Sie hat gesagt, ich kann heute nur bis halb fünf bleiben.«

Es winkte seiner Mutter zu, die an der Empfangstheke stand. »Können wir seine Familie anrufen, bevor ich gehe?«

»Aber sicher«, sagte Dorothy. Sie wählte die genannte Nummer und wartete. Julie drückte wieder die Daumen.

Dorothy schüttelte den Kopf und legte auf. »Besetzt. Wir versuchen es morgen wieder. Mach dir keine Sorgen«, sagte sie, als sie Julie, die in ihrer Freizeit im Tierheim aushalf, zum Ausgang begleitete. »Wenigstens wissen wir jetzt, dass jemand da ist. Und in der Zwischenzeit geht er nirgends hin.«

Dorothy sah zu, wie das zierliche Mädchen und seine Mutter zum Auto liefen. Das Mädchen drehte sich um und rief: »Vergessen Sie nicht, dass er jetzt einen Namen hat! Er heißt Tam!«

Dorothy winkte. »Ich denke dran!«

Die Frau schloss die Tür und schaltete den Computer und die Lampen aus. »Kein einziges Tier hat heute ein neues Zuhause bekommen«, stellte sie seufzend fest. Dann ging sie an den Zwingern entlang und prüfte noch einmal, ob alle Türen, die ins Freie führten, geschlossen waren. Vor Tams Käfig blieb sie stehen. »Hast du ein Glück, Tam!«

Als Tam seinen Namen hörte, richtete er die Ohren nach vorn.

»Hoffentlich bist du morgen um diese Zeit wieder bei deiner Familie, Tam, und ich muss mich um einen Hund weniger sorgen.«

Tam schaute der Frau nach, die den Gang entlangging und die Lichter ausmachte. Das Wort, das sie gesagt hatte, hallte in seinem Kopf. Es war nicht so, wie die alte Frau ihn genannt hatte – ein Name, der nicht ganz seiner war. *Das* war der Name, den sein Mädchen ihm ins Ohr geflüstert und freudig gerufen hatte. Der Name, der ihn mit ihm verband und ihn als seinen Hund auswies.

Tam.

Der Name, der ihn nach Hause führte.

35 Abby

An: omcbuttars@carolinanet.com

Von: »Abby Whistler« sheltiegirl@carolinanet.com

Gesendet: Donnerstag, 24. März, 21:02

Betreff: Hallo

Hallo Olivia,

nur eine kurze Nachricht, um Dir zu sagen, wie ich mich freue, dass Du zwei von Ginsengs Jungen haben darfst! Dann sind wir so etwas wie Verwandte, oder? Weil Ginseng doch die Katze meiner Großmutter ist. Ich weiß, wie sehr Du Dir immer ein Kätzchen gewünscht hast. Und zwei machen noch mehr Spaß als eins.

Ich habe gestern Abend lange mit Meemaw telefoniert. Ich habe ihr erzählt – so, wie Du es mir geraten hast –, dass ich mir Sorgen mache, weil Mama immer müde ist und ihr so oft schlecht wird. Sie hat gesagt, das klingt überhaupt nicht gut, und hat dann noch lange mit Mama geredet. Danach schien es Mama aber besser zu gehen, denn sie hat eine ganze Schüssel voll Eis mit Schokosplittern und Pfefferminz gegessen. Dabei mag sie das gar nicht! Ich habe auch davon gegessen, damit Mama sich nicht so einsam fühlte, als sie das Eis aß.

Vielleicht überstehen wir ja die nächsten drei Wochen, bis Daddy nach Hause kommt. Er hat gestern Abend auch angerufen, und zwar aus Erie in Pennsylvania. Das muss ich noch in meine Landkarte eintragen.

Deine Freundin

Abby

PS: Ich habe wieder von Tam geträumt.

Als Mama mich zwei Tage später von der Schule abholte, grinste sie von einem Ohr zum anderen. »Kann ich zu Cheyenne gehen?«, fragte ich und beugte mich ins Fenster des Pick-ups.

Sie schüttelte den Kopf und machte die Autotür auf der Beifahrerseite auf. »Heute nicht, Süße.«

»Aber Mama ...«

Sie klopfte auf den Sitz. »Kein Aber, mein Fräulein. Setz deinen Po da hin.« Sie lachte, als ob das der größte Witz aller Zeiten gewesen wäre. Ich verdrehte die Augen und winkte Cheyenne, um ihr zu bedeuten, dass sie allein nach Hause gehen sollte.

»Was ist denn in dich gefahren?«, murmelte ich.

»Eine große Überraschung«, sagte sie und grinste selbstzufrieden vor sich hin.

Mein Herz hüpfte in meiner Brust. »Ist Daddy da?«

Ihre Miene verdüsterte sich nur ein winziges bisschen. »Nein, aber meine Überraschung ist fast so gut.«

Ich wurde ganz still. Ob es mit Tam zu tun hatte? In einem Spalt meines Gehirns blitzte es plötzlich auf. Vielleicht hatte jemand angerufen?

»Ist es …« Ich brachte die Worte nicht heraus.

»Wart's ab!«, sagte sie.

Ich glaube, ich hielt die ganze verflixte Zeit, während wir durch die Stadt fuhren, den Atem an. Ich hatte in meinem ganzen Leben noch nie so viele Autowerkstätten und Pfandhäuser gesehen. Endlich fuhr Mama auf den Parkplatz des Busbahnhofs. Sie schaltete den Motor ab, sah mich an und lächelte.

Ich runzelte die Stirn. »Das kapiere ich nicht«, sagte ich. Was hatte ein Busbahnhof mit Tam zu tun?

Mama sprang regelrecht aus dem Fahrzeug. »Nun komm schon, Abby! Jemand wartet drinnen auf dich!« Sie streckte mir eine Hand entgegen.

Jemand wartete drinnen? Das konnte nicht Tam sein. Ich schlurfte zu Mama.

Sie legte den Arm um meine Schulter, und ich schlurfte mit ihr zum Eingang des Busbahnhofs. Dann traf es mich wieder wie ein Blitz: Was, wenn jemand Tam gefunden und ihn per Bus zu uns geschickt hatte? Ich hatte mal von einem Hund gelesen, dem das passiert war.

Ich entwand mich Mama und lief in das Gebäude.

Und da stand Meemaw, mitten im Raum, und strahlte über das ganze Gesicht.

Sie breitete die Arme aus. »Komm her zu mir, Abby, mein Schatz!«

Ich war furchtbar enttäuscht. Wie konnte ich bloß so dumm gewesen sein?

Mama schubste mich von hinten. Ich lief zu Meemaw und vergrub mein Gesicht in ihrem Wollmantel, damit sie meine Tränen nicht sehen konnte. Sie roch nach zu Hause.

»Meine Güte!«, sagte Meemaw und streckte den Kopf fast ganz zum Autofenster heraus. »Habt ihr jemals so hohe Häuser gesehen?«

Dass Meemaw im Busbahnhof von Nashville auftauchte, war, ehrlich gesagt, ein fast so großes Wunder, als wenn Tam erschienen wäre. Ich hatte noch nie erlebt, dass Meemaw Harmony Gap verließ. Aber sie war da, und sie sagte, sie würde bleiben, bis Daddy zurück wäre.

Ich zeigte auf ein sehr hohes Haus, das oben Spitzen hatte. »Das ist das AT&T-Gebäude, aber meine Freundin Cheyenne sagt, es sieht aus wie Batmans Kopf.«

Meemaw lachte. »Da hat sie Recht.«

Ihre Augen – wie die von Daddy – funkelten neugierig. Sie guckten nicht ängstlich wie meine, als ich die Stadt zum ersten Mal sah.

Wir fuhren am Supermarkt vorbei. »Wir kaufen morgen ein«, sagte Mama. »Was wollt ihr heute Abend essen?«

Ich wollte die Butterkekse von Meemaw und Brathähnchen und Klöße. Und vielleicht einen Apfelkuchen und …

»Pizza«, sagte Meemaw. »Mit Extra-Peperoni und Oliven.«

Abends saßen wir drei am Küchentisch und aßen die Pizza auf. Sogar Mama hatte zwei Stück gegessen und Meemaw dabei tausend und eine Frage über jedes Lama gestellt.

»Es geht ihnen gut, Holly, ehrlich«, sagte Meemaw. »Sie sind furchtbar verwöhnt, weil sie von mir, Mr Singer und Olivia so betütert werden.«

Mama seufzte und wischte an ihren Augen herum. »Ich vermisse sie sehr«, sagte sie.

Meemaw erzählte uns alle Neuigkeiten. »Das Wichtigste – die Familie der Sutters ist in das Haus gezogen.«

Die alte Farm der Sutters lag zwischen unserer Farm und dem Haus von Olivia und ihrem Großvater.

»Ich erinnere mich, dass Mrs Sutter vor ein paar Monaten gestorben ist«, sagte Mama, »und ich habe mich gefragt, ob ihre Kinder einziehen oder ob sie das Haus verkaufen würden.«

»Ihr Sohn ist mit seiner Familie aus Kalifornien zugezogen. Er sagt, er würde die alte Christbaumfarm zum Leben erwecken.«

»Haben sie Kinder?«, fragte ich.

»Vier!«, sagte Meemaw strahlend. »Sie haben ein Baby,

das Jasmine heißt, ein vierjähriges Mädchen namens Sunny und Zwillinge – ein Junge und ein Mädchen –, die Forrest und River heißen. Sie sind in deinem Alter, Abby.«

Meemaw machte ein verträumtes Gesicht. »So viel junges Gemüse hat es im Tal schon lange nicht mehr gegeben.«

»Sind sie nett?«, fragte Mama.

»Sehr nett«, sagte Meemaw. »Erst neulich haben sie mich, Olivia und Mr Singer zum Essen eingeladen. Es war richtig schön. Olivia und das Zwillingsmädchen River haben sich auf Anhieb verstanden.«

Ich runzelte die Stirn. »Davon hat mir Olivia gar nichts erzählt.«

Es war lange her, seit Meemaw und ich uns das letzte Mal vor dem Schlafengehen gegenseitig die Haare gebürstet hatten. Meemaw schlief bei mir im Zimmer.

Ich erzählte ihr alles über meine Freunde in der Schule, vor allem über Cheyenne. »Und weißt du was, Meemaw?«

»Was denn, mein Schatz?«

»Zuerst hatten alle Angst vor ihr und versuchten gar nicht erst, sich mit ihr anzufreunden. Dabei ist sie nur schüchtern.«

»Tatsächlich?« Ich spürte, dass Meemaw hinter mir lächelte, während sie mir die Haare bürstete.

»Hmm. Aber weil sie jetzt in der großen Pause mit uns Ball spielt und keine schwarzen Klamotten mehr trägt, haben die Mitschüler keine Angst mehr vor ihr. Ich bin aber immer noch ihre beste Freundin.«

Meemaw klopfte mir auf die Schulter. »Du bist auch immer noch Olivias beste Freundin.«

Ich drehte mich zu Meemaw und schlang die Arme um sie. »Ich bin so froh, dass du da bist!«

Sie gab mir einen Kuss auf den Kopf. »Ich auch, meine Süße. Du hast ja keine Ahnung, wie sehr ich dich vermisst habe!«

36 Tam

»Hat es heute geklappt?«, fragte Julie immer als Erstes, wenn sie nach der Schule ins Tierheim kam.

Und jeden Tag schüttelte Dorothy Pollard den Kopf. »Ich kriege immer nur den Anrufbeantworter. Andauernd.«

Seit sie Tams Mikrochip entdeckt hatten, war eine Woche vergangen. Julie meinte, dass seine Familie vielleicht im Urlaub war. Aber Dorothy war sich inzwischen sicher, dass sie die Leute nicht finden würden.

Sie seufzte, nahm ihre Brille ab und rieb sich die Augen. Heute waren wieder drei Hunde ins Tierheim gekommen. Noch drei Tiere ohne Zuhause.

»Ich gehe mit Tam spazieren«, rief Julie und nahm sich eine Leine.

»Okay«, sagte Dorothy, »aber denk auch an die anderen. Alle brauchen Zuwendung.«

Tam kam von draußen, wo die Hunde etwas Auslauf hatten, in den Zwinger. Die anderen Hunde bellten und jaulten lauter als die Musik im Radio und warfen sich gegen die Maschendrahttüren. Das konnte nur eins bedeuten: Jemand war gekommen.

Er hörte die hohe Stimme des Mädchens, das jeden Hund begrüßte. Sie bettelten um seine Aufmerksamkeit. »Nimm mich! Nimm mich!« oder »Ich bin der Beste! Ich bin der Beste!«. Aber Tam wusste, dass *er* sein Liebling war. Die Hunde knurrten und heulten, als es seine Tür öffnete und die Leine an seinem Halsband festmachte. »Komm, gehen wir, Tam!«, sagte das Mädchen.

Er trottete in der frischen Frühlingsluft neben ihr her. Er mochte das Mädchen. Seine Hände waren sanft und es hatte immer einen Leckerbissen in der Tasche. Aber es war nicht sein Mädchen. Sie gehörten nicht zusammen.

Er blieb stehen und hielt die Nase in die Luft. Eine Woche Futter und Ruhe hatten ihn gestärkt. Es war Zeit. Zeit, zu seinem Mädchen zu gehen. Er zog kräftig an der Leine.

»Nicht, Tam«, sagte das Mädchen. »Wir müssen zurück. Ich muss auch mit den anderen Hunden raus.«

Tam zog weiter. Er spürte, dass das Halsband an seine Ohren rutschte. Wenn es doch …

Das Mädchen nahm ihn auf den Arm. »Nun komm schon, du Dickkopf!«

Die Zeit verging, und mit jedem neuen Tag wurde der Drang, seinen Weg fortzusetzen, stärker. Er fraß nicht mehr, stand ungeduldig da, wenn das Mädchen ihm das Fell bürstete, und weigerte sich, abends den Zwinger zu betreten.

»Wie lange dauert es noch, bis ich ihn mit nach Hause nehmen kann?«, fragte Julie zum hundertsten Mal.

»In zwei Tagen ist die Wartezeit vorbei – und keine Minute zu früh«, murmelte Dorothy. »Wer hätte gedacht, dass dieser kleine Hund so viel Ärger machen würde. Schlimm genug, dass ich ihn abends kaum ins Haus bekomme, bevor ich heimgehe – jetzt habe ich auch noch gesehen, dass er unter dem Zaun gegraben hat.«

Tam stand neben der Maschendrahttür und wartete. Er wartete auf die sanften Hände des Mädchens, das nicht sein Mädchen war, und auf den Leckerbissen in seiner Tasche.

Als Julie die Tür öffnete und Tams Hundeleine festmachte, verkündete eine Stimme im Radio: »Und jetzt der Song einer neuen Gruppe aus Nashville, den *Clear Creek Boys* – hören Sie gut zu! Die Band sollte man im Auge behalten!«

Tam nahm ihr das Stückchen Käse aus den Fingern und hörte: *Hoch oben in den Bergen, da ist mein Zuhause …*

Tam erstarrte. Er kannte die Stimme, er kannte die Musik. Es war der große Mann, der mit seinem Mädchen zusammenlebte. Die Musik war abends auf einer Veranda mit breiten Dielen zu hören. Der große Mann sang, sein Mädchen sang und Tam saß immer daneben. Die Musik kam von dort, wo er hingehörte – aus seinem Zuhause.

Er schaute zu Julie hoch und jaulte.

Julie lachte. »Du hast Frühlingsgefühle, stimmt's? Ein Spaziergang wird dir guttun.«

Julie führte Tam hinaus. Unterwegs redete sie in einem fort. »Ich glaube, ich habe jetzt meine Eltern so weit, dass sie dich zu sich nehmen wollen«, sagte sie. »Wir werden so viel Spaß haben ...«

Tam achtete kaum auf ihre Worte, als sie den Weg entlangliefen, der in südlicher Richtung zu den Bergen führte. Ihre Worte waren wie Fliegen, die ihm um die Ohren schwirrten, oder wie das Schnattern einer Spottdrossel. Was Tam hörte – klarer als je zuvor –, war die Musik von zu Hause und der Ruf in seinem Herzen: *Es ist Zeit ... es ist Zeit.*

Julie blieb stehen. »Mann, so weit wollte ich doch gar nicht gehen! Dorothy wird Hackfleisch aus mir machen.« Sie zog an der Hundeleine. »Komm, Tam, wir müssen zurück!«

Sie drehte sich um.

Tam blieb stocksteif stehen. Seine braunen Augen schauten auf die Berge.

Das Mädchen zog noch einmal kräftig an der Leine. »Komm doch, Tam! Wir müssen los!«

Er hörte das Wort *komm*. Er war immer ein folgsamer Hund gewesen. Er machte einen Schritt und noch einen auf das Mädchen zu.

Der Wind trug das verzweifelte Gebell aus dem Tierheim zu ihnen herüber, auch den Geruch nach Angst und Trauer. Ein Schulbus mit den hohen, fröhlichen Stimmen von Kindern ratterte vorbei und verschwand auf der Straße nach Süden.

Das Mädchen zerrte noch einmal heftig an der Leine. »Jetzt komm doch endlich!«

Tam senkte den Kopf und befreite sich von Halsband und Leine. Ohne noch einmal zurückzuschauen, rannte er dem Schulbus hinterher, den Bergen und dem einzigen Weg nach Hause entgegen.

Am Abend lief Tam durch weite Apfelplantagen. Kaum einen Kilometer weiter südlich erstreckte sich der *Blue Ridge Parkway*.

Ein dünner Vorhang aus Schnee wehte durch die Bäume. Tam zitterte, und sein Bauch knurrte. Er fühlte sich furchtbar elend und schaute sehnsüchtig auf das warme Licht, das aus dem riesigen weißen Haus auf dem Hügel strömte.

Die herrschaftliche Villa *Flat Top Manor* hatte mit ihren dreiundzwanzig Zimmern und leuchtend weißen Säulen und Bögen einmal zu den großartigsten Wohnhäusern südlich von Richmond gehört. Eine breite Veranda, die rings ums Haus führte, blickte über sanft geschwungene Tannenwälder hinauf zum Gipfel des *Grandfather Mountain*.

Angus McIven war schon immer der Gärtner der Villa gewesen, jedenfalls seit sich die Leute erinnern konnten.

Er zog an seiner Pfeife und schaute blinzelnd durch den Schnee auf das Wesen, das ihn am Ende der Plantage beobachtete.

Ein süßer, scharfer Duft erreichte Tams Nase. Der Geruch erinnerte ihn an den großen Mann, der bei seinem Mädchen gelebt hatte. Tam hob den Kopf und blickte durch die Schneeflocken auf das große weiße Haus und einen Mann, der auf der Veranda stand. Sekundenlang war Tam verwirrt. War *das* der große Mann? Waren das sein weißes Haus und seine Veranda? Tam näherte sich zögernd und jaulte.

»Fuchs«, sagte Angus zu dem alten Hund, der neben ihm saß. Er lehnte sich an die steinerne Brüstung und beobachtete aufmerksam das sich nähernde Tier. Er zog an seiner Pfeife und atmete langsam aus. »Der hat, scheint's, einen harten Winter erlebt.« Der alte Jagdhund klopfte mit dem knochigen Schwanz auf den Verandaboden.

Tam hörte die tiefe, weiche Stimme des Mannes. Er wusste jetzt, dass es nicht sein Haus war und nicht der Mann, der dort lebte. Aber Tam hatte Hunger.

Plötzlich roch Tam an dem Mann etwas Neues: Angst.

»Blue, irgendetwas stimmt nicht mit ihm«, sagte der alte Mann und langte nach seinem Spazierstock aus Schlehenholz. »Vielleicht ist er krank oder schlimmer …«

Angus lief eilig die Stufen hinunter und schwenkte seinen Stock durch die Luft. »Hau ab!«

Tam blieb wie angewurzelt stehen. Seine Nackenhaare sträubten sich, obwohl er sich duckte. Wieder brüllte ihn jemand an und schwenkte einen Stock. Ein Stock, den er werfen konnte, ein Stock, der explodieren und töten könnte.

Der alte Jagdhund erhob sich schwerfällig und humpelte die Stufen der Veranda hinunter. Was ging hier vor? Auch die Augen des Hundes waren wie die seines Herrchens vom grauen Star trüb, aber seine Nase funktionierte – im Gegensatz zu der seines Herrchens – noch ausgezeichnet. Sie roch einen Eindringling. Er wusste zwar nicht, warum der andere Hund Angst hatte, aber dass sein Herrchen sich aufregte, das war ihm klar. Und seine Aufgabe war es, ihn zu beschützen. Der alte Jagdhund baute sich drohend vor Tam auf, hob seinen ehemals stolzen Schwanz und bellte.

Der Mann mit dem Stock, das Gebrüll und der bellende Hund machten Tam klar, dass er hier nicht willkommen war. Er wirbelte herum und raste in die Plantage hinein. Er hörte, dass der Hund hinter ihm herjagte, aber der Mann rief ihn zurück. Tam wusste, dass ihm der Hund nicht folgen würde.

Eine Woche nach der Begegnung mit Angus McIven und dem alten Jagdhund bahnte Tam sich seinen Weg durch das urwaldartige Gelände des Nationalparks. Er ließ Städte, Parks und Menschen hinter sich und stapfte tief in die Wildnis hinein.

Obwohl es inzwischen schon Mitte April war, verließ der Winter das Hochland nur zögerlich. Hier gab es keine blühenden Bäume und kein zartes, frisches Gras. Hier war der *Blue Ridge Parkway* immer noch voller Schnee.

Trotz Schnee und Eis spürte Tam den Frühling, der ihn mit Hoffnung erfüllte. Die warmen, sanften Tage in den niedrigeren Bergen hatten ihn an all die Dinge erinnert, die er und das Mädchen jetzt, da der Winter vorbei war, gemeinsam unternehmen könnten. Er und das Mädchen würden die Hindernisstrecke ablaufen, schneller und immer schneller. Wenn er erst wieder zu Hause wäre, würde er die Schwere des Winters abschütteln und fliegen. Alles würde endlich wieder so sein, wie es sollte.

In der Nacht zuckten Tams Pfoten im Schlaf. Er jaulte vor Freude. Er hatte sich noch nie so stark gefühlt. In seinen Träumen segelte er durch die Luft, seinem Mädchen und dessen offenen Armen entgegen.

Irgendetwas weckte ihn. Er blinzelte in den kalten Nachthimmel. Für einen kurzen Moment wusste er nicht, warum er so fror, seine Glieder so steif waren und er solchen Hunger hatte.

Dann hörte er die Stimmen von Präriewölfen, die von einem Berggipfel zum nächsten hallten. Er kroch unter dem Felsvorsprung hervor, streckte sich und lauschte. Die Stimmen kamen näher. Er hob die Nase, um einen Geruch zu erfassen. Nichts.

Tam stakste zum Becken unter einem kleinen Wasserfall und trank. Ein kalter Wind fuhr durch das zottige Fell und brachte einen Geruch mit sich, der ihm vertraut war – aber auch wieder nicht.

Tam fasste Mut. Er krabbelte die Böschung hoch und kletterte über Steine. Im Mondlicht stand ein großer Präriewolf. Seine bernsteinfarbenen Augen funkelten. Der buschige Schwanz hob sich.

Tam wedelte. Er wusste, dieser Präriewolf war nicht seine Freundin. Aber wie herrlich wäre es doch, wieder einen Kumpel zu haben! Sie könnten gemeinsam jagen und sich gegenseitig wärmen.

Im Hals des Präriewolfs rumpelte es leise. Schwarze Lefzen über weißen Zähnen zogen sich zurück. Gelbe Augen wurden schmal und der Blick hart. Hinter ihm glühten noch andere Augen im Dunkeln.

Das hatte Tam nicht erwartet. Er legte die Ohren an, drehte den Kopf zur Seite und sah den Präriewolf nicht an.

Der Anführer des Rudels machte einen Schritt auf ihn zu und schnupperte. Dieser Hund war nicht kräftig und hatte schon lange nichts Gutes mehr gefressen. Außerdem hatte der Präriewolf bemerkt, dass Tam hinkte. Er roch

Wunden an dem Hund, die erst vor kurzem geheilt waren.

Präriewölfe verachteten Hunde, das war bekannt. Wo Hunde sich aufhielten, waren Menschen nicht weit. Menschen mit ihren Fallen, Gewehren und Mordgelüsten. In den fünf Jahren seines Lebens hatte der Präriewolf auch Hunde getötet.

Aber dass dieser hier nicht nach Menschen stank, war dem Präriewolf ein Rätsel. Stattdessen roch er nach saftiger Erde, Blut, Wind, Blättern und hoch gelegenem, wildem Gelände.

Der Präriewolf schritt Tam mit steifen Beinen entgegen. Er streckte sich und überragte ihn, die Zähne gefletscht. Drei weitere Präriewölfe traten aus dem Schatten. Ihre gelben Augen schauten ihn hasserfüllt an.

Tam duckte sich und klemmte den Schwanz zwischen die Beine.

Die drei Präriewölfe kamen näher. Ein kleines, männliches Tier kauerte nieder und schien bereit, sich auf den Eindringling zu stürzen.

Der Anführer fixierte die anderen mit ungeduldig gefletschten Zähnen. Sie legten die Ohren unterwürfig an und beäugten sich verwirrt.

Der Präriewolf fuhr mit der Nase über den Hund und las seine Geschichte vom Kopf bis zum Schwanz. Er roch die vielen Kilometer an seinen Pfoten. Er roch die monatelangen kalten Nächte unter den Sternen. Er roch seine Einsamkeit und Entschlossenheit.

Der Präriewolf trat zurück, setzte sich und musterte den Hund mit schmalen Augen. Er wusste, das war kein gewöhnlicher Hund.

Der Präriewolf gähnte. Dieser Hund war keine Bedrohung. Er würde keinen Menschen mitbringen, er würde nicht im Gebiet seines Rudels bleiben. Außerdem waren Hunde schwach. Sie waren es gewohnt, dass sich jemand um sie kümmerte. Und dieser Hund war allein. Kein Tier überlebte einen Winter im hohen Gebirge ohne Rudel oder Herde.

Er bellte einen kurzen Befehl. Ohne sich noch einmal umzublicken, verschwanden die Präriewölfe im Lichtschein des Mondes.

37 Abby

»Und wo will deine Großmutter dieses Wochenende hin?«, fragte Cheyenne, als wir mit dem Mittagessen fertig waren.

Noch so eine Riesenüberraschung: Meemaw war unheimlich unternehmungslustig geworden und wollte alles sehen, was es zu sehen gab. Sie wollte Nashville regelrecht verschlingen!

Cheyenne hatte sich selbst zur Touristenführerin ernannt. Sie und Richard fuhren uns durch die ganze Stadt und zeigten uns die Sehenswürdigkeiten: Die *Country Music Hall of Fame* mitsamt Museum, das alte *Ryman Auditorium,* das Kapitol. Außerdem zeigte uns Cheyenne die Häuser, in denen berühmte Leute wohnten, und hatte uns am letzten Wochenende sogar Eintrittskarten für die *Grand Ole Opry* besorgt. Ich war total erledigt.

»Dieses Wochenende bleiben wir zu Hause«, sagte ich. »Daddy kommt heim!«

Es klingelte. »Hast du ein Glück!«, sagte Cheyenne seufzend. »Mein Vater kommt erst in einer Woche zurück.

Frag sie trotzdem, ob sie morgen Nachmittag in den Botanischen Garten möchte. Richard meint, der würde ihr gefallen.«

Hätte ich's nicht besser gewusst, ich hätte geschworen, dass Richard in Meemaw verknallt war.

Am Freitagabend rief Daddy an.

»Hey, Maus!«, brüllte er ins Telefon.

»Hey, Daddy! Wo bist du? Du kommst doch nach Hause, oder?«

»Das kannst du mir glauben!«, sagte er lachend. »Wenn es nach mir ginge, würde ich mir ganz schnell Flügel wachsen lassen und in zwei Minuten bei euch sein. Aber am Bus ist ein Scheinwerfer kaputt, und ich traue mich nicht, heute noch weiterzufahren.«

Er musste gemerkt haben, wie mir das Herz schwer wurde, denn er fügte hinzu: »Mach dir keine Sorgen! Ich bin nur fünf Stunden von euch entfernt. Gleich morgen früh geht's weiter. So um die Mittagszeit könnt ihr nach mir Ausschau halten.«

»Ich werde so froh sein, wenn du wieder da bist, Daddy«, sagte ich.

»Ich auch, meine Süße«, sagte Daddy. »Mir hängt das Leben auf Achse nämlich zum Hals raus.« Und so klang es auch.

Daddy wieder zu Hause zu haben war wie Weihnachten, *Thanksgiving* und alle unsere Geburtstage zusammen. Seit das Auto vorgefahren war, konnte Mama ihre Augen nicht mehr von ihm abwenden.

Meemaw lachte sich halb tot, als sie die kurzen, nach hinten gegelten Haare und sein glatt rasiertes Gesicht sah. »Meine Güte!«, sagte sie und wischte sich die Augen. »Ich hätte fast meinen eigenen Sohn nicht erkannt, obwohl er direkt vor mir stand.«

Wir verbrachten fast den ganzen Tag und die halbe Nacht damit, ihn mit Fragen zu bombardieren. Ich zeigte ihm die Landkarte, die ich von seiner Tour gemacht hatte. Er schüttelte den Kopf und zupfte sich an der Nase. »Das hast du perfekt hingekriegt, Abby. Das Bild macht mich vom bloßen Anschauen müde.«

»Haben viele Leute deine CD gekauft, Daddy?«, fragte ich.

»Ja, meine Süße. Mehr, als wir gedacht hatten.« Aber es klang, als ob er sich gar nicht darüber freute.

Nachts lagen Meemaw und ich nebeneinander im Bett. Ich lauschte den Stimmen meiner Eltern, die aus dem Schlafzimmer drangen. Ich hörte, wie Mama sanft und leise redete und Daddy plötzlich brüllte: »Du bist *was*?« Dann stieß er einen Juchzer aus. So fröhlich hatte es jedenfalls nicht geklungen, als er von seinen CDs geredet hatte.

»Meemaw, warum war Daddy nicht froh, dass er so viele CDs verkauft hat? Was meinst du?«

Es blieb lange still. Ich dachte, Meemaw wäre eingeschlafen, und wollte mich schon umdrehen, als sie plötzlich sagte: »Manchmal ist das, was du für das Allerwichtigste hältst, keine so große Sache mehr, wenn du es hast.«

»Aber Daddy hat immer gesagt, er muss seinem Leitstern folgen und dass sein Leitstern seine Musik ist.«

Meemaw drehte sich zu mir. »Wir lernen ständig Neues über uns, mein Schatz. Immerzu.«

Nach dem Frühstück am Sonntagmorgen, nachdem Daddy alle Instrumente und sonstigen Kram ausgeladen hatte, sagte Mama zu mir: »Abby, hilf mir bitte, den Wagen sauber zu machen. Er sieht aus wie ein Schweinestall.«

Ich kletterte in den Kleinbus und reichte Mama allen möglichen Abfall – Rechnungen und Listen und vollgekritzelte Zettel und eine Unmenge Tüten von Fast-Food-Ketten. Ich fand leere Coladosen und alte Handschuhe unter den Vordersitzen. Ganz hinten lag ein Stück grellgelbes Papier. Ich hob es auf und wollte es schon Mama geben, als mir etwas ins Auge fiel. In Großbuchstaben standen die Wörter *SHETLAND-SHEEPDOG* darauf.

Mir lief es eiskalt über den Rücken. Meine Hände zitterten, als ich den Zettel glatt strich. Ich konnte kaum atmen, während ich las: *SHETLAND-SHEEPDOG-RÜDE*

ENTLAUFEN. Genau wie in meinen Träumen sah ich Tam vor mir. Ich sah, wie er auf der Veranda einer Blockhütte auf jemanden wartete, ich sah ihn frierend und hungrig durch die Wälder laufen und spürte, dass er versuchte, den Weg nach Hause zu finden.

Meine Knie knickten ein, und ich musste mich schnell hinsetzen.

»Abby, was ist los?«, fragte Mama.

Ich hielt ihr den Zettel hin. Sie las die Anzeige vor und sah mich an. »Komm, wir suchen deinen Vater«, sagte sie. »Ian!«, brüllte sie und stürmte ins Haus.

Daddy war wie üblich am Telefon. Er hob einen Finger. »Eine Sekunde, Holly.«

Mama riss ihm das Telefon aus der Hand und sagte zu der Person am anderen Ende: »Tut mir leid, aber mein Mann muss Sie zurückrufen.« Dann legte sie auf.

Sie stieß den Flyer in Daddys Gesicht. »Was ist das?«

Meemaw stand hinter mir, beugte sich über meine Schulter und las mit. »Du lieber Himmel!«, wisperte sie.

Millionen von Fragen schwirrten durch den Raum.

»Gibt es noch Hoffnung?«

»Wie lang ist das her?«

»Kann es wirklich sein …«

»Warum hast du nicht …«

Daddy wedelte mit den Armen, als müsste er einen Schwarm wütender Bienen abwehren. »Mein Gott, Holly –

Galax liegt dreihundert Kilometer von der Stelle entfernt, wo wir ihn verloren haben! Ich konnte mir einfach nicht vorstellen, dass es sich um Tam handeln könnte. Und das Wetter war so schlecht und ich war schon spät dran und …«

Mama starrte ihn an. Sie hatte die Hände in die Taille gestemmt.

Er schaute mich an. Ich saß auf dem Fußboden und presste den Zettel an meine Brust. Leiser sagte er: »Ich wollte nicht, dass Abby sich falsche Hoffnungen macht. Die Chancen, dass es Tam sein konnte, standen nach all der Zeit doch ziemlich schlecht.«

»Das verstehe ich, Ian, aber …« Und schon ging das Gezeter wieder los. Ich wollte sie anschreien, sie sollten aufhören, die Klappe halten, aber ich konnte nicht. Mein Herz hämmerte so wild, dass es meine Worte erstickte.

Und dann – mitten im Streit meiner Eltern und während ich auf dem Fußboden saß – sagte eine Stimme, so fest wie die Berge: »Ihr müsst anrufen! Auf der Stelle!«

Plötzlich war es still und alle sahen Meemaw an. Sie stand da wie eine Tanne, den Blick in weite Ferne gerichtet.

»Mama?«, sagte Daddy. »Ist alles in Ordnung?«

Meemaw blinzelte und sah uns an, als ob sie ein Haus voller Fremder vor sich hätte. Dann nahm sie mir den Zettel aus der Hand, reichte ihn Daddy und sagte wieder: »Ruf an! Sofort.«

»Aber, Mama …«

Wortlos grapschte Meemaw nach dem Telefon. Sie sah mich an, holte tief Luft und wählte.

Wir hielten alle die Luft an, während wir darauf warteten, dass jemand am anderen Ende abnahm und meine Gebete erhört wurden.

Nach einer Weile, die mir wie eine Ewigkeit erschien, streckte sich Meemaw ein bisschen und fragte: »Spreche ich mit Mrs Calhoun?«

Sie schaute zu mir herüber und nickte.

»Suchen Sie einen entlaufenen Sheltie, Mrs Calhoun?«

Meemaw setzte sich auf die Couch und schloss die Augen, während sie lauschte. Ich setzte mich neben sie.

Sie holte tief Luft und hielt meine Hand ganz fest. »Mrs Calhoun, ich bin Agnes Whistler, wohne mit meiner Familie in Harmony Gap, North Carolina, und ich habe Ihnen eine Geschichte zu erzählen.«

38 Tam

Tam ging am langen Schatten eines hohen Berges vorbei. Die Spitzen der *Black Mountains* durchbohrten die weißen Wolken, die auf den Schultern des Gebirges ruhten, wie Haifischzähne.

Es war Ende April. Tam hatte in einem halben Jahr über fünfhundert Kilometer zurückgelegt. Er war fast ertrunken, von einem Bären gejagt, von einer Präriewölfin geliebt, von einem Mann angeschossen und von einer guten alten Frau gesund gepflegt worden. Er hatte mit einem Adler um ein Kaninchen gekämpft und die furchtbare Kälte und den Schnee eines Winters in den Bergen überlebt. Das hatte er alles, ohne zu zögern, getan, weil er wusste, dass er zu seinem Mädchen heimkehren musste.

Doch Tam war nicht mehr der Sheltie, den Abby kannte. Verschwunden war das glänzende Fell, das sie gebürstet hatte, bis es funkelte. Verschwunden waren auch der kräftige, robuste Körper und der schwerelose, stolze Gang. Unter seinem schmutzigen, struppigen Pelz waren die Knochen zu sehen. Dreck und Dornenbüsche hatten das Fell zerfetzt und zu viele Tage ohne Futter hatten es stumpf gemacht. Aber das monatelange Herumstreunen hatte ihm die Sinne geschärft. Er war nun schlau wie ein Fuchs.

Tam wusste genau, wo er sich schlafen legen musste, um vor dem kalten Wind geschützt zu sein, oder wie er unter dem Schnee und der Erde auf etwas Lebendes lauern konnte, um es zu töten und zu fressen. Er hatte am eigenen Leib erfahren, dass er Stachelschweinen, Stinktieren und den meisten Menschen besser aus dem Wege ging. Er war zu einem beinah wilden Hund geworden, und nur weil er sein Mädchen liebte und von seinem Zuhause träumte, war er noch ein Hund, der jemandem gehörte.

Die Sonne wärmte Tams schlimme Schulter. Er hatte haltgemacht, um sich auf einem warmen niedrigen Felsen auszuruhen. Der Wind huschte fein wie Seide durch die dünnen Kiefernnadeln. Sehr hungrig schaute Tam auf eine Wiese. Er senkte den Kopf auf die Pfoten und seufzte.

Als er die Augen schließen wollte, hörte er eine Bewegung im Gras. Er richtete ein Ohr auf das Geräusch. Seine Nase zuckte. Langsam, ganz vorsichtig hob Tam den Kopf. Es war kein großes Kaninchen, aber es war größer als alles, was Tam seit langem gefressen hatte. Das Wasser lief ihm im Maul zusammen, und sein Bauch verkrampfte sich.

Zentimeter um Zentimeter richtete er sich langsam auf.

Der Wind trug seinen Geruch in eine andere Richtung. Nichts anderes existierte in diesem Moment für Tam als das Kaninchen und der Abstand zwischen ihm und der Beute.

Das Kaninchen senkte den Kopf, um an dem frischen, grünen Gras zu knabbern, und wandte Tam den Rücken zu. Der Sheltie sprang von seinem felsigen Ausguck und packte das hintere Ende des Tieres mit den Vorderpfoten.

Doch das Kaninchen war nach dem langen Winter schlau und schnell. Es wand sich aus den Pfoten des Fängers und sauste ins Dickicht.

Tam rannte durch Sträucher und Heidekraut hinter seiner Beute her. Diese sprang aus dem Gestrüpp und stürmte in das Labyrinth aus Rhododendronbüschen. Tam behielt sein Tempo bei. Es war fast wie früher beim Hindernislauf, als er die Stangen umrundet hatte. Auf die Geschwindigkeit und Kontrolle kam es an! Tam wand sich schnell und leicht wie Wasser in einem steinigen Bach.

Die Sonne schien durch eine Öffnung im Rhododendron. Das Kaninchen, das Tam um Sekunden voraus war, rannte darauf zu, schlug einen Haken nach links und verschwand.

Tam raste ins Sonnenlicht. Die Luft roch nach heißem, süßem Blut. Tam kam schlitternd zum Stehen. Das Kaninchen, *sein* Kaninchen, hing wie ein Lappen aus der Schnauze einer großen Katze.

Der Rotluchs legte die Ohren an und knurrte mit vollem Maul. Tam erkannte, dass die Katzen, mit denen er zu Hause gelebt hatte, ganz anders waren. Diese hier war größer als er und voller Hass. Sie musterte ihn mit bösen dunklen Augen. Aber das Kaninchen war trotzdem seins!

Tam machte einen Schritt nach vorn und knurrte.

Der Luchs trat zurück. Moosbedeckte Felsen hinter ihm und an den Seiten schlossen ihn ein. Der Luchs schaute in die Höhe. Anderthalb Meter. Ohne das Gewicht des Kaninchens könnte er spielend hinaufspringen und dem Hund entkommen. Aber wenn er das Kaninchen fressen wollte, musste er einen anderen Ausweg finden.

Der Rotluchs ließ seine Beute fallen. Er hatte erst vor kurzem gefressen. Er fauchte und knurrte den Hund an und machte sich für den Sprung auf den Felsen bereit.

Tam hatte nie richtig verstanden, warum Katzen tun, was sie tun. Sie waren ihm immer ein Rätsel gewesen. Als die Katze das Kaninchen fallen ließ und anschließend fauchte und knurrte, sprang Tam nach vorn und packte zu.

Der Rotluchs drehte sich blitzschnell um und schlug mit seinen langen Krallen auf den Hund ein.

Feuer raste durch Tams Gesicht. Er jaulte und schnappte nach der Katze.

Ein noch kräftigerer Hieb des Luchses schlug Tam zu Boden. Er schrie vor Schmerzen, seine Sicht war rot und verschwommen. Er stand auf und schüttelte den Kopf. Blut spritzte auf die Felsen und Blätter. Er schaute sich nach der Katze um, aber sie war verschwunden. Und das Kaninchen auch.

Tam wimmerte und strich sich mit der Pfote übers Gesicht. Leuchtend rotes Blut hatte seine weiße Pfote besudelt. Er hatte noch nie solche Schmerzen verspürt.

Mehrere Tage lang ging Tam weiter nach Süden. Die tiefen Wunden eiterten. In einem Auge pochte es.

Er versuchte nicht mehr, Futter zu finden. Wenn seine Beine nicht mehr weiterwollten, schaute er nach einem Unterschlupf. Er trank, wenn er das Fieber in seinem Körper nicht länger ertragen konnte. Es gab nur noch eines, das Tam vorantrieb: der Instinkt, nach Hause zu gehen.

In den ersten Tagen legte er viele Kilometer zurück. Aber am fünften Tag schaffte er nur ein kurzes, schmerzvolles Stück. Sein Kopf hing tief und leblos, doch Tam folgte weiter dem Weg nach Süden.

Er kletterte die steinigen Pfade zu den heidebedeckten Höhen hinauf. Von unten drang das Geräusch von Schneepflügen herauf, die den letzten Schneematsch von der Hochstraße schabten. Bald war der *Parkway* wieder befahrbar.

Tam stand auf dem felsigen, baumlosen Bergrücken und blickte mit seinem gesunden Auge nach Süden, auf das endlose Meer von Bergen, die sich vor ihm aufreihten. Er schwankte. Mit letzter Kraft kratzte er sich eine Kuhle im Dickicht des Lorbeergestrüpps auf den Blaubeerbeeten zurecht. Er konnte nicht weiter. Er rollte seinen fieberheißen Körper zusammen und schlief ein.

39 Abby

Sobald wir in der großen Pause herausdurften, packte ich Cheyenne am Arm. »Ich muss mit dir reden«, sagte ich und hielt sie fest.

Wir gingen zu den Bäumen hinüber, weg von den anderen, die Völkerball spielen wollten. Ich fuhr mit der Zunge über meine Lippen und schluckte. »Ich habe dir doch von Tam erzählt, meinem Hund, den ich verloren habe?«

Sie runzelte die Stirn. »Ja, hast du.«

Ich redete sofort drauflos und erzählte ihr von dem Zettel in Daddys Auto, dass Meemaw eine Mrs Calhoun in Galax angerufen hatte und dass diese Frau an einem Bach in der Nähe ihres Hauses einen kleinen Hund gefunden hatte.

»Wegen seines rotbraunen Fells dachte sie zuerst, es sei ein Fuchs, der sich verletzt hat«, sagte ich. »Und deshalb bin ich sicher, dass der Sheltie, den sie gefunden hat, Tam war. So ein Fell haben Shelties nur selten. Die Frau hat sogar gesagt, dass er auf dem Kopf einen weißen Fleck hatte, der wie ein Stern aussah.«

Ich erzählte Cheyenne auch, dass Mrs Calhoun ihn gesund gepflegt hatte und dass er, wie sie sagte, der klügste Hund und beste Freund gewesen sei, den sie je hatte.

»Da wusste ich, dass es nur Tam gewesen sein konnte.« Dann fügte ich leise hinzu: »Sie hing an ihm.« Und versuchte, mir die Tränen zu verkneifen.

»Und wieso ist er dann weggelaufen?«

Ich erklärte Cheyenne, dass die Frau einen Herzanfall bekommen hatte, ihr Sohn sie auf dem Fußboden fand und Tam dann weggescheucht hatte. »Tam hatte bestimmt furchtbare Angst«, schluchzte ich. »Sie war über eine Woche lang im Krankenhaus. Seitdem versucht sie, ihn zu finden. Sie ist völlig fertig deswegen.«

»Und das Ganze ist im Februar passiert?«

»Am 20. Februar, um genau zu sein.«

Cheyenne versuchte zu pfeifen, aber sie kann es einfach nicht. »Und wo, glaubst du, ist er jetzt?«

Ich schaute nach Norden und sagte: »Auf dem Weg nach Hause.«

Darüber hatten sich Mama und Daddy wieder mal heftig in der Wolle gehabt: Wo war Tam hingelaufen und wie standen die Chancen, ihn nach zwei Monaten wiederzufinden?

Daddy meinte, Tam sei auf dem *Blue Ridge Parkway* in Richtung Süden. Mama sagte, es sei nur ein Zufall, dass sich der *Parkway* in der Nähe von Galax befinde, weshalb es keineswegs sicher sei, dass Tam da entlangliefe.

»Von dort aus sind es immer noch dreihundert Kilometer bis Asheville«, sagte Mama. »Er kann überall sein, wenn er überhaupt noch lebt.«

»Du hast schon mal gedacht, dass er tot ist«, sagte ich, »und es hat nicht gestimmt.«

Mama strich mir über die Wange. »Ich weiß, Abby, aber das ist schon Monate her. Ich will nur nicht, dass du dir Hoffnungen machst und dein Herz dann wieder bricht.«

»Aber ich habe die Hoffnung *nie* aufgegeben, Mama! Ich weiß, dass er nach Hause kommt.«

Wieder hatte sich Meemaw eingemischt und die Wogen geglättet. »Das Kind hat Recht, Holly«, sagte sie. »Tam ist auf dem Weg zurück.«

Mama zog mich an sich und sagte streng: »Bei allem Respekt, Agnes, sag so etwas nicht, wenn du es nicht wirklich weißt!«

»Das ist so sicher wie das Amen in der Kirche«, sagte Meemaw.

Cheyenne nickte in der hellen Frühlingssonne. »Deine Großmutter hat Recht. Er ist auf dem Weg zu dir, genau wie Lassie im Film.«

Ich ging auf und ab. Ich war so angespannt wie die Saiten von Daddys Geige. »Aber wo kann er jetzt sein?«, murmelte ich. »Es stimmt, was Mama sagt: Mrs Calhoun hat ihn vor *Monaten* verloren!«

Miss Bettis blies auf ihrer silbernen Trillerpfeife, was bedeutete, dass die Pause vorbei war. Ich wollte nicht in die blöde Schule zurück. Ich wollte, dass mir Flügel wuchsen und ich bis nach Virginia fliegen und Tam suchen könnte.

»Abby Whistler«, sagte Cheyenne, die Fäuste in die Taille gestemmt, und sah mich stirnrunzelnd an. »Wenn *du* nicht weißt, was zu tun ist!«

»Was denn?«, fragte ich.

»Schau in den Atlas!«, sagte sie.

»Habe ich schon gemacht«, sagte ich. »Aber zwischen Galax, Virginia, und Harmony Gap ist eine Menge *Terra incognita.*«

Sie lächelte. »Ja, aber du hast eine Geheimwaffe.«

»Und die wäre?«

»Das Zweite Gesicht, Abby.«

»Ich weiß nicht, ob ich es auch habe«, sagte ich seufzend.

Es schellte. Cheyenne schüttelte den Kopf. »Du musst dir selbst vertrauen!«

Zwei Tage später bekam ich einen Riesentipp von Olivia.

»Abby«, sagte sie, als ich den Hörer abnahm, »ich habe ganz wichtige Neuigkeiten. Es geht um Tam.« Ich hatte ihr gleich nach dem Gespräch mit Mrs Calhoun geschrieben.

Ich konnte kaum reden, weil mein Herz in meinen Hals hüpfte. »Was ist passiert?«

»Ich habe im Haus deiner Großmutter den Anrufbeantworter abgehört, was sie ja wollte, und …«

»Mann, Olivia«, sagte ich, »was gibt's?«

Ich hörte, wie sie tief Luft holte. »Ein Tierheim in Blowing Rock, North Carolina, hat angerufen. Sie haben Tam.«

Ich fiel fast in Ohnmacht. »Sie haben Tam?«, wiederholte ich und fing an zu schluchzen.

Mama und Daddy kamen in die Küche gerannt. »Was ist?«, fragte Mama tonlos.

Ich sah sie an und grinste trotz meiner Tränen. »Ein Tierheim in North Carolina hat Tam!«

Daddys Kinnlade fiel ihm fast bis zu den Knien. Mama schnappte sich ein Stück Papier und einen Bleistift und drückte mir beides in die Hand.

Ich schrieb die Nummer auf. »Ich ruf dich zurück, sobald ich etwas über Tam rausgefunden habe«, sagte ich zu Olivia.

»Tut mir leid, dass ich die Nachrichten nicht früher abgehört habe, Abby. Vielleicht, wenn ich …« Ihre leise Stimme verhallte.

Ich hätte in diesem Moment so gern durch die Leitung gegriffen und Olivia umarmt. »Olivia Marie McButtars, du bist die allerbeste Freundin!«

»Danke, Abby, du auch.«

»Ich rufe dich sofort zurück, wenn ich mehr weiß.«

Mama wählte die Nummer des Tierheims für mich. Meine Hände zitterten so sehr, dass ich es nicht schaffte. Sie reichte mir den Hörer.

Es klingelte einmal, zweimal …

Bitte nehmt ab! Bitte nehmt ab!, flehte ich.

Nach dem vierten Klingeln meldete sich endlich eine Frau. »Tierheim Watauga County. Hallo?«

»Ja«, sagte ich und hielt den Hörer fest an mich gepresst. »Ich bin Abby Whistler, und ich glaube, Sie haben meinen Hund. Tam.«

Mama und Daddy grinsten sich an.

Jedes kleine Fitzelchen meines Gehirns füllte sich mit einem Film – wir fuhren hin, ich lief durch das Gebäude, die Tür von Tams Zwinger ging auf und –

»Tut mir leid«, sagte die Frau. »Er ist nicht mehr da.«

»*Was?*«, sagte Cheyenne, als ich ihr am nächsten Tag das letzte Kapitel von Tams Geschichte erzählte.

Ich vergrub mein Gesicht in den Armen. »Ich kann es auch nicht glauben. Aber er ist wirklich vor zwei blöden, blöden Wochen weggelaufen.«

Cheyenne klopfte mit der Gabel an ihre Wange. »Das ist doch im Süden von Virginia, oder?«

Ich hob den Kopf. »Ja, in North Carolina.«

»Irgendwo beim *Blue Ridge Parkway?*«

Ich setzte mich gerader. »Ja, ganz in der Nähe.« Das

wusste ich, weil ich am Abend in Daddys Atlas nachgeschaut hatte.

Cheyenne nickte. »Du kommst nach der Schule mit zu mir. Es wird Zeit, dass sich Harley an die Arbeit macht.«

»Echt?«, fragte ich. »Du meinst, er würde mir helfen?«

Cheyenne legte den Kopf schräg. Die Sonne schien auf ihre schwarzen Haare. »Warum nicht? Er liebt Herausforderungen, vor allem wenn es um Landkarten geht. Außerdem bist du meine beste Freundin.«

Ich sah sie an und dachte an sie und Olivia und diese Mrs Calhoun – all die Leute, die mir und Tam geholfen hatten. Ich hatte immer geglaubt, dass mir Tiere lieber wären als Menschen. Aber wenn ich in diesem Moment hätte mit Tam reden können, hätte ich ihm gesagt, dass auch Menschen gute Freunde sein konnten. Und Tam hätte es verstanden, weil er immer alles verstand.

40 Tam

Drei Tage lang wusch ein kalter, beständiger Nieselregen die Berghänge und wechselte sich mit dicken Nebelschwaden ab. Nebel und Regen glitten durch Tams Träume, und ab und zu trieb ihn der Durst aus seinem Unterschlupf im Gebüsch. Er hinkte zu einer kleinen Vertiefung im Granit, in der sich Regenwasser sammelte. Tam trank genug, um das Fieber in seinem Körper zu kühlen. Dann kehrte er zu seinem Lager zurück und träumte weiter.

Am vierten Tag weckte ihn ein Geräusch. Tam hob den Kopf und spähte in den Nebel. Er wimmerte, weil ihm das Gesicht immer noch wehtat. Trotzdem starrte er in die Richtung, aus der die Laute gekommen waren. Da war etwas: eine vertraute Gestalt am Rand des Nebels. Mühsam kroch Tam unter dem Gestrüpp entlang und suchte nach einem Geruch – es roch nach Hund, aber nicht ganz. Es war ein Duft, den er mit Gesellschaft und Sicherheit verband. Es war der Duft seiner Freundin, der kleinen Präriewölfin.

Tam wedelte mit seinem schmutzigen Schwanz und wimmerte eine Begrüßung. Sein Herz war voller Freude.

Die Präriewölfin wedelte mit ihrem schönen, buschigen Schwanz. Ihre bernsteinfarbenen Augen glänzten. Sie kam näher und lockte ihn. Dann verschmolz sie mit dem Nebel.

Tam folgte der Präriewölfin, die kaum noch zu sehen war, über die steinige Heide. Wenn er zögerte oder stehen blieb, tauchte sie still aus dem Nebel auf. Dann setzte Tam stöhnend seinen Weg fort. Bei ihr zu sein und die Sicherheit und Wärme ihres Körpers zu spüren würde ihm genügen.

So führte sie ihn den Berg hinunter. Bei Einbruch der Nacht erreichte Tam völlig erschöpft den Picknickplatz des Besucherzentrums und machte sich unter einem breiten Rhododendron ein Lager zurecht. Die ausladenden Zweige bildeten einen Tunnel. Und der Geist der kleinen Präriewölfin glitt in Tams Träume zurück.

Sobald die Hochstraße wieder freigegeben war, fuhren ein Mann und seine Tochter, wie in jedem Frühjahr, den *Blue Ridge Parkway* entlang. In manchen Jahren hüllten die Lorbeer- und Rhododendronbüsche die Berge und Hochebenen in eine weiß-rosarote Decke. Aber es kam auch vor, dass der Mann und seine Tochter durch Schnee waten mussten. Im Spätsommer füllten der Mann, seine Frau und seine Tochter Milchflaschen mit Blaubeeren. In diesem Jahr lagen verkrustete Schneehügel am Rand der vor kurzem geräumten Straße. Schnee häufte sich immer noch an den schattigen Stellen im Wald.

»Ich weiß nicht, ob es sich heute gut wandern lässt, Emma«, sagte der Vater und schaute angestrengt aus dem Autofenster in den Nebel.

»Jedenfalls sieht es nicht nach Frühling aus«, sagte das Mädchen.

Sie fuhren langsam und schweigend den *Parkway* hinauf. Dann bogen sie auf den Parkplatz des Besucherzentrums von *Craggy Gardens* ab. »Lass uns reingehen. Vielleicht kriegen wir eine heiße Schokolade«, sagte der Vater.

»Seit wann ist die Straße wieder befahrbar?«, fragte er die Frau in Parkwächteruniform hinter dem Tresen.

»Noch nicht lange«, sagte sie. »Es war ein strenger Winter hier oben und der schlimmste April, den ich je erlebt habe. Ich dachte, es würde nie aufhören zu schneien. Wie ich gehört habe, wollen sie die Straße weiter oben erst in zwei Wochen freigeben.«

Die Frau reichte zwei Plastikbecher mit dampfendem Kakao über den Tresen.

Der Mann blies in seinen Becher, um den ersten Schluck zu kühlen. »Wie hoch können wir?«

»Bis zum Aussichtspunkt über den Wasserfällen ist die Straße geräumt, aber ich würde Ihnen nicht raten, so weit zu fahren. Nach allem, was wir in den letzten drei Tagen hier unten erlebt haben, ist die Straße wahrscheinlich die reinste Schlittschuhbahn.«

Der Vater legte eine Hand auf Emmas Schulter. »Tut mir leid, Schatz. Dann wird es dieses Jahr wohl nur ein kleiner Ausflug. Aber wir können wenigstens kurz Picknick machen, bevor wir zurückfahren.«

Emma und ihr Vater saßen auf einer Lichtung hinter dem Haus und aßen ihre Schinkenbrote. Auf einem Ast über dem Picknicktisch hockte eine Krähe und sah ihnen dabei zu. Ein Kaninchen duckte sich unter einem Busch. Die Ohren waren wachsam aufgerichtet, die Nase zuckte.

»Der Nebel ist dick wie Erbsensuppe«, sagte der Vater.

»Wie Mamas Bohnensuppe«, meinte Emma.

Die hohe, ferne Stimme eines Mädchens weckte Tam. Sie kam durch den Nebel, begleitet von der tieferen Stimme eines Mannes.

Tam hob den Kopf und lauschte. Der dichte Nebel hinderte den Wind, ihm Gerüche herüberzuwehen. Aber die Erinnerungen an sanfte Hände, hohes grünes Gras, eine Stelle am Bach, ein warmes Bett und einen vollen Futternapf schlugen über Tam zusammen. Zitternd vor Anstrengung und Hoffnung rappelte er sich auf und folgte den Stimmen.

»Schau mal, Dad!«, sagte Emma und zeigte auf den Tunnel im Rhododendron am Ende der Wiese.

Der Mann kniff die Augen zusammen und blickte

durch den Nebel in die Richtung, in die seine Tochter gedeutet hatte. Ein kleines Tier schritt auf sie zu.

»Was ist das, Dad?«, fragte Emma.

Er beugte sich vor. Als das Tier auf die Lichtung trat, sah er ein rotbraunes Fell, eine weiße Brust und einen zuckenden Schwanz mit weißer Spitze.

Der Mann berührte den Arm seiner Tochter. »Sieht aus wie ein Fuchs, oder?«

Das Mädchen blinzelte. »Ja, so ähnlich, aber ziemlich mager.«

Das Tier torkelte ihnen entgegen.

Ohne den Blick von ihm zu wenden, sagte Emmas Vater: »Du hast Recht. Es scheint in schlechter Verfassung zu sein.«

Emma riss ein Stückchen Schinken von ihrem Sandwich ab. »Vielleicht sollte ich ihm was geben.«

Tam wimmerte und machte noch einen Schritt.

Der Mann runzelte die Stirn. »Nein, Schatz«, sagte er, »er sieht krank aus. Vielleicht ist er gefährlich. Ich glaube, wir verschwinden lieber.«

»Aber Daddy …«

»Komm, gehen wir, Emma! Wir sagen der Frau Bescheid. Sie sollte wissen, was los ist.«

Tam beobachtete, wie das Mädchen aufstand und wegging. Er wimmerte und versuchte, ihm zu folgen. Er war so weit gelaufen, um es zu finden, und jetzt verließ es ihn.

So sollte es ganz und gar nicht sein. Sein treues Herz brach in tausend Stücke.

»Er folgt uns«, sagte der Mann. »Mit dem stimmt echt etwas nicht.« Er packte seine halb leere Coladose und warf sie nach Tam. »Hau ab!«

»Daddy, nicht!«

Die Dose prallte mit einem Knall von einem Felsbrocken ab. Tam erstarrte. Der Mann brüllte wieder. Erinnerungen – berstendes Glas, übel riechende Flüssigkeiten, der Knall eines Gewehrs, der schreiende Mann im Haus der alten Frau – überwältigten ihn. Er drehte sich um und lief in den Nebel und die Schatten hinein.

Lora Jean Graham, die Parkwächterin, blickte auf, als der Mann die Tür öffnete. Er zeigte mit dem Daumen nach hinten und sagte: »Meine Tochter und ich haben gerade einen Fuchs im Picknickbereich gesehen.«

Die Frau lächelte. »Ja, wir sehen ab und zu welche. Sie tun nichts.«

»Er war aber ziemlich aggressiv. Und er sah krank aus. Sie müssen ihn einfangen. Vielleicht ist er gefährlich.«

Lora Jean runzelte die Stirn. In all den Jahren, in denen sie hier oben gearbeitet hatte, war ihr kein einziger aggressiver Fuchs begegnet. »Wir hatten noch nie ein Problem mit Füchsen. Sie können natürlich Recht haben –

vielleicht ist er krank oder verletzt. Sobald ich eine Minute Zeit habe, rufe ich den Tierschutz an.«

Sie schaute aus dem Fenster, als die Rücklichter des Autos im Nebel verschwanden. Dann ging sie die kurze Strecke bis zum Picknickplatz. Der Mann und seine Tochter hatten Essen auf dem Tisch liegengelassen. Sie schüttelte den Kopf und räumte den Abfall weg. Kein Wunder, dass ein Fuchs vorbeikam.

Die Sonne durchbrach den Nebel. Das Glitzern der Coladose lockte die Krähe. Sie flog vom Ast der Hemlocktanne und pickte fröhlich an der Dose herum.

»Meine Güte, was ist *das* denn?«, murmelte die Frau.

Als sie sich bückte, um die Dose aufzuheben, bemerkte sie kleine Pfotenabdrücke in der feuchten Erde. Sie sahen frisch aus. »Könnte wirklich ein Fuchs gewesen sein«, sagte sie zu der Krähe. »Die Größe stimmt in etwa.« Etwas Nasses und Dunkles glänzte im Gras neben den Spuren. Sie berührte es mit dem Finger. Blut.

41 Abby

»Mann!«, rief Harley und pfiff. »So etwas habe ich ja noch nie gesehen!«

Er und Cheyenne sahen sich meine Tam-Karte an. Am Abend davor hatte ich eine große Rolle Butterbrotpapier aus der Küche geholt und die letzten Monate, vom Hindernislauf bis zum heutigen Tag, skizziert. Ich zeichnete alles, was wir getan, gesehen, gehört und gefühlt hatten. Ich malte meine Ängste und Hoffnungen und sogar alles, was ich über Tam geträumt hatte. All diese Dinge waren in mir wie kreuz und quer verlaufende Tierspuren im Schnee. Also zeichnete ich alles auf. Es war die größte und längste Landkarte, die ich je gemalt hatte.

Aber ich war auch schlau gewesen. Neben jede Zeichnung hatte ich nämlich alle Daten und den genauen Ort notiert. Ich hatte sogar eingetragen, wie das Wetter war, wenn ich es wusste. Es war schwer gewesen, dies alles einzutragen, aber ich hatte es für Tam getan.

»Ich komme mir vor wie ein Vogel, der vom Himmel herab auf jedes kleine bisschen, das passiert, herunterschaut«, sagte Cheyenne.

Harley klatschte in die Hände. »An die Arbeit!«

Er tippte mit dem Finger auf die obere Ecke. »Du hast ihn also am 24. Oktober verloren«, sagte er und gab das Datum ein. Dann schaute er auf seine todschicke Armbanduhr. »Und heute ist der 30. April.« Er tippte das Datum ein.

Cheyenne und ich guckten ihm über die Schulter, während er die Informationen in sein tolles Kartenprogramm eingab. Er murmelte vor sich hin. »Muss das GPS einblenden« und »Geschwindigkeit pro Höhenmeter berechnen«.

Am Ende lehnte er sich zurück und drückte auf »Drucken«. Sekunden später spuckte sein Drucker eine richtige Landkarte aus. In Farbe!

»Hier hast du sie«, sagte er und reichte mir den Plan.

Ich sah ihn an und schüttelte den Kopf. »Was heißt das?«

Harley seufzte. Er nahm mir die Karte wieder ab und strich sie auf dem Schreibtisch glatt. Mit einem roten Kugelschreiber malte er einen Kreis am unteren Ende. »Da«, sagte er und stieß den Kugelschreiber auf den roten Kreis. »Wenn meine Berechnungen stimmen, ist dein Hund da.«

»*Craggy Gardens?*«, fragte Daddy zum millionsten Mal und rieb sich den Nacken.

Ich schwenkte Harleys Karte in die Gesichter meiner Eltern. »Das hat Harley herausgefunden, und er ist ein echtes Genie, wenn es um Landkarten geht. Wenn er groß ist, will er Kartograf werden.«

Mama und Daddy tauschten einen ihrer Blicke aus.

»Und wir haben dabei eine Karte von mir benutzt, die beste, die ich je gezeichnet habe, und ihr behauptet doch immer, dass meine Landkarten perfekt sind.«

»Aber Abby«, sagte Mama, »die Karten beruhen doch nur auf Mutmaßungen. Ich gebe zu, es sieht aus, als ob er dem *Blue Ridge Parkway* gefolgt ist, aber wir wissen es nicht.«

Ich wollte schreien, holte aber stattdessen tief Luft. »Es sind nicht nur Mutmaßungen, Mama! Harley hat ein tolles Programm, mit dem er am Computer Landkarten erstellen kann. Es hat wahrscheinlich eine Million Dollar gekostet. Harley hat die genauen Daten von allen Orten eingegeben, an denen Tam gewesen ist. Es hat sogar berechnet, wie schnell Tam wahrscheinlich läuft. Und das Programm hat herausgefunden, dass Tam jetzt in *Craggy Gardens* ist.«

Mama seufzte.

Ich wandte mich Hilfe suchend an Daddy. »Daddy, können wir nicht rauffahren und nachschauen? Das Besucherzentrum von *Craggy Gardens* ist das einzige in der Gegend. Ich weiß einfach, dass wir ihn finden werden. Wir könnten morgen gleich los und ...«

»Das ist sehr hoch oben, meine Süße, und wir haben

nächste Woche eine Menge zu tun.« Er sah Mama an und lächelte schief. »Deine Mama und ich haben morgen einen wichtigen Termin. Vielleicht können wir am Wochenende rauf.«

»So lang können wir nicht warten!«, schrie ich. »Er versucht, nach Hause zu finden!«

»Abby«, sagte Mama, »wir können doch nicht einfach die Schule schwänzen und unsere Arbeit im Stich lassen, nur weil ein Computer vielleicht Recht hat und Tam dort oben ist.«

»Mama, bitte!«, flehte ich.

Sie strich mir die Haare aus dem Gesicht. »Ich sage dir etwas: Wir suchen die Nummer des Besucherzentrums im Internet und rufen dort an. Wir können die Leute bitten, nach ihm Ausschau zu halten.« Sie sah mir in die Augen. »Okay?«

»Wir können ihnen sogar ein Bild von Tam faxen«, sagte Daddy, als sei das die beste Idee aller Zeiten.

Was nicht stimmte. Die einzig beste Idee aller Zeiten war die, dass ich zu Tam gelangen musste. Irgendwie.

42 Tam

Am nächsten Morgen schloss Lora Jean Graham die Tür zum Besucherzentrum auf, als die Sonne die Spitze der fernen Berge berührte. »Scheint ein schöner Tag zu werden«, sagte sie zu der Krähe, die auf dem Hartriegelstrauch saß.

Lora Jean goss Wasser in die Kaffeemaschine und machte auch Wasser heiß für Kakao. Dann rief sie den Tierschutzverein an. Sie bezweifelte, dass der Fuchs, den der Mann gesehen hatte, gefährlich war. Aber vielleicht war er krank oder verletzt, und sie hatte eine Schwäche für Füchse. Das Beste wäre, ihn einzufangen und zu behandeln.

Kaum eine Stunde später kam Percy Woods hereingestapft und rieb sich die Hände. »Wieder ordentlich kalt geworden«, brummte er. »Der verflixte Frühling kann sich wohl nicht entscheiden, ob er kommen will oder nicht.«

Die Frau reichte ihm einen Becher dampfenden Kaffee.

»Danke vielmals, Lora Jean.«

Sie lächelte. »Kein Problem, Percy. Hast du mir eine Falle mitgebracht?«

Percy nickte. »Ich habe die Falle und den Köder im Wagen.«

Lora Jean zog ihren Mantel an. »Trink aus, dann stellen wir die Falle auf.«

Als sie auf die Tür zusteuerten, klingelte das Telefon. Die Frau seufzte. Ein Anruf so früh am Morgen konnte nur eines bedeuten: Ihr Vorgesetzter hatte mal wieder eine Superidee!

»Setz dich, Percy, ich bin gleich wieder da.«

Aber es war nicht ihr Vorgesetzter.

»Nein«, sagte Lora Jean und zog die Stirn in Falten. »Ich habe keinen Hund gesehen. Wir haben immer noch schlechtes Wetter und auch erst seit ein paar Tagen wieder geöffnet.«

»Ein Tierheim in Blowing Rock hatte ihn?«

Lora Jean nickte beim Zuhören. »Bei allem Respekt – das ist doch ziemlich weit weg und von Blowing Rock bis zu uns ist das Gelände sehr rau.«

Sie nahm sich einen Stift und ein Stück Papier. »Ja, Mrs Whistler, ich habe etwas zum Schreiben.« Sie notierte eine Nummer. »Ja, ich werde nach ihm Ausschau halten«, sagte sie. »Aber ich glaube wirklich nicht …«

Sie sah Percy an und verdrehte die Augen. »Ja, mache ich. Und ich sehe mir das Fax an. Auf Wiederhören.«

»Irgendwelche Leute in Nashville haben im Herbst auf dem *Parkway* oben in Virginia ihren Hund verloren. Und aus irgendeinem Grund glauben sie, dass er hier durch die Gegend läuft«, sagte Lora Jean und ging zur Tür.

Percy schüttelte den Kopf. Seiner Meinung nach schätzten die Leute die Intelligenz ihrer Haustiere viel zu hoch ein. »Kein Hund hätte es im Winter bis hierher geschafft.«

»Ich habe versucht, ihr das zu erklären«, sagte Lora Jean. »Aber du weißt doch, wie Stadtmenschen sind.«

Lora Jean zeigte Percy die Stelle, an der der Mann einen Fuchs gesehen haben wollte.

»Hast du Spuren entdeckt?«, fragte er.

»Ja«, sagte sie und deutete auf die Erde, »ich habe auch Blut gesehen und rote Haare am Busch hier drüben.«

Percy stellte die Falle auf und legte einen Köder hinein.

Dann streckte er sich und sah die Krähe an, die auf dem Hartriegel saß. »Einen gesunden Fuchs wirst du nicht erwischen, aber irgendwas anderes schon. Ich lass dir jedenfalls noch weitere Köder da.« Dann kletterte Percy in seinen Truck. Schneeregen prasselte an die Windschutzscheibe. »Ruf mich an, wenn tatsächlich ein Fuchs kommt. Ich bin sofort da. Wenn du einen fängst, ist er krank. Ich will nicht, dass du damit rumspielst.«

Lora Jean Graham legte zwei Finger an ihren Hut. »Ja, *Sir*, Mr Woods!«

Tam hörte Stimmen. Er hob den Kopf und lauschte, aber die Stimmen kamen nicht näher. Als sie sich wieder entfernten, legte er den Kopf auf die Pfoten und schlief weiter. Das Fieber in seinem Körper tauchte ihn in tiefen Schlaf. Er roch nicht einmal das frische Fleisch in der Falle, die keine zehn Meter von ihm entfernt stand. Er hörte auch den wütenden Schrei des Waschbären nicht, als die Falle zuschnappte.

Lora Jean wischte die letzten Kaffeetropfen vom Tresen und machte sich bereit, das Zentrum zu schließen. Sie zog den Mantel an und setzte ihre Mütze auf. »Ich schau besser mal nach der Falle«, sagte sie zu sich selbst.

Der Waschbär spuckte und fauchte die Frau an. »Tut mir leid, Kleiner«, sagte sie und zog an der Schnur der Falltür. »Sch! Mach, dass du nach Hause kommst!« Sie legte einen neuen Köder in den kleinen Käfig. Die Krähe gluckste im Baum. »Wenn das so weitergeht, fange ich als Nächstes wohl ein Opossum«, sagte die Frau.

In der Nacht wurde es im Tunnel des Rhododendrons ziemlich lebhaft. Alle möglichen Nachttiere wuselten herum. Kleine Pfoten trippelten und huschten an Tams Nase vorbei. Aber er hob nicht den Kopf, um nach ihnen zu schnappen. Fieber und Hoffnungslosigkeit trübten seine braunen Augen. Tam war inzwischen so hungrig, dass er es nicht einmal merkte. Er spürte auch nicht, wie durstig er war. Ihm war alles egal. Sein Körper und sein treues Herz, die so viel Schlimmes ertragen hatten, versagten.

43 Abby

Als ich Cheyenne am Sonntagabend anrief, sagte ich nicht einmal *Hallo* zu ihr. »Du musst mir einen Gefallen tun, Cheyenne! Einen ganz großen Gefallen.«

»Und der wäre?«

»Du musst morgen nach der Schule bei uns anrufen und Meemaw sagen, dass ich mit dir nach Hause gehe«, sagte ich.

Cheyenne lachte. »Okay. Das haben wir doch schon tausendmal gemacht. Das ist doch keine große Sache.«

Ich fuhr mir mit der Zunge über die Lippen. »Und du musst fragen, ob ich bei dir übernachten darf.«

»Glaubst du im Ernst, dass dich deine Mutter an einem Schultag bei mir übernachten lässt? Das hat sie doch noch nie erlaubt.« Ich konnte direkt sehen, wie sie mich durch die Leitung fixierte. »Was hast du vor, Abby Whistler?«

Ich antwortete schnell: »Ich muss nach *Craggy Gardens* rauf und Tam suchen. Und zwar sofort, Cheyenne! Ich hatte in der Nacht einen schrecklichen Traum. Tam war in einem Tunnel gefangen und fast tot und …« Ich hatte das Gefühl, zu ersticken und konnte nicht weiterreden.

»Und was machst du jetzt?«

»Ich gehe allein rauf. Gleich morgen früh.«

»Und dann?«

Ich wickelte das Telefonkabel um meinen Finger. »Mama und Daddy wissen nichts davon. Aber sie glauben mir nicht, wenn ich sage, dass es am Wochenende zu spät sein wird.«

»Aber …«

»Ich habe dich noch nie um etwas gebeten, Cheyenne. Aber kannst du wenigstens dieses eine Mal für mich lügen, damit ich einen Vorsprung habe?«

»Und wie willst du da rauf? Fahren kannst du ja nicht«, stellte sie sachlich fest.

Ich leckte mir wieder die Lippen. »Per Anhalter.«

Ich hätte schwören können, dass ich hörte, wie ihr die Kinnlade runterfiel.

»Aber Abby, das dauert mindestens drei bis vier Stunden mit dem Auto«, sagte Cheyenne ziemlich genervt. »Außerdem weißt du nicht, was für ein Spinner dich aufgabelt.«

»Du kannst es mir nicht ausreden!«, sagte ich bissig. »Ich muss es für Tam tun. Außerdem hast *du* doch immer gesagt, dass ich mir selbst vertrauen soll!«

Cheyenne lachte. »Ich wollte es dir gar nicht ausreden. Ich wollte nur sagen: Wieso per Anhalter fahren, wenn man eine Limousine hat?«

44 Tam

Lora Jean Graham behielt Recht. Als sie am nächsten Morgen in die Falle schaute, hockte ein Opossum in der Ecke. Sie seufzte: »Es ist hoffnungslos.«

Sie ließ das Tier frei und trug die Falle ins Gebäude zurück. Sie fragte sich, ob die Mühe sich lohnte, den Käfig mit einem neuen Köder wieder rauszustellen. Der Fuchs war sicher nirgends zu finden. »Na gut«, sagte sie. »Aller guten Dinge sind drei. Diesmal leg ich besonders viel Fleisch hinein.«

Sie stellte die Falle direkt vor den Eingang des Tunnels und sah sich die verschiedenen Spuren, die hinein- und herausführten, genauer an. Dann trat sie durch die Öffnung und schaute in die Zweige des Rhododendrons, die sich über ihr neigten und umarmten.

Lora Jean ging auf dem schattigen Weg weiter, bis sie ein Auto auf den Parkplatz fahren hörte. Sie seufzte, blickte noch einmal zurück und kehrte um. »Es wird Zeit, mich wieder an die Arbeit zu machen.«

Als sie an ihren Schreibtisch trat, warf sie einen Blick auf den Bildschirm des Computers. Ein winziges Umschlag-Icon blinkte und zeigte an, dass sie eine E-Mail bekommen hatte. »Von wem die wohl ist?«, murmelte sie und klickte das Icon an. Ein Hund mit rotbraun-weißem, langem Fell, glänzenden Augen und einem weißen sternförmigen Fleck auf dem Kopf blickte ihr entgegen. Unter dem Bild stand: *Er heißt Tam und hat einen Mikrochip. Wir wären dankbar für Ihre Hilfe. Holly Whistler.*

»Ein schöner Hund, das muss ich zugeben«, sagte Lora Jean und bewunderte das Foto von Tam. »Sieht aus wie ein kleiner Collie.«

Die Eingangstür flog auf. Genervt wirkende Eltern folgten einem Rudel lärmender, lachender Kinder. »Wir wollen Rehe sehen! Ganz schnell!«, verlangte eines der vier Kinder.

Lora Jean seufzte und klickte sich aus der E-Mail. Das konnte ja heiter werden!

Zum ersten Mal seit Tagen schien die Sonne kräftig und warm auf den Berg. Schmetterlinge schwärmten über den Lorbeer- und Rhododendronbüschen. Vögel sangen und plusterten sich auf. Ein Fuchs sonnte sich auf einem warmen Felsen und putzte seinen Schwanz.

Und auch zum ersten Mal seit Tagen fand das Licht der Nachmittagssonne Tam. Sie zog ihn aus seinem fieberheißen Schlaf und weckte eine Sehnsucht in ihm.

Es war Zeit. Er musste zu seinem Mädchen.

Mit allerletzter Kraft und Hoffnung rappelte er sich auf. Er machte zwei Schritte ins Sonnenlicht. Geschafft! Wenn er weiterlaufen könnte, würde er es finden, und alles wäre endlich, wie es sein sollte.

Er ging noch ein paar Schritte. Das Fieber raste durch seinen schmalen Körper, aber er achtete nicht darauf.

Dann passierte es: Seine Muskeln weigerten sich, ihn weiterzutragen. Seine Hinterbeine zitterten und sackten unter ihm zusammen. Er befahl ihnen, sich zu erheben. Aber sie wollten nicht.

Tam jaulte kläglich.

Es war doch Zeit! Er versuchte, wieder aufzustehen und kippte um.

Hätte ein Mensch beobachtet, wie dieser arme Hund sich Zentimeter um Zentimeter voranschleppte, dann hätte er sich gewundert, warum er das tat. Der Mensch hätte vermutet, dass es sein Selbsterhaltungstrieb war. Der Mensch hätte ja nicht ahnen können, mit wie viel Liebe das treue Herz des Hundes schlug.

Irgendwann konnte Tam nicht weiter. Er war schrecklich müde. Schnaufend lag er auf der Seite. Er stöhnte unter der Last der Enttäuschung, schaute noch einmal ins Sonnenlicht und schloss die Augen. Es ging nicht mehr.

45 Abby

Ich drehte mich auf dem Rücksitz der Limousine herum und sah, wie die hohen glänzenden Gebäude von Nashville winzig klein wurden.

Cheyenne zog die Stöpsel ihres iPods aus den Ohren und sagte: »Die Bullen sind nicht hinter uns her, Abby. Mach dir keine Sorgen!«

»Tu ich nicht«, sagte ich, machte mir aber doch welche. Ich hatte Angst, Mamas Pick-up oder Daddys Kleinbus mit blitzenden Scheinwerfern und lautem Gehupe hinter uns herrasen zu sehen.

Und ich hatte Angst, Tam nicht rechtzeitig zu finden.

Ich hörte Richard vorn etwas murmeln, das wie *blöde Idee* und *anscheinend bin ich der Einzige, der so schlau ist, sich Gedanken zu machen*, klang.

Ich hatte mich sehr gewundert, dass er bereit gewesen war, uns heimlich in die Berge zu fahren. Als ich Cheyenne fragte, warum, sagte sie: »Er hat mir Dusty geschenkt. Er liebt sie fast so sehr wie ich.«

»Und?«

»Und *du* hast ihr das Leben gerettet«, sagte sie. »Schon

vergessen? Außerdem glaubt er an das Zweite Gesicht deiner Großmutter.«

Ich nahm das Zopfende aus dem Mund. »Deine Eltern werden dich umbringen«, sagte ich.

Cheyenne gähnte und stemmte einen Fuß gegen den Fahrersitz. »Das ist okay. Ich war schon viel zu lang ein braves Mädchen. Ich muss sie auf Trab halten«, sagte sie und zwinkerte mir zu.

Wir starrten beide aus den Fenstern, während das lange schwarze Auto auf der Autobahn entlangsurrte. Harleys Landkarte lag zwischen uns.

»Und du?«, fragte sie. »Was werden deine Eltern tun, wenn sie rausgefunden haben, dass du abgehauen bist?«

Ich rieb Tams Halsband zwischen meinen Fingern. »Sie haben im Moment ganz andere Sorgen«, seufzte ich.

Eine von Cheyennes Augenbrauen hob sich. »Was für Sorgen?«

»Na ja, zwei Leute aus Daddys Band, Cue Ball und Jeb Stuart, sind wieder nach Harmony Gap gezogen. Sie haben gesagt, sie hätten Nashville satt und wollten lieber wieder da leben, wo sie sein durften, wer sie wirklich sind.«

Mein armer Daddy war stinksauer.

Ich senkte die Stimme und flüsterte: »Aber der größte Hammer ist« – ich schaute auf Richards Hinterkopf –, »dass Mama *schwanger* ist!« Ich konnte es selbst noch nicht glauben.

Cheyenne grinste. »Das erklärt natürlich vieles.«

Bevor ich fragen konnte, was sie meinte, sagte sie: »Und deine Großmutter? Hat sie geahnt, dass du Tam suchen willst?«

Ich musste daran denken, dass Meemaw kurz vorm Einschlafen noch gesagt hatte: »Beeil dich, Abby!«

Ich verkniff mir die Tränen. »Sie kennt mich anscheinend gut.«

Der Himmel verdunkelte sich, je mehr wir uns den Bergen näherten. Richard schaltete die Heizung ein. In North Carolina wehte uns eine starke Böe fast von der Straße. Sekunden später schlug ein Graupelschauer auf das Auto ein.

»Schau, Abby!« Cheyenne zeigte auf ein grün-weißes Schild.

»Asheville, vierzig Kilometer«, las ich vor.

Ich beugte mich nach vorn und sagte zu Richard: »Kurz vor Asheville sind Schilder, die den *Blue Ridge Parkway* anzeigen.«

»Und wie weit ist es dann noch?«, fragte er.

Ich schaute auf die Karte. »Etwa fünfzehn Kilometer.«

»Du lieber Himmel!«, sagte Richard, als die Scheibenwischer auf den Schnee hauten, der sich am Fenster sammelte.

Ich schloss die Augen und betete, es möge aufhören zu schneien, das Auto möge schneller fahren und Tam möge ausharren.

46 Tam

Tam rührte sich nicht.

Er rührte sich nicht, während die Tiere um ihn herum auf die Jagd gingen oder gejagt wurden. Er rührte sich nicht, als die Jungen unter den Blicken der ausgewachsenen Tiere spielten und die Alten von vollen Bäuchen und warmer Sommersonne träumten.

Er rührte sich auch nicht, als Wind und Schnee auf das Gelände von *Craggy Gardens* einschlugen, die Wipfel der Bäume nach unten bogen und das frische grüne Gras bedeckten.

Stattdessen träumte Tam von der Vergangenheit. Er träumte, dass er neben seinen Schwestern warme Milch trank und das Gesicht mit den Geschwistern an die Mutter drückte. Er träumte von warmen Mahlzeiten vor dem Ofen und einem weichen Bett. Er träumte vom Jagen mit einer jungen Präriewölfin, vom Geschmack nach warmem Blut und dem Knacken von Knochen. Er träumte von der sanften Stimme und den weichen Händen einer alten Frau.

Aber am häufigsten träumte er von seinem Mädchen. Jung und stark lief er über Wiesen und eine Hindernisstrecke entlang. Er wartete und schaute. Und wenn es Zeit war, kam das Mädchen an. Er flog in seine Arme und bedeckte sein Gesicht mit Küssen. Es wiegte ihn und trug ihn über Berge und breite Flüsse bis zu einer saftigen grünen Wiese. Das Klopfen seines Herzens war alles, was er brauchte.

47 Abby

Wir starrten wie vom Donner gerührt auf die Schranke.

»Unfassbar!«, rief Cheyenne zum dritten Mal. »Wie kann die Straße denn *gesperrt* sein?« Sie steckte den Kopf aus dem Autofenster. »Das kann doch nicht wahr sein! Also, echt – wir haben den dritten Mai! Es ist doch nur ein bisschen Schnee!«

Richard schüttelte den Kopf. »Es ist mehr als nur ein bisschen Schnee, Miss Cheyenne.«

Er hatte Recht. Die Temperatur musste um Tausende Grad gesunken sein. Auf der Straße lagen schon gute zehn Zentimeter Schnee und darunter war wahrscheinlich Eis.

Ich schlug die Hände vors Gesicht und presste sie fest auf die Augen, damit ich nicht weinte. Es war einfach nicht fair! Tam war so weit gelaufen, und wir hatten es bis hierher geschafft.

Ich spürte Cheyennes Hand auf dem Rücken. »Tut mir leid, Abby«, schniefte sie. »Wir fahren rauf, sobald das Wetter besser und die Straße freigegeben wird.«

Aber ich hörte nicht zu. Mein Hirn füllte sich mit Bildern von Tam. Tam, der von einem Fluss weggeschwemmt wurde. Tam, der fror und Hunger und Angst hatte. Tam, auf den jemand schoss, der von etwas Großem, Schwarzem gejagt wurde. Tam, der einen Kilometer nach dem anderen zurücklegte. Ich sah das alles klar vor mir. Immer war Tam auf dem Weg zu mir. Und jetzt war es Zeit, ihn nach Hause zu holen.

Ich stieß die Autotür auf und sprang in den Schnee. Der Wind riss mir fast die Haare vom Kopf, aber es war mir egal.

»Wir verschwenden Zeit!«, rief ich Cheyenne und Richard zu und duckte mich unter der Schranke, die die Zufahrt versperrte.

»Aber Abby!«, brüllte Cheyenne in den Wind. »Es sind zwölf Kilometer bis *Craggy Gardens*!«

»Und Tam ist sechshundert gelaufen!«, schrie ich zurück und lief schlitternd die Straße entlang.

Der Schnee brannte in meinen Augen und auf meinem Gesicht. Es kam mir vor, als würde ich einen Schritt vorwärtsgehen und zwei zurückrutschen. Dabei betete ich in einem fort: *Bitte lass mich nicht zu spät kommen!*

Ich habe keine Ahnung, wie weit ich im Schnee den *Parkway* hochlief. Ich setzte einfach nur einen Fuß vor den anderen, auch als ich meine Füße vor lauter Nässe und Kälte schon nicht mehr spürte.

Ich war gerade um eine Haarnadelkurve gelaufen, als der Schnee mir so heftig ins Gesicht wirbelte, dass ich fast nichts mehr sah. Plötzlich flog ich durch die Luft und landete hart auf dem Boden. Ich rappelte mich hoch und schaute mich um. Ein Ast lag mitten auf der Straße und ich hatte ihn nicht gesehen.

Bei meinem Sturz hatte ich mir die Hände aufgeschürft. »Ich muss weiter«, sagte ich mit klappernden Zähnen.

Ich machte einen Schritt und rutschte auf einer Eisfläche aus. »Nein, nein, nein!«, schrie ich in diesen abscheulichen Wind und Schnee hinein. Jeder Muskel meines Körpers tat weh. Aber ich hatte Daddys Stimme im Ohr. »Gib deinen Traum niemals auf, Abby!« Und dann hörte ich Meemaw sagen: »Beeil dich, Abby, beeil dich!«

Ich griff nach einem Ast und benutzte ihn als Stock, um auf dem Eis einen besseren Halt zu bekommen. Danach ging es ganz gut voran, bis …

Schnapp! Der Stock zerbrach und ich fiel in den Schnee. Ich versuchte, mich aufzurichten, rutschte aber wieder aus und landete auf meinem Handgelenk.

Dieses Mal kam ich nicht wieder hoch. »Hilf mir bitte, zu Tam zu kommen!«, betete ich laut. »Ich muss zu ihm!«

Dann hörte ich plötzlich ein Geräusch. Es war wie im Traum und nicht der Wind, der durch die Zweige fegte. Es war nicht der Schnee, der die Blätter schüttelte.

Ein Auto? Ich hielt den Atem an und lauschte so angestrengt, wie ich nur konnte.

Nein, es war kein einfaches Auto. Es war ein Kleinbus.

Ich richtete mich auf und schaute blinzelnd in den Schneesturm. Daddys alter VW-Bus kroch um die Haarnadelkurve und blieb neben mir stehen. Das Fenster auf der Beifahrerseite wurde heruntergerollt. Mama streckte den Kopf raus. »Abigail Andrea Whistler! Ich weiß nicht, ob ich dich umarmen oder erwürgen soll!«

»Es tut mir leid, Mama«, schluchzte ich. »Aber …«

Sie stieß die Tür auf. »Aber wir müssen einen Hund finden, also entscheide ich mich später.« Sie zog mich aus dem Schnee und in den Bus hinein. »Du musst Flügel gehabt haben, um bei diesem Wetter so weit zu kommen.«

»Oder eine Riesenmenge Willenskraft«, sagte Meemaw, die auf dem Rücksitz saß.

Und neben ihr saßen Cheyenne und Richard.

Richard lächelte und berührte den Schild seiner Fahrermütze. »Hallo, Miss Abby. Ich hoffe, du hast nichts dagegen, dass deine Familie uns aufgelesen hat?«

Ich platzte fast vor Glück und Dankbarkeit, sie zu sehen, und brachte nur »Nein, nein, Sir« heraus.

Keiner sagte ein Wort, als Daddy im Sturm weiterfuhr. Mama drückte mich an ihren warmen Körper, weil ich so zitterte, und legte eine Lamawolldecke um mich. Ich versuchte, mich nicht zu fest an ihren Bauch zu lehnen. Ich war mir zwar noch nicht im Klaren, was ich von einem Baby hielt, wollte aber demjenigen, der da drin war, nicht wehtun.

Endlich fuhren wir auf den Parkplatz des Besucherzentrums. Es war kein anderes Auto in Sicht, und das Büro war dunkel.

»Und jetzt?«, fragte Cheyenne.

Alle guckten mich an.

»Wir finden ihn«, sagte ich.

»Du lieber Himmel«, seufzte Richard.

Ich machte die Tür auf und kletterte ins Freie.

Und plötzlich kam die Sonne heraus, es hörte auf zu schneien und der Wind beruhigte sich. Es war, als hätte jemand an einem Schalter gedreht.

»Wir verteilen uns am besten und suchen«, sagte Daddy.

»Nein«, sagte Mama, »wir müssen zusammenbleiben, sonst geht vielleicht einer verloren.« Und schon ging die Diskussion wieder los.

»Was meinst du, Abby?«, fragte Cheyenne.

Ich verlor den Mut. Jetzt, wo wir da waren, hatte ich keinen Schimmer, was wir tun sollten. Ich sah Meemaw an. Sie nickte und sagte: »Vertrau deinem Gefühl, mein Kind!«

Ich schloss die Augen und versuchte mit aller Macht, nicht zu hören, wie Mama und Daddy sich stritten. Eine Krähe krächzte. Ich drehte mich in die Richtung, aus der die Laute kamen. »Hier lang!«, sagte ich.

»Ich habe öfter geträumt, dass Tam in einem Tunnel

steckt«, erklärte ich Cheyenne, als wir dem Geschrei der Krähe bis zu einer kleinen Wiese hinter dem Zentrum folgten.

Ich schaute mich um und versuchte, eine Stelle zu entdecken, an der Tam festsitzen konnte. Da waren Picknicktische, ein Abfalleimer und ein paar große Felsbrocken. Gegenüber standen hohe Rhododendronbüsche, deren mit Schnee beladene Zweige sich an den Spitzen berührten.

Plötzlich segelte eine große schwarze Krähe über meinen Kopf hinweg und landete auf den Zweigen. Sie schlug mit den Flügeln und krächzte.

Dann machte es bei mir *Klick*. »Ein Tunnel!«, schrie ich und packte Cheyenne an der Hand. »Die Krähe hockt über einem Tunnel!«

Ich legte die Hände an den Mund und holte tief Luft. »Tam! Komm her, Tam!«

48 Tam

Helle Töne rissen Tam aus der Tiefe seines fiebrigen Schlafs. Er schlug die Augen auf und blinzelte ins Licht. Die Schatten vor ihm erstreckten sich lang über dem schmelzenden Schnee. Langsam wurde ihm bewusst: Es war Zeit, Zeit für sein Mädchen.

Aber er war doch so müde. Er hatte sich solche Mühe gegeben, so lange Ausschau gehalten. Er wollte zurück an den warmen, sicheren Ort seines Schlafs. Tam schloss die Augen und senkte den Kopf.

Dann hörte er es wieder, jetzt näher. Er öffnete die Augen. Hoffnung flatterte in sein Herz und richtete ihn auf. Langsam erhob er sich, stand auf den Beinen und schwankte.

»Tam! Komm her, Tam!«

Der Klang seiner Stimme berührte seine Seele wie ein längst vergessenes Lied. Sie wies ihm den Weg, so sicher wie die Nadel eines Kompasses.

Er machte einen wackligen Schritt, dann zwei, der Stimme hinter dem Schatten folgend.

49 Abby

»Tam! Tam! Komm her, Tam!« Ich rief ihn immer und immer wieder, bis mir die Stimme versagte. Ich schloss die Augen. *Bitte, bitte!*, flehte ich.

Dann machte ich die Augen wieder auf. Die Krähe hüpfte im Schnee, dem Tunnel im Rhododendron entgegen. Sie drehte den Kopf und guckte mich mit ihren schwarzen Augen an, als ob sie sagen wollte: »Worauf wartest du noch?«

Ich rief Tams Namen in die Öffnung hinein. Es war schwierig, etwas zu erkennen. Aber ich folgte der Krähe und betrat die Höhle. Tote Blätter knirschten unter meinen Füßen.

Als sich meine Augen an die Dunkelheit gewöhnt hatten, blieb ich stehen. Etwas bewegte sich am Ende. Etwas, das aussah wie ein humpelndes Bündel Lumpen. Ein Sonnenstrahl fiel auf das rot-weiße Fell.

Ich schnappte nach Luft. »Tam?«

Das Ding wimmerte. Es machte einen hinkenden Schritt, dann zwei auf mich zu und stolperte.

»Tam!«, rief ich immer und immer wieder. Ich lief zu

ihm, fiel auf die Knie und nahm ihn in die Arme. Er wog kaum so viel wie eine Handvoll Federn. Ich spürte jede Rippe unter dem schmutzigen, zerzausten Fell. Ein Auge sah schrecklich aus. Aber das war alles nicht wichtig.

Ich trug ihn auf die helle Wiese. »Ich habe ihn gefunden! Er lebt!«, rief ich den anderen zu.

Und plötzlich lächelten alle – und sahen Tam staunend an!

Ich hielt ihn eng an mich gedrückt und weinte und weinte. Eine warme Zunge leckte meine Wange. Dann schmiegte er den Kopf an meine Brust und seufzte tief, als ob er all die Monate und Kilometer auf einmal ausatmen wollte.

Ich küsste den weißen Fleck auf Tams Kopf. Der Schnee auf der Erde glitzerte wie tausend Sterne. Endlich hielt ich meinen Leitstern wieder in den Armen.

50 Tam

Der Geruch des Mädchens hüllte ihn ein – Gras, grüne Äpfel und salzige Tränen, die er von seinem Gesicht leckte.

Die Monate waren vergessen. Die Berge und windigen Pässe waren vergessen. Die Flüsse und Bäche und all die kalten Nächte unter dem Mond und den Sternen waren vergessen. Der Hunger, die Angst und die Schmerzen waren vergessen.

Nur das hier war wichtig.

Tam lauschte dem gleichmäßigen *Poch-Poch-Poch* seines Herzens. Es gab ihm Hoffnung und Zufriedenheit. Es heilte ihn.

Tam wedelte mit dem Schwanz. Er schaute in die lächelnden Augen seines Mädchens.

Was er gelitten hatte, spielte keine Rolle mehr. Es war Zeit gewesen, nach seinem Mädchen Ausschau zu halten. Endlich waren sie wieder zusammen.

Endlich war alles wieder so, wie es sein sollte.

Danksagung

Als Erstes möchte ich mich tausendmal bei meiner wunderbaren Agentin Alyssa Eisner-Henkin bedanken, die in einem ungeschliffenen Diamanten ein Juwel erkennen konnte. Danke dafür, dass sie Abby, Tam und mich auf den Weg nach Hause gebracht hat.

Ich schulde meinen frühen Lesern Patti Sherlock, Emma Galvin, Julie Steppan, Susan Hamada, Linda Broussard, Charlene Brewster und Lisa Actor ein riesengroßes Dankeschön. Meinen Dank auch an die überaus talentierte Susan Patron, weil sie mir ihre Zeit geschenkt und mich ermutigt hat, als ich aufgeben wollte. Ich kann so froh sein, die besten Kritiker der Welt zu haben. Danke schön, Lora, Jean und Chris, für eure immerwährende Geduld, Unterstützung und euer wichtiges Feedback.

Dieses Buch wäre ohne die aufmerksame und respektvolle Begleitung meiner Traumlektorin Molly O'Neill nicht das, was es ist. Ich hätte mir keinen besseren Leitstern vorstellen können, um Tam und Abby nach Hause zu führen, als sie. Und auch Katherine Tegen vielen Dank dafür, dass sie mein Buch in ihrem Herzen und ihrem Verlag willkommen hieß. Jeder Autor braucht einen warmen, sicheren Ort, um seine Traumbücher zu schaffen. *Katherine Tegen Books* hat mir dieses Zuhause gegeben.

Zu dieser Geschichte wäre ich ohne Barbara Edelberg, Jim Melton und *Sheltie Rescue of Utah* nie gekommen. Sie haben mich nicht nur mit einer lebenslangen Sheltie-Liebe beschenkt, sondern sie widmen sich mit Leidenschaft ihrer Aufgabe, ausgesetzten Shelties ein neues Zuhause zu suchen.

Vielen Dank auch meiner Cousine Mica Copeland, die mir großzügigerweise alle Sehenswürdigkeiten in Nashville und Umgebung gezeigt hat und mich mit ihren Barbiepuppen samt Kleidung spielen ließ.

Und einen ganz besonderen Dank und meine Liebe an die echte Miss Bettis, die mich unterstützt und an mich geglaubt hat, sogar noch, als ich sagte, dass ich später, wenn ich groß wäre, ein Frosch sein wollte.

Ganz zum Schluss möchte ich erwähnen, dass ich nie und nimmer sagen könnte, wie sehr mich Todd, mein Mann, bei diesem manchmal einsamen und frustrierenden Prozess des Schreibens unterstützt und ermutigt hat. Bei ihm bin ich verankert.

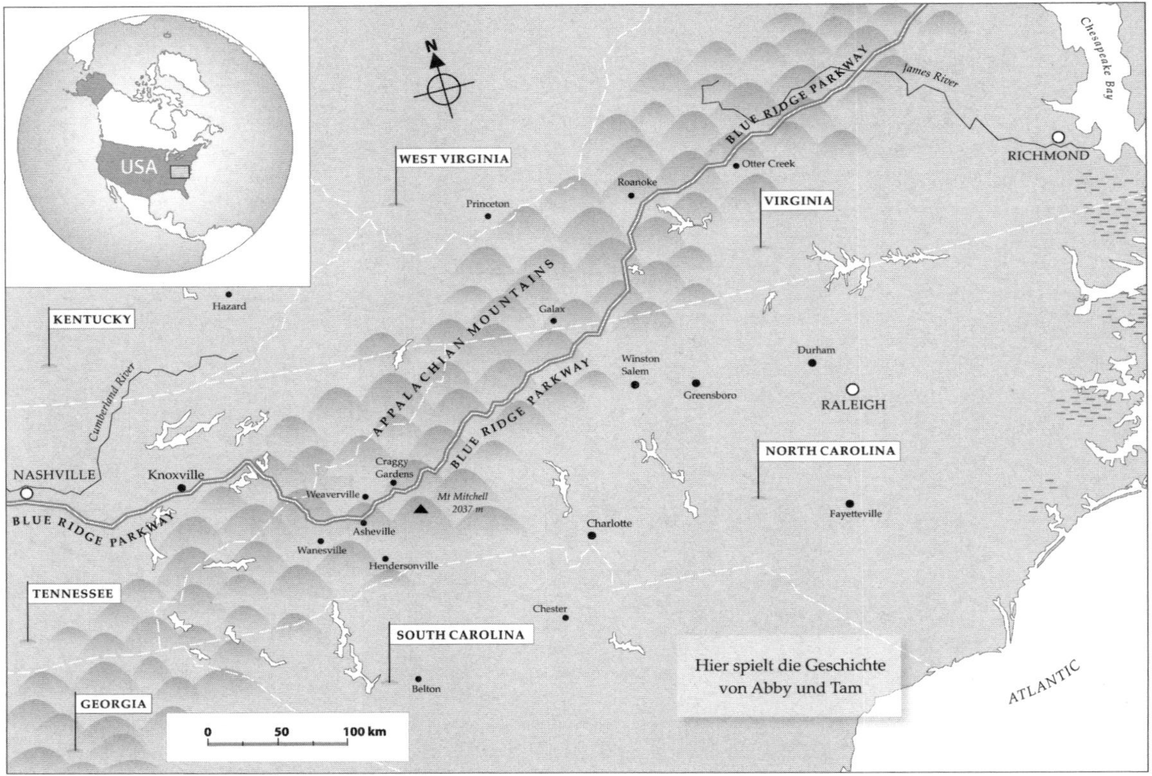
USA
N
WEST VIRGINIA
Princeton
Roanoke
Otter Creek
James River
Chesapeake Bay
RICHMOND
VIRGINIA
BLUE RIDGE PARKWAY
KENTUCKY
Hazard
Galax
APPALACHIAN MOUNTAINS
Winston Salem
Greensboro
Durham
RALEIGH
Cumberland River
NASHVILLE
Knoxville
Craggy Gardens
Weaverville
Mt Mitchell 2037 m
Asheville
Wanesville
Hendersonville
Charlotte
NORTH CAROLINA
Fayetteville
TENNESSEE
Chester
SOUTH CAROLINA
Belton
GEORGIA
0 50 100 km
Hier spielt die Geschichte von Abby und Tam
ATLANTIC